PFALZ KRIMI 4

Biedesheim
Bockenheim
Heppenheim
B 271
Obrigheim
61
Dirmstein
Ebertsheim
Grünstadt
Eisenberg
Hetten-
Leidelheim
Heßheim
6
Kirchheim
Weisenheim
Deutsche Weinstraße
Lambsheim
8
Freinsheim
3
4
Kallstadt
Leistadt
Birkenheide
Maxdo
1
Ungstein
Pfälzer Wald
B 37
Ellerstadt
2
Bad Dürkheim
Gönnheim
6
Friedelsheim
Rödersheim-
Gronau
Wachenheim
Hochdorf-Assenheim
Niederkirchen
Deidesheim
Meckenheim
Ruppertsberg
65
Böhl
Lambrecht
B 39
Mußbach
Haßloch
Iggelheim

Lampertheim
Bobenheim
Roxheim
eindersheim
Rhein
B 9
B 44
6
Schönau
Sandhofen
5
FRANKENTHAL
Oppau
Gartenstadt
B 38
Eppstein
LUDWIGSHAFEN
MANNHEIM
7
650
B 37
Ruchheim
Heim
Mundenheim
Maudach
Neckarau
B 36
Mutterstadt
B 9
Altrip
annstadt-
chauernheim
Neuhofen
Limburgerhof
B 9
61
Schifferstadt
0
5 km
Kartographie: U. Beha
1 Römisches Herrenhaus und Römerkelter
2 Wohnort von Röder
3 Jagdrevier von Hellinger
4 Wohnort von Hellinger
5 Staatsanwaltschaft
6 Wachtenburg
7 Badische Metallgesellschaft
8 Eisernes Tor

Markus Guthmann, geboren 1964 in Pirmasens, ist studierter Wirtschaftsingenieur und arbeitet im Management eines internationalen Konzerns. Er lebt mit seiner Familie an der Pfälzer Weinstraße. »Weinstraßenmord« ist sein erster Kriminalroman. www.weinstrassenkrimi.de

Dieses Buch ist ein Roman. Handlungen und Personen sind frei erfunden. Ähnlichkeiten mit lebenden oder toten Personen sind rein zufällig.

MARKUS GUTHMANN

WEINSTRASSEN MORD

PFALZ KRIMI

Emons Verlag

Umschlagzeichnung: Heribert Stragholz
Druck und Bindung: Clausen & Bosse GmbH, Leck
Printed in Germany 2007
ISBN 978-3-89705-491-2

Für meine Familie
Michaela, Alexander, Felix, Brigitte,
Fritz, Marlies und Andreas

IN VINO PALATINO VERITAS

EINS

»Aggredi, aggredi!« – »Greif an, greif an!« – »Schlag ihn tot!« – »Stech ihn ab!«

Der Murmillo ging tatsächlich zum Angriff über. Die Menge tobte, die mit Sand bedeckte Arena bebte. Der Samnit wich zurück, und der Murmillo gewann an Boden. Der Angreifer hieb wie von Sinnen mit dem Gladius auf den Gegner ein. Dieser wagte noch einmal einen zaghaften Gegenschlag, der jedoch wirkungslos verpuffte. Wieder krachte das Eisen auf den mit Leder bespannten Schild, und wieder und wieder klirrten die Klingen. Der prächtige Helm aus Bronze blitzte in der Sonne, doch er bot nicht mehr den erforderlichen Schutz. Der Unterlegene wich nochmals zurück und geriet ins Straucheln. Der Murmillo drängte sofort nach und nutzte jede kleine Lücke in der Deckung des Samniten gnadenlos aus.

»Hau drauf, hau drauf!« – »Mach ihn nieder, mach ihn kalt!« Die Menge johlte aufgekratzt wie eine Horde blutdurstiger Wölfe. Der Blutrausch schien sich auf den angreifenden Gladiator zu übertragen. Er rammte mit einem wuchtigen, von unten geführten Stoß das Kurzschwert in die Eingeweide des bedauernswerten Kontrahenten. Blut spritzte, färbte den Sand rot, der Verlierer taumelte. Er hielt sich noch einen Augenblick aufrecht, ehe er vornüber in die klebrige Lache seines Lebenssaftes stürzte. Für einen Augenblick herrschte in der Arena die eisige Stille des Todes.

Der Sieger schaute ungläubig auf den Gefallenen, hob aber dann das blutige Schwert zum Zeichen des Triumphes in die Höhe. Die erschrockene Menge zögerte noch mit dem Applaus, steigerte sich aber mit den grunzenden Siegesschreien des Siegers schnell in ein frenetisches Geklatsche und Gestampfe. Auf dem Höhepunkt der Begeisterungsstürme geschah das völlig Unerwartete: Der Totgeglaubte regte sich wieder, raffte sich trotz seiner klaffenden Wunde noch einmal auf. Er versuchte aufzustehen und nahm dabei eine groteske Haltung auf allen vieren ein. Das

Publikum hielt den Atem an. Der Kampfrichter schritt auf den Verletzten zu, wohl um seinen Zustand zu beurteilen. Er beugte sich zu dem Verletzten hinunter, richtete einige Worte an ihn, dann half er ihm auf die wackeligen Beine.

Der Kampfrichter tat einen Schritt zurück und rief mit kräftiger Stimme an das Publikum gewandt: »Soll dieser tapfere, wenn auch unterlegene Kämpfer die Missio erhalten?«

Eine gespenstische, stumme Bewegung erfasste die Menge. Einige rissen den Daumen nach oben, andere ließen ihn verhängnisvoll nach unten zeigen. Eine vereinzelte Stimme rief: »Missio!«, und dieser Ruf fand auf den anderen Seiten der Arena sein Echo. Aus den vereinzelten Rufen manifestierte sich schnell der wahre Wille des Volkes. Daumen um Daumen schnellte nun in die Höhe, und der Ruf schwoll zu einem rhythmischen Crescendo an.

»Missio, Missio, Missio!«, brüllte das Publikum, die Begnadigung des wackeren Kämpfers fordernd. Aber das letzte Wort hatte der Princeps, der Präsident der Spiele. Er beschenkte auch die Sieger mit goldenen Schalen, Kronen und Goldstücken und überreichte dem Sieger den obligatorischen Palmzweig.

Der Princeps, ein feister Senator, steckte in einer mit Rotwein besudelten, ehemals schneeweißen Toga und lag mehr auf seinem Thron, als dass er aufrecht saß. Der Wein hatte ihm schon deutlich zugesetzt, wobei alle Anzeichen der Trunkenheit durch seine hochrote Gesichtsfarbe bestätigt wurden. Er grinste und führte sich das Tongefäß genüsslich zum Mund. Dabei rann ein erheblicher Anteil des Inhalts über sein Kinn auf die Toga. Er genoss es, jetzt im Mittelpunkt des Interesses zu stehen, schob sich den Lorbeerkranz zurecht und stierte blöde in die Menge. Der Versuch, eine würdevolle Haltung einzunehmen, scheiterte kläglich. Schließlich streckte er die rechte Hand vor und hielt den Daumen zunächst in der Waagrechten. Der Daumen stieg langsam in die Höhe, die Spannung, die über der Arena lag, war kaum auszuhalten. Sein Grinsen verwandelte sich in eine hämische Grimasse, als sein Daumen nach unten schnellte. Die Menge war entsetzt, sie wollte es nicht wahrhaben, dass der tapfere Kämpfer im Staub der Arena bleiben sollte. Das Entsetzen artikulierte sich in einem Raunen. Schließlich war es der oberste Kampfrichter, der das Wort erhob.

»Hochedler Senator, willst du deine Entscheidung nicht überdenken? Sieh, dieser Gladiator hat tapfer gekämpft und kann dem Publikum noch viele aufregende Kämpfe bieten. Außerdem hat er immer noch einen beträchtlichen Wert«, fügte er sachlich hinzu. Aber auch das Zureden des obersten Kampfrichters fruchtete nicht. Stoisch hielt der Princeps den Daumen nach unten, und als sein Gesicht ärgerlich zu werden schien, schwieg der Kampfrichter, um nicht selbst Ziel der Ungnade des hohen Herrn zu werden.

Der Gnadenstoß musste vom Sieger ausgeführt werden. So zu sterben galt durchaus nicht als Schande. Mut und Todesverachtung waren Vorbild für die junge Generation, die in den Legionen diente und auf deren Blutvergießen sich das Reich stützte. Viele Anhänger der Gladiatoren setzten ihren Helden mit zahllosen Gesängen, Gedichten und sogar Graffitis auf Hauswänden ein Zeiten überdauerndes Denkmal und mehrten so den Ruhm der toten und der lebenden Kämpfer.

Ohne eine äußere Regung kniete der stark geschwächte Samnit nieder, einen letzten Blick auf den niedergehaltenen Daumen geheftet, als könnte ihm jetzt noch Gnade widerfahren. Der Murmillo hob sein Schwert und ließ es auf das Genick des Unglücklichen sausen.

Schweigen legte sich über die Arena – Totenstille. Die Männer, Frauen und Kinder klatschten bestürzt und verhalten Beifall, als zwei Helfer in der Verkleidung des etruskischen Totengottes den Körper an Armen und Beinen aus dem blutigen Sand hoben und ihn rasch vom Ort des Ruhmes und der bitteren Niederlagen zerrten. Der Murmillo reckte sein blutiges Kurzschwert zum Zeichen des Sieges in die Höhe und empfing die wieder aufbrausenden Ovationen.

Schließlich legte sich die Begeisterung des Publikums, der oberste Kampfrichter trat vor.

»Kommen wir jetzt zur nächsten Paarung. Wieder wird es ein scheinbar ungleicher Kampf sein, diesmal nach dem biblischen Vorbild David gegen Goliath.«

Röder hatte genug gesehen, und er fragte sich, ob es wirklich eine gute Idee gewesen war, seine Kinder zu solch einem blutrünstigen Spektakel mitzunehmen.

Während die Jüngste vor Furcht das Gesicht in Mutters Rockzipfel verbarg, ließen die beiden Älteren ihre Augen nicht von den neuen Kämpfern. Beide hatten einen verzückten Ausdruck in den Augen, der ihm auf unterschiedliche Weise eine gewisse Sorge bereitete. »Hey, ist der aber süß!« – »Meinst du, dass das eben Schweinedärme waren?«

Röder arbeitete sich zu dem Schoppenstand vor, der auf keinem noch so kleinen Fest in der Pfalz fehlen durfte. Dort bestellte der soeben ehrenhaft gefallene Gladiator für sich und seinen siegreichen Bezwinger zwei Rieslingschorlen. Seine Hose war noch von dem Kunstblut durchtränkt, aber die hässliche Bauchwunde hatte er gnädigerweise bereits abgewischt. Von den Schweinedärmen war nichts mehr zu sehen.

»Ah do, der Herr Staatsanwalt persönlich. Bist wohl umsonst hier, was? Unsere Leichen laufen in kürzester Zeit wieder.«

Wie immer musste Hellinger über seine eigenen Witze dröhnend loslachen. Er war Röders ältester und bester Freund. Sie pflegten diese Freundschaft regelmäßig mit dem Konsum von ausgesuchten Pfälzer Weinen, die der Winzer meist selbst kelterte und für die er regelmäßig alle möglichen Preise einheimste. Nach einem Einserabitur hatte Hellinger Weinbau studiert, schließlich den elterlichen Hof übernommen und mit besonders gepflegten Öko-Weinen zu beachtlichen Erfolgen geführt.

Röder plauderte noch ein bisschen mit Hellinger und zog mit zwei Weinschorlen ab, wieder einmal ohne gezahlt zu haben. Irgendwann würde er wegen Bestechlichkeit dran sein, kam ihm ein unangenehmer Gedanke in den Sinn. Er sah schon die Titelzeile des hiesigen Käseblattes: »Staatsanwalt erhielt jahrelang Zuwendungen von Winzer – Was war die Gegenleistung?« oder »Die Pfälzer Amigos – Neuer Sumpf in der Vorderpfalz?«

Ben Röder wischte die unerquicklichen Gedanken beiseite und reichte ein Glas seiner Frau. Er bugsierte Manu durch die Ruinen des römischen Herrenhauses, das erst vor fünfundzwanzig Jahren bei einer Flurbereinigung entdeckt worden war. Die in grauer

Vorzeit aufgebrochenen Sarkophage eigneten sich hervorragend als Schoppenständer für ein pfälzisches Weingelage. Die Gemütlichkeit dauerte höchstens eine Minute, da rückte die exerzierende römische Zenturie im Laufschritt an, und der letzte, etwas ungeschickte Legionär stolperte und stieß mit seinem Schild die beiden Dubbegläser auf der Grabplatte um.

Röder seufzte, aber irgendwie mochte er diese chaotischen Familienausflüge. Besonders das Weinfest an der Römerkelter zählte zu seinen liebsten Ausflugszielen. Außerdem lernten er und die Mädels immer etwas Neues über römische Geschichte, denn die Hobbyrömer bewiesen eine Engelsgeduld bei der Vermittlung der antiken Kultur.

*

Das Pilum steckte genau im Sternum, dem Brustbein. Die Augen waren vor Schreck noch weit aufgerissen, und der Blick ging zu den Dachbalken hoch, als ob dort oben noch Rettung zu erwarten gewesen wäre.

»Verflucht!«, entfuhr es dem zweiten Vorsitzenden laut, und der schreckliche Gedanke, dass das Kelterfest für dieses Jahr gelaufen war, schoss ihm als böse Vorahnung durch den Kopf. »Nichts weiter anfassen!«, murmelte er zu sich selbst und fingerte mit zitternden Fingern sein Handy hervor, das ihm vor Aufregung erst einmal entglitt und über den mit heimischen Buntsandstein belegten Boden schlitterte.

»Scheiße, Scheiße, Scheiße!« Hermann Scheller, einen der angesehensten Winzer von Ungstein, konnte normalerweise nichts so schnell aus der Fassung bringen. Aber jetzt zitterte er wie Espenlaub und konnte den abgesprungenen Akku kaum wieder mit dem Rest des Handys verbinden. Er schwitzte vor Aufregung, doch schließlich gelang es ihm, die Nummer zu wählen. Er atmete auf, als sich die Notrufzentrale meldete. Das Handy hatte den Flug offensichtlich unbeschadet überstanden.

»Ich muss einen Mord melden. In Ungstein in der Römerkelter liegt ein Toter.« Scheller wunderte sich, weil er so unpersönlich sprach. »Der Tote ist Jürgen Weidmann, unser Ehrenmitglied …«

ZWEI

Röder wälzte sich zur Seite und wagte einen verstohlenen Blick auf den Wecker, dessen Ziffern unerbittlich zehn nach sieben signalisierten. »Was soll's, heute ist Sonntag.« Er rollte sich auf die andere Seite, um nach seiner Frau zu tasten, als das Telefon klingelte.

»Ist noch ein bisschen früh, dich einzuschalten, aber das könnte dich interessieren. Ist ja quasi deine Nachbarschaft.«

Kriminalhauptkommissar Steiner kannte Röders nicht ausschließlich berufliche Interessen an Gewalttaten nur zu gut. Während Röder nur davon träumte, ein berühmter Kommissar zu sein, hatte sich Steiner diesen Berufswunsch erfüllt. Kennen und schätzen gelernt hatten sie sich bei der Bundeswehr, als sie die gemeinsame Aufklärung eines Kameradendiebstahls zusammenschweißte. Im Gegensatz zu Röder war Steiner immer ein Omegatier gewesen, wozu seine geringe Körpergröße und seine roten Haare beigetragen hatten. Bei einer Geländeübung, während der Grundausbildung in Hessisch-Sibirien, uzte die Mannschaft: »Allen stand das Wasser bis zum Hals, nur nicht Steiner, der war kleiner!«

Steiner hatte es wahrlich nie leicht gehabt. In den letzten Jahren kam noch eine Erkrankung der Wirbelsäule dazu. Der einzige wirkliche Freund war für lange Zeit Röder gewesen, der den Kontakt während des Studiums mit ihm aufrecht hielt und ihn immer wieder darin bestärkte, die höhere Beamtenlaufbahn bei der Polizei einzuschlagen.

Röder musste an die alten Geschichten denken, als er endlich in seinem alten Mercedes auf dem Weg zum Tatort saß, nachdem er sich wortreich von einer verständnislosen Manu verabschiedet hatte. Sie ahnte, wo das wieder enden würde.

Die Jungs von der Spurensicherung waren in weiße Overalls mit Kapuzen gekleidet, auf deren Rücken das Wort »Polizei« in grünen Lettern prangte. Sie katapultierten mit ihrer futuristischen Erscheinung das sechzehnhundert Jahre alte römische Anwesen jäh in das Zeitalter der Genanalyse. Überall waren kleine schwarze Metallschilder mit weißen Ziffern aufgebaut, die auf irgendein Beweisstück hindeuteten. Röder drehte sich um und genoss den Blick über die Rheinebene und auf das noch verschlafene Bad Dürkheim. Obwohl es erst kurz nach acht an diesem Sonntagmorgen im Spätsommer war, hatte es sich in der näheren Umgebung bereits herumgesprochen, dass etwas Außergewöhnliches, ein Mord geschehen war. Hinter der Absperrung, die Röder gerade überstiegen hatte und die von Streifenpolizisten bewacht wurde, lauerte bereits ein gutes Dutzend sensationslüsterner Morgenspaziergänger, die kaum ihre Köter im Zaum halten konnten.

Röder begrüßte die Beamten mit einem mürrischen Gruß und erhielt einen ebensolchen zurück. Er war bekannt, eigentlich beliebt, nicht zuletzt wegen seiner meist guten Laune und der Freundlichkeit. Aber an diesem Morgen stellte niemand irgendwelche Erwartungen an ihn, und jeder fluchte innerlich über diesen Einsatz zur unchristlichen Stunde. Wenigstens stimmte das Wetter.

Sybille Wohlfahrt, die einzige Frau im Morddezernat, war bereits seit zehn Minuten vor Ort und unterrichtete ihn.

»Der Arzt sagt, er ist vermutlich seit etwa sechs bis sieben Stunden tot. Sein Name ist Jürgen Weidmann, sechsundfünfzig Jahre, Direktor der Sparkasse Weinstraße.« Röder pfiff leise durch die Zähne. »Gefunden hat ihn ein Herrmann Scheller, er steht dort drüben. Den Rest müssen Sie sich angucken, es ist einfach zu grotesk.« Sie schüttelte den Kopf und verzog dabei ihr hübsches Gesicht zu einem schiefen Lächeln. Mit der Zeit härten alle Beamten im Ermittlungsdienst ab. Aber Steiner hatte ihm erst neulich erzählt, dass er sich noch gut an den Tag vor kaum einem Jahr erinnern konnte, als Sybille frisch von der Polizeifachhochschule in Villingen-Schwenningen kam und sich beim Anblick ihres ersten Toten, eines Selbstmörders, elendig erbrach und eine ganze Weile hysterisch schluchzte.

Auch Röder musste zugeben, dass er so etwas bisher noch

nicht gesehen hatte. Der Tote lag rücklings in dem oberen Becken der eintausendsechshundert Jahre alten, aus Stein gemauerten Weinkelter, in dem normalerweise der Wein mit den Füßen gepresst wurde. Der Lorbeerkranz gab ihm die Aura eines Heiligenscheines, auch wenn das angstverzerrte, aufgedunsene Gesicht dazu nicht richtig passen wollte. Die einstmals reinweiße Toga spannte sich über den fetten Leib, und genau in der Mitte der Brust steckte die ungewöhnliche Mordwaffe, die er sich erst am Vortag gemeinsam mit seinen Mädels von einem mitteilsamen Legionär hatte erklären lassen.

»Das ist ein Pilum, die Lanze der römischen Legionäre. Ich habe so ein Ding erst gestern gesehen. Die Dinger sind hochraffiniert konstruiert.«

»Ah, Sie waren gestern schon hier? Dann zählen Sie automatisch auch zu den Verdächtigen.«

Er ging auf den Scherz ein. »Von wegen. Ich habe ein Alibi. Ich war gestern, nachdem wir die Kinder daheim abgeliefert hatten, mit meiner Frau im ›Gutsausschank Petri‹. Ich habe bestimmt ein gutes Dutzend Zeugen, und außerdem war ich nach Mitternacht nicht mehr in der Lage, einen so gezielten Stoß zu führen.«

»Das glaube ich Ihnen. Sie sehen sogar jetzt noch etwas mitgenommen aus.«

Röder seufzte. Mit der Härte im Job stieg auch die Frechheit gegenüber Vorgesetzten und besonders gegenüber den »Sesselpupsern« von der Staatsanwaltschaft. Nun ja, der kumpelhafte Ton verriet, dass sie ihn nicht für einen hielt, und er wollte auch bestimmt keiner sein.

»Du sollst hier nicht die Ermittlungen behindern. Staatsanwälte sollten sich das Ganze immer aus mehreren Metern Höhe anschauen, dann stören sie auch nicht.« Steiner stand auf einmal neben ihm.

»Du meinst, weil wir sowieso immer über den Dingen schweben?« Der andere lächelte und nickte unmerklich. »Das liegt daran, weil man euch immer auf die Finger gucken muss, sonst gibt's sowieso nur Murks, und die Anklage ist nicht einen Pfifferling wert.«

Steiner ließ sich von seiner jungen Assistentin auf Stand bringen. Beide beschlossen sie, den Winzer nach Hause zu schicken. Seine Aussage war protokolliert. Auf den Zahn fühlen konnten sie ihm später noch.

Der Arzt war noch am Werk, sprach medizinisches Kauderwelsch in ein Diktiergerät. Die Fotos und die Partikelproben waren bereits gemacht, und der Mediziner gab zwei Männern in Raumanzügen das Zeichen, den Toten anzuheben und ihn auf dem Boden vor dem Becken auf die Seite zu legen. Röder konnte es sich nicht verkneifen:

»Die Jungs vom Beerdigungsinstitut werden erhebliche Probleme bekommen, den Deckel zuzukriegen.«

Die Beamten von der Spurensicherung lachten, bis auf die beiden, die sich damit abmühten, den hundertvierzig Kilogramm schweren Körper anzuheben. Steiner setzte noch einen drauf.

»Das liegt aber nicht nur an dem Speer. Die müssen sowieso mit einer Wanne Größe Triple-XL anrücken«, feixte er.

»Hört auf, so dumm zu schwätzen. Packt lieber mal mit an.« Einer der Gewichtheber beschwerte sich. Röder seufzte, und zusammen mit dem Arzt gelang es ihnen schließlich, den fetten Kloß herauszuheben und auf die Seite zu legen. Steiner konnte wegen seines Rückens nicht mit anpacken.

Der Stoß musste mit enormer Kraft ausgeführt worden sein, denn die pyramidenförmige Spitze der Waffe lugte zwischen den Schulterblättern wieder heraus, der Schaft war verbogen. Hatte Röder vielleicht genau diese Waffe gestern in den Händen gehalten?

Die Waffe erfüllte beim Infanterieangriff der Legionäre zwei Funktionen. Zuerst schleuderten die ersten Reihen die Lanze auf die Gegner, sobald diese in Wurfweite gerieten. Der mörderische Hagel ging auf die Angreifer nieder, die zur Abwehr ihre Schilde in die Höhe reckten. Die gehärtete Spitze durchschlug mühelos den Schild, und die restliche Energie sorgte dafür, dass sich der extra weiche Schaft verbog und in dem Schild verhakte. Der Feind musste den Schild wegwerfen und bot sich nun schutzlos den angreifenden Römern dar, die mittlerweile mit gezücktem Kurzschwert und lautem Gebrüll zum Nahkampf übergingen.

Der Routinier Steiner wusste, wo er mit seinen Ermittlungen beginnen sollte, und er musste auch nicht weit gehen. Die ganze Zenturie hatte sich bereits am Tatort eingefunden und reihte sich unter die Neugierigen ein.

»Bleibt stehen, oder ich bohr euch mein Pilum in das Sternum!« Es war der Arzt, der ungefähr im gleichen Alter wie Röder war.

Röder stand einen kurzen Moment ratlos da, dann fiel der Groschen. Er wechselte einen Blick mit dem Arzt, und beide mussten über die Seelenverwandtschaft herzhaft lachen. Steiner kam hinzu, wunderte sich.

»... Pilum in das Sternum!«, wiederholte der Arzt unter Lachen, und auch Steiner verstand jetzt. Sybille sah ratlos von einem zum anderen. Sie war einfach zu jung. Ihre Generation war mit Mangas groß geworden und nicht mit Asterix und Obelix.

*

Röder fühlte das Kribbeln, er war wieder ganz in seinem Element. Seine Vorgesetzten schüttelten schon manchmal den Kopf. Als Staatsanwalt sollte er sich nicht so in die Ermittlungsarbeit reinhängen. Aber gerade bei diesem Fall würde er sich den Spaß nicht verderben lassen. Das war sein Revier, er wohnte hier, er kannte die Leute.

Eigentlich hätte Benedikt Röder sich ins gemachte Nest setzen können. Er hatte es nach seinem Studium sogar probiert. »Röder & Röder, Rechtsanwälte« stand schlicht auf dem blitzenden Messingschild am Eingang der prächtigen Villa im besten Teil des an sich schon wein- und kurverwöhnten Bad Dürkheim. Die Hütte war früher einmal die herrschaftliche Residenz eines Weinbarons gewesen und diente seit über dreißig Jahren als Kanzlei und Wohnhaus seiner Eltern. Er fragte sich hin und wieder, ob es die richtige Entscheidung gewesen war, auch dort einzuziehen.

Röder I auf dem Messingschild, das war sein Vater gewesen, ein bekannter Strafverteidiger. Röder II, das war seine Mutter, die es trotz ihrer sechsundsiebzig Jahre immer noch nicht lassen konnte, als Anwältin mitzumischen. Röder wollte die Kanzlei seiner Eltern aber nur unter der Bedingung übernehmen, dass sich seine Mutter zurückziehen würde. Nur, wie so oft bei guten Absichten, unterscheiden sich Wille und Tat, Theorie und Praxis.

Also ließ er das Intermezzo als Kanzleibesitzer nach einem guten Dreivierteljahr wieder sein und bewarb sich bei der Staatsanwaltschaft Frankenthal.

Sein finanzielles Polster ließ ihn alles locker sehen, und er konnte sich seiner eigentlichen Passion widmen, die er irgendwie doch zum Beruf gemacht hatte: der Aufklärung von Verbrechen. Früher waren seine Detektivspiele den Eltern und Mitschülern oft suspekt gewesen. Inspiriert von dem schwarzweißen TV-Kommissar Keller, dem mit der ewigen Kippe in der Hand, widmete er sich der Aufklärung sorgsam inszenierter Verbrechen im Sandkasten. Mit Räuber und Gendarm ging es los, mit einem forensischen Labor à la Sherlock Holmes endete es in der Oberstufe.

Röder driftete in Gedanken wieder ab, er musste sich zwingen, sich wieder den irdischen Dingen aus der Antike zuzuwenden. So einen skurrilen Mord hatte er bisher noch nicht. Eindeutig ein Fall für Sherlock R.

Er wollte mit den Römern sprechen und geriet darüber in Diskussionen mit Steiner, der es offenbar schon wieder bereute, seinen alten Freund mit exklusiven Informationen versorgt zu haben. »Du kannst gerne mitgehen, aber die Ermittlungen leite ich«, stellte er klar. Er ahnte, wohin das führen würde. Es war ja nicht das erste Mal.

Steiner, ganz der Chef, wies Sybille an, zu den Zelten zu gehen, um festzustellen, an welchem Zelt das Pilum fehlte. Die Erste Römerkohorte aus Opladen, die sich voll und ganz dem Brauchtum der Römer verschrieben hatte, legte großen Wert auf Detailtreue. Jeder Ausrüstungsgegenstand und jedes Kleidungsstück wurde akribisch und wenn möglich mit Materialien und Werkzeugen von damals hergestellt. Auch die Marschordnung und die Anlage des Lagers wurden perfekt kopiert. Der einzige Tribut an die Neuzeit waren die Kästen Bier, die in der dunklen Kühle der Lederzelte verborgen gehalten wurden. Die Pila standen originalgetreu, zu einer Garbe aufgestellt, vor jedem Zelt. Da jeder Legionär über ein solches Mordinstrument verfügte, sollte sich feststellen lassen, wo eines fehlte. Steiner ging auf die Römer zu, die offenbar ähnliche Anlaufschwierigkeiten wie Röder an diesem Morgen hatten.

»Guten Morgen. Sie wissen, warum wir Sie sprechen möchten?«

Die Männer nickten betreten. Der Zenturio sprach als Erster.

»Es ist Weidmann?« Die Betonung entsprach mehr einer Feststellung als einer Frage.

Die beiden Ermittler sagten nichts dazu, ließen den Satz im Raum stehen. »Vermisst jemand eine solche Waffe?«

Einem blonden, mittelgroßen, stämmigen Legionär war sichtlich unwohl zumute. »Ja, mein Pilum fehlt. Nachdem wir vorhin gehört haben, dass der Mord mit einem Pilum verübt wurde, haben wir unsere Ausrüstung auf Vollständigkeit geprüft. Meines fehlte.«

»Wieso wissen Sie, dass es Ihres ist?«, wollte Steiner wissen.

Der Mann räusperte sich. »Wir haben die Waffen in mühevoller Kleinarbeit angefertigt, jeder Einzelne von uns. Das sind persönliche Unikate. Meistens haben wir auch Initialen angebracht. Schauen Sie nach, auf dem da müsste B.L. stehen. Bernward Lauer.«

»Wann haben Sie die Waffe das letzte Mal vor dem Zelt gesehen, das heißt, haben Sie eine Ahnung, wann sie abhandengekommen ist?«

Der Legionär Lauer der siegreichen Ersten Römerkohorte Opladen e.V. schüttelte den Kopf.

Steiner setzte nach. »Wo waren Sie zwischen eins und zwei heute Nacht?«

Der Mann hatte die Frage wohl erwartet. »Wir haben gefeiert, bis etwa drei Uhr heute früh.«

»Und Weidmann war dabei?«

Die Legionäre schauten sich gegenseitig an. Der Zenturio ergriff das Wort. »Anfangs war er noch dabei, aber irgendwann war er verschwunden.«

So langsam schienen sie auf den Punkt zu kommen. »Können Sie sagen, wann das war?«

»Früh, es muss schon gegen elf gewesen sein. Er war hackedicht. Schon bei den Kämpfen war er kaum ansprechbar.«

Ein schwarzer Lockenkopf mischte sich ein. »Seine Frau hat

ihn eingesammelt und zusammen mit einem Mann zum Wagen gebracht. Ich habe das gesehen, weil ich mich gerade in die Büsche verdrückt hatte, und ich war nicht weit weg von dem Mercedes.«

»Ist Ihnen sonst noch etwas aufgefallen?«, fragte Steiner.

»Nun ja«, der Legionär druckste herum, »er pöbelte rum und schrie so etwas wie ›undankbare Sau‹ und dass er es ihm schon zeigen werde.«

»Haben Sie mitbekommen, von wem er sprach?«

»Nein, ich habe dem Ganzen auch keine Bedeutung beigemessen, wie gesagt, er war sternhagelvoll, und ein angenehmer Zeitgenosse war er auch nicht.« Es kehrte ein kurzer Moment des Schweigens ein.

Der Zenturio riss wieder das Wort an sich. »Was er damit sagen will, Weidmann hat sich aufgeführt, als wenn er überall das Sagen hätte. Sie müssen wissen, dass der hiesige Römerverein maßgeblich von der Sparkasse gesponsert wird. Deshalb ist Weidmann auch der Ehrenvorsitzende und mischt sich überall ein – pardon – mischte sich überall ein.«

Der rothaarige Standartenträger schaltete sich ein. Röder ging der Gedanke durch den Kopf, dass hier wirklich alle ethnischen Vertreter des römischen Reiches versammelt waren.

»Er hatte mal mit mir, das war vor zwei oder drei Jahren, eine vollkommen unnötige Diskussion wegen der Standarten. Er war stock und steif der Meinung, dass unser Vexillum keine geschichtliche Entsprechung hätte. Ich merkte schnell, dass man mit ihm nicht diskutieren konnte. Zudem drohte er damit, dass man uns nicht mehr einladen würde, da wir die Geschichte verfälschen, und er laberte noch mehr so dummes Zeug.«

Seine Kameraden guckten ihn entgeistert an, und er fügte schnell hinzu: »Man soll über Tote ja nicht schlecht reden, aber er hat immer gestänkert, wo er nur konnte.«

»Hatte er Ahnung von Geschichte, ich meine, von römischer Geschichte?«, fragte Röder. Er wusste, dass es schwer war, den Legionären etwas vorzumachen. Alle hatten sich in ihr Hobby tief vergraben, und einige von ihnen waren Archäologen oder Historiker. Der Mann, der ihm gestern die Geheimnisse des Pilums erklärt hatte, war ein Ingenieur, der über antike Metallurgie promovierte. Das Prusten und abfällige Raunen, das durch die Reihen der Legionäre ging, war Antwort genug.

Steiner wandte sich noch einmal an den Schwarzgelockten. »Haben Sie den Helfer der Frau Weidmann erkannt? Ich meine den, der Weidmann mit ins Auto verfrachtet hat?«

»Nein, ich kenne ihn nicht, aber er war den ganzen Abend bei der Feier anwesend. Ich nehme an, es ist einer von hier.«

»Haben Sie eine Ahnung, über wen Weidmann geschimpft haben könnte? War es ein Mann oder eine Frau oder eine Gruppe?«

»Wie ich bereits sagte, ich habe keinen blassen Dunst.«

»Vielen Dank, meine Herren, das war's fürs Erste. Bitte haben Sie Verständnis dafür, dass ein Beamter Ihre Personalien notiert und Ihre Aussagen zu Protokoll nimmt.« Um die belämmerten Gesichter etwas aufzumuntern, ergänzte Röder: »Ich komme mit meiner Familie jedes Jahr hierher. Ich war auch gestern da. Uns gefällt Ihre Vorstellung immer. Und die Kinder, da schließe ich mich ein«, fügte er augenzwinkernd hinzu, »können immer etwas lernen. Wir kommen nächstes Jahr bestimmt wieder.«

Sybille kam den Hang herunter, es war Zeit, den unangenehmsten Teil der Geschichte hinter sich zu bringen.

DREI

Im Dienstwagen von Steiner fuhren sie nach Bad Dürkheim-Seebach, wo sich Leute wie Weidmann geballt angesiedelt hatten. Röder kannte die Gegend noch aus seiner Kindheit, nicht weit von hier hatten sie zuerst gewohnt, bevor sie ins Herrenhaus umgezogen waren.

Sie stoppten vor einem schmiedeeisernen Tor, hinter dem lediglich die mit Bäumen bewachsene Auffahrt zu sehen war. Röder erinnerte sich, dass an dieser Stelle früher nur Gestrüpp stand, als er in dieser Gegend Räuber und Gendarm spielte und eigentlich immer auf der Seite der Gendarmen war. Er musste lächeln, es war wohl was dran, an der Vorbestimmung. Damals erkannte er auch seine besondere Begabung, sich in andere Personen hineinzuversetzen und ihre Gefühle zu verstehen, ja sie sogar physisch und psychisch nachempfinden zu können.

Röder lächelte. Sybille war die ganze Fahrt über still geblieben, jetzt meldete sie sich konsterniert zu Wort.

»Ihr beide scheint euch ja heute prächtig zu amüsieren, ist ja auch ein Mordstag.«

Röder grinste sie an. »Meinen Sie das Pilum im Sternum?«

»Zum Beispiel.«

»Asterix, Tour de France.«

Sie stiegen aus.

»Wie bitte?«, fragte sie über das Autodach hinweg.

»Was, du kennst das nicht? Das ist eine glatte Bildungslücke«, stichelte Steiner.

»Vielleicht gilt das für eure Generation. Ich habe mehr Wert auf Naturwissenschaften und Sprachen gelegt.«

Die junge Kollegin brachte offenbar kein Verständnis für die konspirative Heiterkeit zwischen ihrem Boss, dem Staatsanwalt und dem Arzt auf.

Steiner klingelte, und ohne, dass sie jemand über die Sprechanlage fragte, summte der Öffner der Tür neben der Einfahrt.

»Frau Weidmann?« Steiner sprach die attraktive Mittvierzigerin an, die bereits in der Haustür stand. Irgendwoher kannte Röder sie, aber als geborenem Dürkheimer passierte ihm das oft.

»Ja, kommen Sie herein, ich weiß schon alles über meinen Mann.« Besonders geknickt wirkte sie nicht.

Die Beamten atmeten auf, es war nie angenehm, der Überbringer der Hiobsbotschaft zu sein.

Sie warteten, bis sie die Tür geschlossen hatte. Steiner begann. »Sie wissen also, unter welchem Umständen Ihr Mann aufgefunden wurde?«

Sie nickte und schob die drei in den großen, teuer eingerichteten Wohnraum, der von einem marmornen Kamin dominiert wurde.

»Herr Scheller rief mich an, er hat ihn gefunden. Darf ich Ihnen etwas anbieten, vielleicht einen Kaffee? Sie sehen aus, als könnten Sie einen gebrauchen. Es macht mir keine Mühe, ich habe ihn bereits gekocht.« Ohne auf eine Antwort zu warten, machte sie sich auf den Weg in die Küche und kam mit einem Tablett mit Kaffeegeschirr zurück. »Bitte bedienen Sie sich selbst.« Röder und die beiden Kriminalbeamten von der Zentralen Kriminalinspektion aus Ludwigshafen griffen nach dem langen Morgen dankbar zu, während Frau Weidmann sich eine Gauloise anzündete. Ein Kraut, das so gar nicht zu ihrer sonst so mondänen Erscheinung passte. Sie ergriff sofort wieder das Wort. »Ich will nicht lange um den heißen Brei reden, Sie wundern sich, warum ich nicht besonders erschüttert wirke.«

»Es wäre sicherlich gut, wenn Sie uns das erklären könnten«, erwiderte Steiner.

»Mein Mann und ich hatten uns auseinandergelebt.« Sie machte eine Pause. »Von Scheidung war aber nie die Rede.«

»Bitte erklären Sie uns das.«

»Mein Mann war schwul. Na ja, am Anfang unserer Ehe nur ein bisschen, da war er noch bi, aber er verlor nach wenigen Jahren das Interesse an mir. Sie müssen wissen, ich war seine erste Ehefrau.«

»Und Sie haben das die ganzen Jahre einfach so hingenommen?«, fragte Sybille ungläubig.

Sie tat einen tiefen Zug an ihrer Gauloise und lächelte versonnen. »Das war Teil unseres Arrangements. Er brauchte mich, um seine Reputation zu erhalten, um Karriere zu machen. Ich hatte nichts, außer einer kaputten ersten Ehe. Er versprach mir einiges«, sie machte mit der Hand eine Bewegung durch den Raum, »und er hat seinen Teil der Abmachung gehalten.«

»Und wie lange waren Sie mit ihm verheiratet?« Sybille konnte es wohl nicht fassen, und Steiner deutete mit einer Berührung an, dass sie sich mit ihrer Empörung etwas zurückhalten sollte.

»Sechzehn Jahre. Und tun Sie nicht so empört. In Ihrem Alter habe ich auch noch anders gedacht, und was glauben Sie, wie vielen Frauen es in diesem Viertel aus dem einen oder anderen Grund genauso geht? Im Gegensatz zu mir leiden die aber.«

Röder musste lächeln, er kannte eine Menge hanebüchener Geschichten von der Bad Dürkheimer Schickeria. »Vielen Dank, Frau Weidmann, für Ihre Offenheit, das macht die Angelegenheit bedeutend einfacher. Doch vielleicht können Sie uns jetzt ein paar Fragen beantworten. Haben Sie eine Ahnung, wer Ihren Mann ermordet haben könnte?« Er zweifelte keinen Augenblick daran, dass für den Todesfall bereits alles zu ihren Gunsten geregelt war.

»Keine Ahnung, aber er war nicht besonders beliebt. Ich muss sagen, das war früher anders. Da waren unsere Partys hier ein gesellschaftliches Ereignis. In den letzten fünf Jahren hatte er es sich aber mit den meisten seiner alten Mitstreiter – Freunde möchte ich sie nicht nennen – verschissen. Warum, weiß ich nicht. Wir sprachen selten über seine Geschäfte. Ich führte es der Einfachheit halber auf seine Wechseljahre zurück, er wurde ja fetter und fetter. Sie wissen doch: Fleisch und Bier enthält eine Menge östrogenähnlicher Stoffe, und ein Übermaß bei einer Schwuchtel führt wohl auch zu den Wechseljahren.«

Röder und Steiner amüsierten sich köstlich, während Sybille nur der Mund offen stand.

»Sie können uns also keinen Hinweis geben?«

»Nein, aber es gibt für mich zwei Möglichkeiten. Entweder waren es Leute, mit denen er irgendwelche dubiosen Geschäfte machte, oder ein Stricher aus dem Mannheimer Milieu.«

»Dubiose Geschäfte? Sie meinen, Ihr Mann war in dubiose Geschäfte verwickelt?«

»Na ja, so genau weiß ich das nicht. Ich habe ja kaum mit ihm über seine Geschäfte gesprochen.« Sie stockte.

»Wie kommen Sie dann darauf?«

Frau Weidmann räusperte sich. »Nun ja, als Ehefrau merkt man so etwas. Manchmal musste er abends noch mal schnell weg, um etwas Wichtiges zu besprechen, so sagte er. Manchmal kamen Anrufe.« Sie stockte wieder, es schien ihr nicht leicht zu fallen, und sie wand sich. »Einfach nur ein Gefühl, wissen Sie?«

»Ich dachte, Sie standen ihm nicht besonders nahe, wie konnten Sie dann so etwas fühlen?«

»Also Sie stellen Fragen. Ich habe immerhin mit ihm unter einem Dach gewohnt.«

»Könnten diese Ereignisse nicht etwas mit seiner sexuellen Orientierung zu tun haben?«

Sie zuckte mit den Schultern. Röder hatte den Eindruck, dass sie sich verrannt hatte.

»Das private Umfeld schließen Sie aus?« Steiner legte jetzt eine härtere Gangart ein und brachte das in seiner Stimme deutlich zum Ausdruck.

»Ja, natürlich«, sagte sie selbstsicher.

»Wie können Sie sich da so sicher sein? Wo waren Sie heute Nacht zwischen eins und zwei?«

»Was für eine Frage«, seufzte sie. »Hier, zu Hause. Glauben Sie im Ernst, dass ich mit einem Speer einen solchen Stoß ausführen könnte? Ich müsste mich einer Pistole oder etwas Ähnlichem bedienen. Vermutlich hätte ich sowieso Gift bevorzugt. Eine Frau hat doch in aller Regel nicht die Kraft dazu, jemanden mit einem Speer umzubringen. Der Mörder war wohl mit einiger Wahrscheinlichkeit ein Mann.«

Da war etwas Wahres dran. Diese Frau war nicht dumm.

»Haben Sie Zeugen?«, fuhr Steiner unbeirrt fort.

»Nein.« Röder meinte, ein kurzes Zögern gemerkt zu haben, aber er konnte sich täuschen.

Steiner schlug einen scharfen Ton an. »Frau Weidmann, wir haben einen Zeugen dafür, dass Sie gegen elf versucht hatten, Ihren Mann nach Hause zu bringen. Der Zeuge sagt auch, dass Ihnen eine männliche Person dabei behilflich war.«

»Ja, wir haben es versucht, aber er ist gleich wieder ausgestiegen. Ich war eigentlich auch froh darüber, er hätte wohl nur wieder ins Auto gekotzt.«

»Ihr Mann ist also nicht mit nach Hause gefahren?«

»Nein, das sagte ich doch.« Gereizt drückte sie ihre Kippe aus. »Sie können den Gestapo-Ton ruhig wieder zurücknehmen. Am Anfang wirkten Sie freundlicher.«

Sie hatte Recht, aber das gehörte zur Strategie. Bei intelligenten und selbstsicheren Menschen führte sie nur nicht immer zum Ziel.

Steiner wurde milder. »Wer war der Mann, der Ihnen half?«

»Scheller, Herrmann Scheller.«

War da wieder das gleiche unmerkliche Zögern? Röder war unsicher.

»Kennen Sie Scheller gut?«, bohrte er weiter.

»Nein, nur flüchtig, über den Verein.«

»Hatten Ihr Mann und Scheller geschäftlich miteinander zu tun?«

»Weiß ich nicht, da müssen Sie die Bank fragen. Ich sagte bereits, dass ich über Geschäftliches mit meinem Mann kaum sprach.«

Es war offensichtlich, dass fürs Erste nichts mehr aus dieser Frau herauszuholen war und dass sie jetzt auf stur schalten würde.

»Vielen Dank für den Kaffee. Unnötig Ihnen zu sagen, dass Sie sich bitte zu unserer Verfügung halten müssen.«

Steiner übergab eine Karte, und sie verabschiedeten sich. In Frau Weidmanns Augen glomm Erleichterung, aber das war die normale Reaktion aller Verhörten.

Kaum hatten sie das Haus hinter sich gelassen, da platzte Sybille heraus. »Das ist doch unglaublich, wie kann man sich als Frau nur so prostituieren!«

»Hör mal Sybille, das ist nicht unser Problem. Wir untersuchen einen Mord, da jucken emanzipatorische Empfindlichkeiten wenig.«

Erst nachdem sie ein Stück gefahren waren, konnte Steiner wieder auf das eigentliche Thema kommen.

»Hast du Lobeck erreicht?« Lobeck war der dritte Mann im Team.

Sybille, noch nicht ganz beruhigt, antwortete: »Ich habe den Grünen den Auftrag gegeben, ihn ausfindig zu machen, aber am Sonntagmorgen ist dies ein größeres Problem.« Sie deutete damit seine Trinkgewohnheiten an.

VIER

Sie fanden Scheller in der Probierstube seines Weingutes. Um ihn herum saß eine illustre Schar von Zuhörern. Scheller war der Alleinunterhalter. Unter den Zuhörern waren einige, die Röder vom Sehen her kannte, aber auch ein paar Touristen, wohl Gäste in Schellers Ferienwohnungen. Alle hingen sie wie gebannt an Schellers Lippen. Seinen Gesten nach zu urteilen, konnte er eine Menge Jägerlatein erzählen.

Der Raum war eng, aber urig. Geweihe und Kammerpreismünzen wechselten sich an den Wänden ab, das übliche ausgediente Zubehör aus zweihundert Jahren Weinbau füllte die restlichen Lücken.

Scheller stoppte im Gespräch, als er die drei Beamten sah, er stand auf und begrüßte sie.

»Ah, das Fräulein Kommissar und der Herr Kommissar. Den Staatsanwalt haben Sie auch gleich mitgebracht, dann kann der Prozess ja beginnen.«

Er grinste, wandte sich direkt an Röder. »Lange nicht mehr gesehen. Können wir unter vier Augen sprechen?«

Steiner war deutlich verärgert, aber theoretisch konnte auch ein Mitglied der Staatsanwaltschaft Ermittlungen führen. Der Haken war nur, dass Röder noch nicht offiziell mit dem Fall betraut war, und es war nicht klar, ob er ihm überhaupt zugeteilt werden würde. Aber Steiner kannte Röder schon lange. Röder würde seinen Chef sicher belabern, dass kein anderer seiner Kollegen für den Fall in Frage käme. Keiner kannte das Umfeld so gut wie er. Steiners Miene verriet, was er von der Situation hielt. Aber er selbst hatte sich da hineinmanövriert. Hatte er doch seinen alten Ermittlerfreund angerufen.

»Herr Steiner muss dabei sein, er ist der leitende Ermittler.«

Sie ließen Sybille bei den Gästen zurück. Sie würde das ahnungslose Publikum der Weinstube auf subtile Art und Weise ausquetschten.

Scheller ging voraus in das Lager, das sich hinter der Probierstube anschloss. Es war kühl, es roch nach faulen Trauben, und der Wein stapelte sich bis unter das Dach der Lagerhalle.

»Sieht schlecht aus für mich, nicht wahr?« Röder wunderte sich über diese Eröffnung, er sagte aber erst einmal nichts, sondern wartete ab, welche Selbsterkenntnis noch folgen würde. »Ich habe Weidmann als Letzter lebend gesehen, und dann finde ich auch noch seine Leiche.«

»Als Letztes hat ihn der Mörder lebend gesehen. Sind Sie der Mörder?«, schnarrte Steiner, und Scheller zuckte zusammen.

»Nein, um Gottes willen, so habe ich das auch nicht gemeint.«

»Wie haben Sie es dann gemeint, Herr Scheller?«

»So wie ich es gesagt habe, aber ich habe ihn nicht ermordet.«

Röder erinnerte sich daran, wie er früher mit seinem Winzerfreund Achim Hellinger das idyllische Weindorf Kallstadt unsicher gemacht und sie nicht nur bei den Schellers hemmungslos Trauben geklaut hatten, um den ultimativen Traubenschnaps in der selbstgebauten Destille zu brauen. Es hatte trotz der einschlägigen Vorbildung seines Freundes etwas gedauert, bis sie herausgefunden hatten, dass man den Vorlauf beim Schnapsbrennen besser nicht trinken sollte. Dreizehn, vierzehn mussten sie damals gewesen sein. Es war die Zeit, als Scheller das Weingut von seinem Vater übernahm, der gerade seine letzte Flasche Wein getrunken hatte. Scheller junior musste heute Mitte fünfzig sein, etwa so alt wie Weidmann.

»Ich habe Frau Weidmann geholfen, Ihren Mann in den Wagen zu verfrachten. Aber kaum war er drin, da beschimpfte er uns bloß und wollte gleich wieder aussteigen. Das tat er dann auch.«

Steiner ging nicht darauf ein. »Wo waren Sie zwischen eins und zwei?« Scheller wurde knallrot, obwohl er die Frage doch wohl erwartet haben musste. »Was ist los, haben Sie kein Alibi?«

Scheller stotterte. »Natürlich habe ich ein Alibi.«

Das war auch alles. Steiner war es offenbar leid, dem Winzer jeden Wurm einzeln aus der Nase zu ziehen. Er wurde deutlicher. »Herr Scheller, Ihr Verhalten ist sehr auffällig. Ich kann Sie auch gerne mitnehmen, damit Sie bei uns im Präsidium Ihre Aussage machen. Sie können dann gleich über Nacht bleiben. Wer weiß, vielleicht wird ein richtig langer Aufenthalt daraus? Haben Sie nun ein Alibi oder nicht? Wann haben Sie das Fest verlassen? Kann Ihre Frau etwas dazu sagen?«

Scheller ging nun gänzlich die Luft aus, und er schwankte, suchte Halt an den aufgetürmten Weinkisten. Entweder war er ein begnadeter Schauspieler mit einer unklaren Rolle, oder er hatte etwas zu verbergen und stand kurz vor der Explosion.

»Meine Frau weiß von alledem nichts«, stammelte er zusammenhanglos. »Ich habe das Fest um elf verlassen, nach dem erfolglosen Versuch, den vollgesoffenen Weidmann nach Hause zu schaffen.« Er zögerte wieder und fügte dann hinzu: »Ich bin mit Frau Weidmann zu ihr nach Hause gefahren. Bitte, meine Frau darf es nicht erfahren.«

Im Zeitalter der Ex-und-hopp-Ehen trieben ihn wohl finanzielle Gesichtspunkte zu dieser altmodischen Einstellung.

»Ich kann Ihnen nichts versprechen, das kommt auf den Verlauf der Ermittlungen an. Geht das Verhältnis mit Frau Weidmann schon länger?«

Jetzt, wo der Kloß, an dem er gewürgt hatte, draußen war, sprach er deutlich gefasster und präziser. Er saß auf dem Rand einer Gitterbox, die voller ungefalteter Geschenkkartons für Wein war. »Seit etwas mehr als einem Jahr.«

»Wusste Weidmann davon?«

»Ich bin mir nicht sicher, irgendjemand hat es ihm vielleicht gesteckt. Aber wenn er es gewusst hätte, dann wäre ihm das wurscht gewesen. Er hatte eine Übereinkunft mit seiner Frau, dass jeder tun und lassen konnte, was er wollte. Nur eine Scheidung stand nie zur Debatte.«

Ein klassisches Motiv, dachte Röder. Typisch für eine Beziehungstat, die hinter den meisten Morden steckte.

Steiner wechselte das Thema. »Weidmann hat beim Einsteigen wie ein Rohrspatz geschimpft. Wissen Sie, über wen?«

»Ach, der war doch vollgesoffen. Er hat sich über den Vorstand, seine Mitarbeiter und über seine Kunden ausgelassen. Das war man von ihm gewohnt.«

»Er hat etwas wie ›undankbare Sau‹ oder ähnlich gerufen. Wissen Sie, wen er gemeint haben könnte?«

»Jeden, den er kannte. Er führte sich immer wie der große Wohltäter auf, das tat er auch im Verein. Wissen Sie, er ist der Ehrenvorsitzende, weil seine Bank eine erkleckliche Summe beisteuert. Aber er will überall das Sagen haben, und sobald es nicht nach seinen Vorstellungen geht, flippt er aus und stänkert rum.«

»Schildern Sie mir bitte noch mal, wie Sie ihn heute Morgen gefunden haben. Ist Ihnen in unmittelbarer Nähe etwas aufgefallen, als Sie die Leiche fanden? Versuchen Sie sich so genau wie möglich zu erinnern.«

»Ich habe doch schon alles zu Protokoll gegeben, aber gut. Ich bin so gegen halb sieben zum Kelterhaus gegangen und wollte es für das heutige Kelterfest vorbereiten. Sie wissen es selbst. Jedes Jahr ist der Höhepunkt des Festes das Traubenkeltern, mit den Füßen, wie vor zweitausend Jahren. Dieses Jahr war's wohl nichts.«

Für die Pfalz und sogar noch darüber hinaus war die Entdeckung der Römerkelter eine archäologische Sensation gewesen. Die antike Anlage ist eine absolute Seltenheit nördlich der Alpen und steht für zweitausend Jahre Weinbautradition in der Pfalz. Diese Tatsache an sich ist für einen echten Vorderpfälzer natürlich ein Grund zu feiern. Das wurde an der Römerkelter und dem dazugehörigen Herrenhaus auch ausgiebig getan. Das Traubenkeltern vollzog sich in den beiden lang gestreckten Bassins, wo die Trauben nach alter Tradition mit nackten Füßen zertreten wurden. Der Most wurde in einem tiefer liegenden Becken gesammelt, das die beiden anderen in der Mitte verband. Irgendjemand hatte Weidmann an einem der oberen Becken das Pilum in den fetten Wanst gejagt. Röder hatte auf einmal das Bedürfnis, die unsinnige Frage zu klären, ob sich das Blut im unteren Becken gesammelt hatte. Hatte der Tatort für das Verbrechen irgendeine Bedeutung?

»Ich habe ihn da liegen sehen, im oberen Becken, und habe mit meinem Handy sofort die Polizei verständigt.«

»Haben Sie jemanden gesehen, als Sie zum Kelterhaus gingen, sind Sie jemandem begegnet?«

Das Kelterhaus lag etwa einhundert Meter von der Ruine des römischen Herrenhauses entfernt, wo das eigentliche Fest stattfand. Dort übernachteten auch die Legionäre und andere Partygänger. Das Fest war so beliebt, dass am anderen Morgen Dutzende von Fahrzeugen kreuz und quer in den Weinbergen standen, zu denen die Feiernden in den Morgenstunden krochen und sich dort ablegten. Röder überlegte, wie viele nicht so vernünftig gewesen waren und sich noch hinter das Steuer geklemmt hatten. »Traht misch zum Audo, isch konn kää Schritt mer laafe«, lautete ein vielzitierter Spruch auf allen pfälzischen Weinfesten.

»Nein, das heißt, auf dem Hinweg bin ich niemandem begegnet, aber als ich auf die Polizei wartete, stand plötzlich der Zenturio vor mir. Er schaute ziemlich ungerührt in das Becken und fragte, ob ich Hilfe bräuchte. Ich verneinte, und er ging zu seinen Kameraden zurück. Er wollte mit ihnen wiederkommen.«

»Kann er schon vorher da gewesen sein?«

»Keine Ahnung, ich habe ihn erst nach dem Anruf bemerkt. Außerdem hätte er dann wohl die Polizei gerufen, oder?« Das »Oder« klang schon nicht mehr so sicher.

»Haben Sie eine Ahnung, wer Weidmann umgebracht haben könnte?«

»Er trieb sich gerne im halbseidenen Schwulenmilieu rum. Das war bekannt. Wir hatten eigentlich gedacht, er kratzt irgendwann einmal wegen AIDS ab.« Er machte eine Pause, dann schien ihm aber noch etwas einzufallen. »Letztes Jahr gab es eine unangenehme Szene beim Kelterfest. Hallmann, der Zenturio, hatte seinen Sohn dabei, ein hübscher, blonder vierzehnjähriger Bursche. Weidmann hat ihn im Suff in die Büsche gezogen. Zum Glück ist nichts weiter passiert, da zwei der Legionäre den Jungen suchten, weil er zum Schauexerzieren nicht angetreten war. Weidmann lallte, er hätte nur einen Spaß gemacht und den Jungen nur erschrecken wollen. Es stimmt jedenfalls, dass Weidmann mit dem Jungen und ein paar anderen Kerlen vorher spielte und herumblödelte. Trotzdem hat ihm das keiner geglaubt. Der Zenturio ist mit Fäusten auf ihn losgegangen und hat ihm eine in die Fresse gegeben. Seine Leute konnten ihn noch davor bewahren, Totschlag zu begehen, so rasend war der.«

»Kam es zu einer Anzeige?«

»Ach wo. Ich brauche es Ihnen ja nicht zu sagen, dass es schlecht für den Zenturio ausgegangen wäre. Es stand Körperverletzung gegen ein ausgelassenes Spiel.«

Röder war studierter Jurist, aber er konnte sich noch immer nicht damit abfinden, dass überall menschliche Zeitbomben herumliefen, die schon auffällig geworden waren, bevor Gelegenheit, Zeitpunkt und Umstände stimmten und das Unfassbare geschah.

»Wir vom Verein haben die Sache auch nicht an die große Glocke gehängt.« Scheller musste nicht weiterreden. Röder konnte sich lebhaft vorstellen, wie die Großkopferten die Sache beschönigten und schließlich alles unter den Teppich kehrten, um ja das Ansehen des Vereins nicht anzukratzen, um weiterhin fleißig die Spenden zu kassieren.

»Jedenfalls war dieses Jahr der Sohnemann vom alten Zenturio nicht dabei.«

Röder hatte genug von Scheller gehört. Die Liste der Verdächtigen konnte um den Namen Hallmann erweitert werden. Er wollte aber noch etwas anderes wissen. »Erzählen Sie mir etwas über den Verein. Wer bildet denn eigentlich den Vorstand?«

»Wir sind mittlerweile so um die sechzig Mitglieder. Wir organisieren dieses Weinfest und sammeln Spenden für den Erhalt der Anlage. Gelegentlich machen wir Themenabende mit Vorträgen an der Volkshochschule oder bei ähnlichen Einrichtungen. Die Vorträge hält meistens der Ewald Kraus, unser erster Vorsitzender. Wie Sie wissen, ist er eine anerkannte Größe für das Thema Pfälzer Geschichte. Zweiter Vorsitzender bin ich, und die Kasse macht die Frau Wirth. Für bestimmte Aktivitäten bilden wir Gremien, wie zum Beispiel für unser Fest. Da sind meistens die gleichen Leute drin, aber es gibt auch immer mal wieder ein paar neue. Ohne den Kraus und seine Beziehungen sähen wir aber alt aus. Da würde nicht viel passieren.«

Die drei sprachen noch eine Weile über den Verein und gingen gemeinsam in die Probierstube zurück. Röder und Steiner sammelten Sybille ein und fassten für sie das Gespräch mit Scheller zusammen. Sybille sollte veranlassen, dass die Römer nicht vor Montagabend heimfahren durften, immerhin stammte die Mordwaffe aus ihren Reihen. Danach sollte sie zu Kraus fahren und die Namen möglichst vieler Festteilnehmer, vom harten Kern sozusagen, in Erfahrung bringen.

Für Röder gab es nicht mehr viel zu tun, außer einen Besuch bei einem alten Schulfreund zu absolvieren.

FÜNF

»Schön, dass du dich blicken lässt.« Sie saßen in Achim Hellingers Arbeitszimmer, von dem aus man einen herrlichen Blick über die Rheinebene auf den Odenwald hatte. Es dämmerte schon. Der Odenwald lag in rotem Licht. Links, über Ludwigshafen, deutete eine riesige Fackel auf eine sonntägliche Betriebsstörung des Steamcrackers bei der BASF hin. »Hab's mir fast gedacht, dass du vorbeikommst. Bist du schon mit dem Fall betraut?«

Röder antwortete nicht, aber sein Freund verstand sofort. »O nein, Sherlock ist zurück, das gibt's doch nicht!«, stöhnte er. »Und, war's der Scheller?«

»Wie kommst du darauf?«

»Na hör mal, das weiß doch jeder, dass der Scheller was mit der Frau vom Weidmann hatte. Die haben letztes Jahr auf dem Fest rumgeknutscht wie die Teenies. Ich dachte schon, der vögelt sie auf meinem Weinstand, so ist er ihr an die Wäsche gegangen.« Hellinger grinste dreckig. »Dieses Jahr waren sie vorsichtiger. Ganz Kallstadt und halb Bad Dürkheim haben sich nämlich ganz schön das Maul über die drei zerrissen. Da wurde auch mehr und mehr bekannt, dass der fette Jürgen schwul bis unter die Haarspitzen seiner Schamhaare war.« Das Grinsen wurde noch breiter.

»Komisch, der Scheller tut so, als ob seine Frau nichts von der Affäre weiß.«

»Ach Quatsch, das gibt's gar nicht. Dazu ist das Kaff hier viel zu klein.«

Was für einen Grund hatte Scheller, so eindringlich um Diskretion zu bitten? Röder machte sich in Gedanken ein Ausrufezeichen hinter den Namen Scheller.

»Kennst du ihn eigentlich?«

Hellinger reagierte etwas überrascht. »Wen, den Scheller oder den Weidmann?« Er holte zwei Gläser seines prämierten Dornfelders und kam an den Schreibtisch zurück.

»Du kannst dir einen aussuchen.« Röder hatte ein Gefühl für minimale Abweichungen von den normalen Reaktionen. Seine Kollegen nannten ihn schon mal einen wandelnden Lügendetektor. Diese Gabe, eine Mischung aus Intuition und genauem Zuhören, hatte ihn schon oft auf die richtige Spur geführt. Wusste sein alter Freund mehr, als er zu sagen bereit war?

»Na ja, das mit dem Scheller weißt du ja, er ist quasi unser Nachbar. Wir verstehen uns, wie man sich unter Kollegen und Nachbarn halt so versteht.«

»Und was ist mit Weidmann?«

»Na hör mal. Wenn du bestimmte Banktransaktionen machen willst, dann kommst du in dieser Gegend nicht um ihn herum. Wenn ein Winzer eine neue Lagerhalle braucht oder einen neuen Traubenvollernter, dann trägt der Darlehensbrief die Unterschrift von Weidmann. Der Mann entscheidet – pardon, entschied – über die Wirtschaftskraft der Region. Und er hatte wohl so seine eigenen Richtlinien bei der Vergabe.«

»Wie meinst du das?«

»Na ja, es ist wie überall. Mit wem er auskam, der hatte keine Schwierigkeiten.«

»Und mit wem er nicht auskam?«

In einem völlig anderem Tonfall sagte Hellinger: »Es gab immer Möglichkeiten, sein Freund zu werden.«

Röder war die Veränderung in der Stimmlage seines Freundes natürlich nicht entgangen. »Verstehe ich nicht. Wie meinst du denn das schon wieder?«

Dass sich Hellinger nicht auf die Zunge biss, war erstaunlich, er hatte sich offensichtlich verplappert. Als Freund hätte Hellinger mit nichts hinterm Berg gehalten, aber der Grat zwischen Freundschaft und dienstlichem Verhör war schmal. Das wusste jeder der beiden.

»Hör mal, mein Freund, ich begebe mich jetzt auf hauchdünnes Eis, und ich möchte dich bitten, nichts davon in deine verdammten Akten zu bringen.« Hellinger machte eine bedeutungsvolle Pause. »Angeblich konnte man ihn mit kleinen Gefälligkeiten überzeugen, auch riskante Geschäfte zu finanzieren. Aber bitte, zitier mich nicht«, fügte er eindringlich hinzu.

»Was ist mit dir, hast du auch Kredite mit ihm laufen?«

Die Antwort kam schnell. »Klar, hat doch jeder hier. Wie gesagt, du kommst an ihm nicht vorbei.«

»Hast du ihn auch geschmiert, oder musstest du ihn bumsen?« Röder grinste. Er hielt das für einen guten Witz.

Hellinger antwortete gereizt, für eine Frotzelei unter Freunden zu gereizt. »Quatsch, du Arschloch.«

»Hey, komm schon. Ich habe doch nur einen Witz gemacht.«

Hellinger hatte sich wieder unter Kontrolle. »Ich doch auch.«

»Gibt es irgendetwas, was ich wissen sollte? Ich meine, über Weidmann und dich?«

»Blödsinn, du weißt doch, dass ich nicht schwul bin.«

Das wusste Röder nur zu gut. Hellinger, der Schürzenjäger, hatte Röders kleine Schwester mit fünfzehn flachgelegt. Hellinger war damals immerhin schon neunzehn. Röder musste noch monatelang das Geheule seiner Schwester ertragen, nachdem Hellingers Gunst längst wieder einer anderen galt.

»Nein, schwul bist du nicht.«

Bevor Röder noch tiefer bohren konnte, sagte Hellinger: »Ich habe Gerüchte gehört, nach denen Weidmann äußerst riskante Geschäfte finanziert und dafür kräftig eingesteckt hat. Oder findest du nicht, dass das Haus in Seebach auch für einen Bankdirektor eine Nummer zu groß ist?« Röder wurde das Gefühl nicht los, dass sein Freund auswich. »Ich habe Andeutungen von Firmennamen gehört, ein renommierter Maschinenbaukonzern aus der Gegend soll dazugehören, aber bitte leg mich nicht fest, ich weiß auch nicht mehr.«

»Gibt's das nicht noch ein bisschen genauer? Von wem weißt du das?«

»He komm, das ist doch kein Verhör. Das will ich dir nicht sagen. Ich schlage vor, du gehst auf die Bank und fragst dort. Die Befugnisse, dort zu wühlen, wirst du in diesem Fall wohl bekommen, oder?« Wahrscheinlich hatte Hellinger es mal wieder mit irgendeinem Mäuschen aus der Bank getrieben, um an dieses Wissen zu gelangen.

»Warst du eigentlich auch auf dem Fest bis in die späte Nacht?«

»Klar, du Sack. Wenn du mein Alibi überprüfen willst, dann

frag den Kraus, die Wirth; die alle und noch ein Dutzend anderer Honorationen aus dem Ort haben an meinem Tisch gesessen, als der Mord geschah. Willst du alle Namen? Ich war auch nicht mit Blut besudelt, als ich mal kurz vom Pinkeln wiederkam. Das muss doch gespritzt haben, das mit dem Speer, oder?«

Nach einem Augenblick der Stille schauten sich beide an und begannen herzhaft zu lachen. Das Räuber-und-Gendarm-Spiel von früher hatte sie eingeholt, diesmal aber mit einer echten Leiche und nicht nur wegen ein paar geklauter Trauben. Sie begannen über die alten Zeiten zu quatschen, wie schon so oft, vielleicht schon zu oft.

Röder genoss den Blick zum Fenster hinaus. Die Fackel war mittlerweile wieder erloschen. Früher, als Kinder hatten sie sich so immer utopische Städte in fremden Welten vorgestellt. Ihr Lieblingsspiel war Raumschiff Enterprise, mit einem Raumgleiter im Tiefflug über die Schlote, Reaktoren und das ganze Rohrgewirr sausen, um irgendeine Prinzessin aus der Gewalt der Klingonen zu befreien. Es war die Zeit von Star Wars.

»Früher war alles so einfach«, sinnierte er nach einer Gesprächspause unvermittelt.

»Klingt, als hättest du die Midlife-Crisis.«

»Blödmann, ich glaube eher, es sind die Halluzinogene in deinem gepanschten Wein.«

»Klar, alle wollen meinen Wein haben, weil er so schön abhängig macht, wie Katzenfutter.«

Hellinger lächelte in sein Glas, und sie plauderten noch eine Weile über ihre Familien.

Als Röder nach einem letzten Schoppen Dornfelder seinen alten Schulfreund verließ, hatte er das unangenehme Gefühl, nicht nur zwei Verdächtige zu haben, sondern drei. Dieser Gedanke ging ihm auf der Heimfahrt nicht mehr aus dem Kopf. Er schüttelte sich mehrmals, biss fast ins Lenkrad und sagte zu sich selbst: »Das kann doch nicht wahr sein!«

Manu wunderte sich über seinen aufgekratzten Zustand, der offensichtlich nicht nur vom Wein herrührte.

SECHS

Am Montagmorgen ging das schöne Wetter der letzten Tage zu Ende. Der Herbst lag schon in der Luft, die letzte Hitze des Sommers war vorüber. Röder mochte diese Jahreszeit, auch wenn er immer etwas melancholisch wurde. Er hatte sich am Morgen telefonisch mit Steiner besprochen, der, wie üblich, Röders Engagement als Einmischung betrachtete. Andererseits war er aber offensichtlich froh, sich mit seinem alten Freund und Geistesverwandten über diesen seltsamen Fall austauschen zu können. Gemeinsam wollten sie den Besuch in der Bad Dürkheimer Zentrale der Bank absolvieren.

Er fuhr am weltgrößten Weinfass vorbei und bog links zur Spielbank, dem ehemaligen Schloss, ein. Die Hauptstelle der Bank lag hinter dem Bahnhof und war eine echte Bausünde in der sonst so beschaulichen Kurstadt.

In der Bank ging es drunter und drüber, die wildesten Gerüchte kursierten, das Direktorium und der Aufsichtrat würden noch am gleichen Tag zusammentreten, um die weiteren Schritte zu besprechen. Die Beamten wollten sich zunächst an Frau Bergmann halten, die bereits seit über sechs Jahren für Weidmann arbeitete und bestens über die geschäftlichen Verflechtungen ihres Ex-Chefs Bescheid wissen sollte.

Er musste die Schalterhalle durchqueren, die erst kürzlich umgebaut worden war und jetzt nur noch wenige Menschen hinter den hypermodernen offenen Schaltern beherbergte, die eigentlich Schreibtischen mit besonders gestylten Computern glichen. Überhaupt ähnelte die Halle mehr einem verwaisten Großraumbüro als der klassischen Schalterhalle einer Bank mit der gewohnten Betriebsamkeit der Geldgeschäfte. Die Kassierer waren Hightech-Automaten gewichen, und Röder staunte über eine ältere Kundin, die flink ihre Bankgeschäfte an einem solchen Terminal einhämmerte. Steiner war noch nicht eingetroffen. So schlenderte Röder zerstreut herum. Auch wenn es der beeindruckend breite Sicherheitsmann nicht ausdrücklich sagte, Röder war ihm suspekt, Bankräuber kamen wohl nicht immer mit Sturmhauben daher. Der Wachmann quittierte Röders Erklärung, er warte auf jemanden, mit einem Nicken, das klar ausdrückte: Aber keine Fiesematenten, klar?

Unter wachsamen Augen traf Steiner ein, und ihr Weg in den sechsten Stock wurde tatsächlich von einem weiteren Sicherheitsmann versperrt, der sie dann jedoch zum Fahrstuhl durchließ. Frau Bergmann würde sie oben in Empfang nehmen.

Die Fahrstuhltür öffnete sich, eine dunkelhaarige Frau musterte Röder kurz. Sie musste im gleichen Alter wie er sein, aber bei ihm klingelte nichts, als sich ihr Gesicht zu einem Lächeln des Wiedererkennens verzog. »Ah, Sherlock, kennst mich wohl nicht mehr?« Sie lachte.

Röder war irritiert, reichte ihr die Hand und wurde von ihr zum Glück um das Stammeln gebracht.

»Ich bin die Linda, Linda Hoheisel.« Sie lachte über sein dümmliches Gesicht, als er ihren Mädchennamen wiederholte und sich endlich erinnerte. »Komm, wir trinken einen Kaffee, den können wir jetzt gut gebrauchen.«

Steiner lief hinterher. Röder roch ihr Parfüm, konnte sich einen Blick auf ihre wiegenden Hüften nicht verkneifen. Sie trug ein schickes Kostüm, wie man es bei einer Chefsekretärin in der Bank auch erwartete, und ihm fiel sofort der Grund ein, warum er sie nicht gleich erkannte. Lindas Vater war ein Berufssoldat gewesen, der seine Familie mit regelmäßigen Umzügen strapazierte. Die Mutter hatte das ein paarmal mitgemacht, bevor sie entnervt die Kurve mit einem Versicherungsvertreter gekratzt hatte. Linda stieß in dem Jahr vor dem Abitur zu ihnen. Sie war ein hübsches Mädchen, aber die Rebellion gegen ihren Vater drückte sich im Winter durch selbstgestrickte Norwegerpullis, im Sommer durch ebenso bunte Batikkleider aus. Dazu gehörte natürlich die entsprechende politische Geisteshaltung und die Angewohnheit, nie einen BH zu tragen.

Als Hellinger ihm eines Tages bei einem spätpubertären Biergelage seine Erkenntnis offenbarte, dass Müslis die direkten Erben der Achtundsechziger waren, da sie noch die Grundsätze der freien Liebe pflegten, hatte Röder nur Spott für ihn übrig. Kurze Zeit darauf sprach der erzkonservative Winzersohn, der damals schon aktiv bei der Jungen Union mitmischte, mit Sympathie von grünen Idealen. Das verflog erst, als Linda sich wieder einem wahren Mitstreiter zuwandte und Hellinger tatsächlich geknickt war, weil er es diesmal nicht war, der den Laufpass ausstellte.

War Linda der Kontakt seines Freundes in der Bank, den er nach ihrem Gespräch vom Sonntag vermutete?

»Ich habe dich ganz anders in Erinnerung«, begann er unbeholfen, als sie ihm eine Bürotasse mit schwarzem Kaffee reichte. Für Steiner kramte sie eine alte Tasse heraus, deren dunkle Ränder die wahre Verwendung nur ahnen ließen. Linda lachte, und Röder musste sich eingestehen, dass sie anziehender als damals auf ihn wirkte. Hellinger hatte schon immer ein untrügliches Gespür für Frauen gehabt, wusste immer, was sich hinter der Fassade verbarg.

»Als bourgeoiser Chauvinist habe ich mich immer von politischen Frauen ferngehalten.«

Sie prustete in ihren Kaffee. »Dass ich dich so bezeichnet habe, verzeihst du mir wohl nie.«

»Na ja, da war da noch die Sache mit meinem besten Freund«, konterte er und zwinkerte ihr zu.

Sie lachte wieder. Vor der Tür ging ein Mann im Anzug vorbei, der verwundert hereinschaute. Große Fröhlichkeit war an diesem Tag offensichtlich nicht angesagt. Sie bemerkten den konsternierten Blick und wurden ernster, aber eher wie Verschwörer, die ein gemeinsames Geheimnis hüteten. Steiner war bei so viel Vertrautheit mal wieder außen vor.

»Jetzt kannst du mir ja mal erzählen, warum du als promovierter Jurist nun als Inspektor Columbo herumläufst und die Leute nervst.« Röder war wegen dieser Wendung dankbar, obwohl er gern mit der attraktiven Frau über alte Zeiten gesprochen hätte. Aus Rücksicht gegenüber Steiner wollte er jedoch zur Sache kommen. Er erklärte ihr, dass er der leitende Staatsanwalt sei und die Kriminalpolizei in einer frühen Phase der Ermittlungen unterstütze. Steiner ließ ihn gewähren. Als Profi wusste er, dass eine persönliche Beziehung die Fragerei vereinfachen konnte. Nicht immer, aber hier schien es zu klappen.

»Erzähl mir was von deinem Ex-Chef. Besonders geschockt bist du nicht.«

»Nein, bestimmt nicht. Wir haben es erwartet.«

»Was, dass man ihn umbringen würde?«

»Quatsch, natürlich nicht. Ich meine, wir erwarteten jeden Tag, dass er abgelöst werden würde.«

»Wieso sollte er abgelöst werden?«

»Als ich hier anfing, war er eigentlich ein völlig normaler Chef und vermutlich kein schlechter Bankdirektor. Er hatte wichtige Reformen eingeleitet, und die Bilanzen gaben ihm Recht. Aber vor ungefähr drei Jahren wurde er so ganz anders. Es schien ihm alles egal zu sein. Richtig zynisch wurde er und fetter. Seine sexuellen Ausschweifungen verbarg er nicht mehr, und dann kaufte er sich dieses riesige Haus in Seebach.«

»Wieso verbindest du seine persönlichen Neigungen mit dem Hauskauf?«, wunderte sich Röder. »Kannst du dir die Veränderung erklären?«

Sie zögerte. »Manche sagen, er solle abgelöst werden, weil er angeblich eklatante Fehlentscheidungen getroffen hatte, die der Bank schadeten. Das wussten wir am Anfang nicht und bezogen die anfänglichen Gerüchte nur auf seine Homosexualität und seine Fresssucht. Nachweisen konnte ihm das bis jetzt aber niemand. Wahrscheinlich ist auch nichts dran, man wollte ihn nur loswerden.«

»Kann es sein, dass man es dir nicht sagen würde? Ich meine, wenn das herauskommt, dann ist das ein riesiger Imageverlust für die Bank. Wäre doch möglich, dass es nur ein paar hohe Herren wissen. Wer könnte das denn sein?«

Steiner setzte gerade zum Reden an, aber er ging unter.

»Nein«, konterte sie entschieden. »Über meinen Tisch geht jeder Beschluss vom und jeder Bericht an das Direktorium. Außerdem bin ich bei den meisten Sitzungen des Direktoriums und des Aufsichtsrates dabei. Ich bin hier keine Tippse«, fügte sie fast beleidigt hinzu.

Röder wechselte das Thema. »Wie war dein Verhältnis zu deinem Chef?«

»Ich hatte keins, er war ja schwul. Aber Spaß beiseite. Anfangs mochte ich ihn und seine unkonventionelle Art. Aber wie er sich veränderte, so veränderte sich auch unser Verhältnis. Die letzten Monate waren schlimm, und jeder wäre erleichtert gewesen, wenn er endlich den Hut genommen hätte.«

»Du auch?«

Sie zuckte mit den Schultern, nickte aber. Röder verstand. Er fand diese Art der Zustimmung voll und ganz ausreichend.

»Gibt es einzelne Personen oder Gruppen, die Weidmanns Absetzung bewusst vorangetrieben haben?«

Linda zögerte ein wenig. Sie wusste offenbar nicht, wie sie auf die sehr direkte Frage antworten sollte. Schließlich meinte sie: »Wende dich an Dr. Wirth, er ist der Kopf der Gegenpartei.«

»Dr. Wirth? Hat der was mit der Frau Wirth vom Römerverein zu tun?«

»Klar, das ist seine Frau.«

»Aha«, sagte Röder etwas dümmlich, er war verwirrt. Das lag zum einen daran, dass sich alle Fäden irgendwo kreuzten, auch wenn das in dieser Gegend normal war. Jeder kannte jeden, und irgendwie waren alle miteinander verwandt oder verschwägert. Er wusste das, er war selbst Teil dieses Vorderpfälzer Völkchens. Für einen Detektiv, der unabhängig bleiben musste, machte das die Sache allerdings verdammt schwierig.

»Du sagst Gegenpartei. Hatte Weidmann denn noch Parteigänger?«

»Ja, aber immer weniger. Auf der letzten Vollversammlung war die Mehrheit für Weidmann schon äußerst knapp, und sie bröckelte immer mehr.«

»Es wäre also nur eine Frage der Zeit gewesen, bis er endlich den Hut hätte nehmen müssen.«

»Würde ich so sagen, ja.«

»Wer waren die Parteigänger von Weidmann?«

Sie überlegte kurz. »Seine stärksten Verbündeten sitzen im Aufsichtsrat. Allen voran der Bürgermeister.«

»Der Bürgermeister hielt immer noch zu Weidmann?« Röder wunderte sich. »Wenn ich dich richtig verstehe, dann war Weidmann schon langsam untragbar. Warum hat der Bürgermeister ihm die Stange gehalten?«

»Weidmann hat früher gute Arbeit geleistet. Nach den mageren achtziger Jahren boomte die Bank in der ersten Hälfte der Neunziger. Das war Weidmanns Verdienst. Die Stadt als Teilhaber hat gut verdient. Das hat ihm der Bürgermeister nicht vergessen.«

»Ein eher ungewöhnliches Verhalten für einen Politiker.«

»Stimmt.«

»Weißt du was von dubiosen Geschäften deines Chefs?«

»Wie bitte?« Sie war ehrlich entrüstet. »Nein, man kann über Weidmann sagen, was man will. Er war wohl die letzten Jahre sehr exzentrisch, aber er hat keine krummen Dinger gedreht. Das hätte ich mitbekommen«, sagte sie bestimmt.

»Denken so alle in der Bank?«

»Ja, an der Integrität der Bank und seiner Direktoren besteht nicht der geringste Zweifel.« Schon wieder eine zu schnelle Antwort, dachte Röder. Woher nahm sie diese Sicherheit? Ihre Erfahrungen mit der Politik sollten sie doch eines Besseren belehrt haben.

»Woher nimmst du diese Sicherheit?«

»Ich weiß es halt«, antwortete sie. Er ließ es dabei bewenden und lenkte auf ein anderes Thema.

»Bevor du mich zu Wirth bringst, kannst du mir eine Liste aller Kreditnehmer eurer Bank besorgen?«

»Wie stellst du dir das vor, das sind einige tausend.« Sie war immer noch erregt, schien sich aber langsam wieder zu beruhigen.

»Ich meine nicht jeden Überziehungs- oder Privatkredit. Ich will die Geschäftsdarlehen und die Darlehen an die Vertreter von Firmen. Die dicken Brocken also.«

»Das wird nicht einfach sein, das herauszufiltern, aber ich werde versuchen, es zu besorgen. Du weißt, dass ohne richterlichen Beschluss gar nichts läuft, den musst du mir anschleppen.«

»Das mache ich, aber vielleicht kannst du schon die Sache in Auftrag geben. Ich denke, die Bank ist auch an einer schnellen Aufklärung interessiert.«

Linda Bergmann nickte. Sie plauderten ein wenig über alte Zeiten und bedauerten, dass es nach über zwanzig Jahren noch kein Jahrgangstreffen gab. Der fünfundzwanzigste in zwei Jahren sollte eigentlich Anlass genug sein, um sich wieder zu treffen, und sie überlegten, wer denn die Organisation übernehmen würde. Schließlich nahm sie den Hörer und erbat am Telefon für die beiden Beamten eine Audienz bei Dr. Wirth. Röder verabschiedete sich, er war versucht, die Telefonnummern mit Linda auszutauschen, aber er verwarf diesen Gedanken schnell wieder. Steiner verabschiedete sich gar nicht, er stahl sich geradezu aus dem Raum.

»Dr. Wirth bittet Sie noch etwas zu warten. Er befindet sich gerade in einer wichtigen Besprechung. Sie können sich ja denken, warum«, sagte die Vorzimmerdame, die zwar nicht so adrett wie Linda, aber wahrscheinlich genauso tüchtig war. Sie war eher von der Marke »unersetzbares Schlachtross«. Sie führte die beiden in das Büro von Wirth und bat sie, an dem kleinen Konferenztisch Platz zu nehmen, der an der Fensterfront des Büros stand. Man hatte einen wunderbaren Blick auf die Haardt, und Röder entdeckte schon einige bunte Farben an den Bäumen.

Er hatte sich bemüht, das Schlachtross in ein Gespräch zu verwickeln, was ihm aber nicht gelang. Auf ihre Weise war die Dame aalglatt und wohl absolut loyal.

Sie warteten höchstens fünf Minuten, dann kam Dr. Wirth hereingestürmt, ganz der zackige Manager. Er musste so um die fünfzig sein.

»Herr Dr. Röder? Komische Umstände, um sich kennenzulernen. Obwohl«, fügte er hinzu, »für Sie ist das ja völlig normal.« Er deutete ein Lächeln an, und Röder nickte, ging aber nicht darauf ein.

»Herr Dr. Wirth, Sie wissen, warum wir hier sind. Können Sie irgendwelche Angaben zur Sache machen?« Steiner fiel mit der Tür ins Haus.

»Wir haben unseren geschäftsführenden Direktor verloren und rotieren jetzt alle. Wir müssen dafür Sorge tragen, dass das Geschäft ohne Reibungsverluste weiterläuft.«

»Wer ist denn Weidmanns Stellvertreter?«

»Ich dachte, das wissen Sie bereits. Ich.«

»Ich weiß nur, dass Sie die Absetzung von Weidmann betrieben haben«, konfrontierte Steiner, der bei diesem Gespräch offensichtlich das Heft in der Hand halten wollte, ihn direkt.

»Ach so, daher weht der Wind. Hören Sie, das ist eine rein geschäftliche Angelegenheit und keine persönliche. Weidmann hat Außergewöhnliches für die Bank geleistet.«

»Warum betrieben Sie dann seine Ablösung?«

»Er war nicht mehr der richtige Mann. Jeder hat so seine Zeit. Es gibt Manager, die sind besser für Krisen geeignet, andere besser für neue Ideen und Strategien. Dann gibt es welche, die sind die besseren Sanierer und so fort.«

»Sind Sie jetzt der Richtige?«

Wirth zögerte. »Das bestimme nicht ich, sondern der Aufsichtsrat. Aber ich glaube, ich habe gute Chancen.«

»Was für eine Art Manager sind Sie? Der für gute Zeiten?« Wirth antwortete nicht, und Steiner setzte nach: »Sie müssen sich doch selbst einschätzen können, das lernt man doch auf den Managementseminaren, nicht wahr?«

»Man könnte mich als Manager für besondere Situationen bezeichnen«, wich Wirth aus.

»In was für einer besonderen Situation befindet sich die Bank gerade?«, wollte Steiner wissen, ganz der Wadenbeißer.

»Na kommen Sie, deshalb sind Sie doch da.«

»Ist es Ihre Aufgabe, Unregelmäßigkeiten aufzudecken?«, bohrte Steiner tiefer. »Vielleicht irgendwelche dubiosen Geschäfte, die auf die Bilanz drücken könnten?« Steiner schien zu merken, dass er sich auf dünnem Eis bewegte. Aber die Beantwortung dieser Frage konnte ein Schlüssel zu dem Fall sein, auch wenn die Lösung vermutlich nicht von Wirth kommen würde.

»Wie kommen Sie denn darauf?« Auch Wirth setzte auf volle Entrüstung, die er polternd unterstrich. Dann sah er hilfesuchend zu Röder hinüber. Röder schwieg, wirkte unbeteiligt. Er wusste genau, dass er Steiner die Befragung überlassen musste, damit er ihn nicht ganz vergrätzte. Außerdem verstand Steiner sein Geschäft.

»Wie sind denn die aktuellen Zahlen der Bank?«

»Das sind Bankgeheimnisse. Lesen Sie den letzten Geschäftsbericht oder warten Sie auf den neuen.«

»Oder ich besorge mir einen Gerichtsbeschluss.«

»Genau, aber warum sind Sie auf einmal so aggressiv? Wir haben nichts zu verbergen.«

»Ich habe einen Mord aufzuklären, und da kann ich nicht immer zimperlich sein.« Steiner lächelte und versuchte so die Situation zu entschärfen. »Sie können mir aber bestimmt etwas über die allgemeine Situation sagen.«

»Uns geht es wie den meisten anderen Kreditinstituten«, begann Wirth widerwillig. »Es ist eine schwierige Zeit. Niemand investiert, die Bundesregierung setzt ihr Rezessionsprogramm voll um. Wenige bauen, obwohl die Zinsen niedrig sind. Das führt dazu, dass wir höllisch aufpassen müssen, an wen wir Kredite vergeben. Das Geld sitzt nirgends mehr locker. Die vielen Insolvenzen, die Arbeitslosigkeit, der Teuro.«

Steiner ließ ihn noch eine Weile sein Vorwort zum nächsten Geschäftsbericht rezitieren, dann hakte er ein: »Sie haben also keinerlei Hinweise auf Unregelmäßigkeiten, vielleicht sogar auf solche, die von Ihrem Vorgänger verursacht worden sind?«

»Nein, ein entschiedenes Nein. Sie bewegen sich im Nebel der puren Spekulation. Ich möchte wissen, wer Ihnen diesen Floh ins Ohr gesetzt hat.«

»Sie würden diese Aussage zu Protokoll geben?«

Wirth ruderte doch tatsächlich zurück. »Zuerst muss ich mir natürlich ein vollständiges Bild über die Arbeit meines Vorgängers machen, aber Sie wissen ja, ich bin noch nicht der neue Chef.« Steiner lächelte. Wirth merkte, dass er einen Fehler begangen hatte. Einen kleinen, jederzeit korrigierbaren Fehler, aber seine Sicherheit war also zu erschüttern.

Röder hatte sich früher über die etwas unhöfliche Art der ermittelnden Kriminalbeamten gewundert, aber jetzt stellte er wieder fest, dass diese Methode selbst bei einem harten Knochen wie Wirth funktionierte.

Steiner schien zu ahnen, dass sich die Auskunftsbereitschaft von Wirth jetzt dem Ende zuneigte, aber Wirth hatte offensichtlich das Gefühl, etwas gutmachen zu müssen, und sagte: »Ich werde bei der außerordentlichen Aufsichtsratssitzung ansprechen, dass uneingeschränkt mit Ihnen kooperiert werden soll. Frau

Kling kann Ihnen die Name und Adressen der maßgeblichen Personen geben. Einverstanden?«

»Einverstanden. Wir haben übrigens Frau Bergmann gebeten, uns eine Liste Ihrer Kunden mit bestimmten Voraussetzungen und Merkmalen zu geben. Ich bringe Ihnen dafür eine offizielle Verfügung.«

Wirth schluckte, nickte aber dazu. Seine Reaktion war nicht eindeutig interpretierbar. Wer gibt schon gern geschäftliche Interna heraus, noch dazu über die eigenen Kunden?

Sie verabschiedeten sich. Die Beamten verweilten noch etwas bei Frau Kling, dem Schlachtross, die ihnen die Liste der Aufsichtsräte aus dem Computer ließ. Dann gingen sie mit dem lausigen Gefühl, dass sie genauso schlau waren wie zuvor.

*

Gegen Mittag trudelte Röder in seiner Dienststelle ein. Auf seinem Schreibtisch lag bereits die offizielle Zuweisung des Falles, die er mit einem unbestimmt mulmigen Gefühl gegenzeichnete und weiterleitete. Nachdem er den üblichen Kram, E-Mails, Rückrufe und Unterschriften, mit einiger Verspätung erledigt hatte, rief er bei Steiner an und kündigte eine erste Sitzung zusammen mit den Ermittlern an. Bei Kapitalverbrechen wie Mord blieb alles andere liegen, und ein Staatsanwalt wurde für die Dauer der Untersuchungen fest zugeordnet. Die nächste Steigerung wäre eine Sonderkommission, die dann eingesetzt wird, wenn die Ermittlungen ins Stocken gerieten oder das Verbrechen die Zusammenarbeit von verschiedenen Dezernaten notwendig machte.

Er hatte gerade noch Zeit, seine Bananen runterzuschlingen, die ihm Manu eingepackt hatte. »Eine warme Mahlzeit am Tag reicht«, hatte sie gesagt und ihn ohne weitere Rückfrage auf Obstdiät gesetzt. »Außerdem brauchst du die Vitamine. Vergiss nicht mindestens zwei Liter Flüssigkeit zu trinken.« Auch wenn er nach dem Genuss der Bananen und anderer Saisonfrüchte oft nach einem Cordon bleu mit Pommes gierte und das Wasser liebend gern gegen Bier getauscht hätte, so hielt sich sein Protest in Grenzen, nachdem er selbst das rasche Wachstum seines

Schwimmrings hatte beobachten können. Jedenfalls war der – bei Männern in seinem Alter übliche – Trend nach oben gebrochen, und seit mehr als einem Jahr, seit er mit der Obstfresserei angefangen hatte, hielt er sein Gewicht. Irgendwann würde er wieder mit dem Laufen anfangen, das hatte er sich fest vorgenommen. Vielleicht sollte er mit Achim für den nächsten Weinstraßen-Marathon trainieren. Der Winzerfreund lag ihm deswegen sowieso ständig in den Ohren.

Steiner spottete oft über Röders Affennahrung, aber der hatte leicht reden. Sein hageres Erscheinungsbild passte nicht zu den Mengen an Nahrung, die er verdrückte. Röder wusste, dass Steiner auch ordentlich trinken konnte. Das hatten sie schon bei der Bundeswehr ausgelotet. Irgendwann würde er den kleinen Kriminalbeamten zu einer Weinprobe bei Achim mitnehmen.

Überhaupt, das Team von der Kriminalpolizei. Als er den Posten in der Staatsanwaltschaft übernommen hatte, hatte er sich gefragt, wie er mit diesem Haufen Chaoten schwerste Verbrechen aufklären sollte.

Das Zusammentreffen von Röder und Steiner bei der Truppe war eine Schicksalsfügung gewesen. Dass die beiden jetzt beruflich miteinander zu tun hatten, war nur teilweise Zufall. Steiner war zum Leiter der Dienststelle für Kapitalverbrechen aufgestiegen und ohne Zweifel auch der Fels in der Brandung. Ein intelligenter, ruhiger Mann, der kompliziertestе Verbrechen mit äußerster Beharrlichkeit aufklären konnte. Er war nicht frei von Macken, was wohl auf seine schwierige Jugend zurückging. Steiner hatte sich alles allein erkämpfen müssen und kam aus kleinen Verhältnissen. Röder hingegen stammte aus einem fast großbürgerlichen Umfeld. Er musste sich eigentlich nie richtig anstrengen. Sein Weg war vorbestimmt.

Steiner hatte sich schon oft als verlässlicher Weggefährte erwiesen. Von der Einstellung her war er ein typischer Beamter. Das Einzige, was ihn vom Klischee trennte, war seine ausgeprägte musikalische Ader. Manchmal kündigte er sich schon lange an, bevor er das Büro betrat. Seine Leidenschaft für italienische Opern riss ihn dann so mit, dass er schon im Treppenhaus Arien schmetterte und mit einer schwungvollen Geste die Tür öffnete, um schließlich mit ungetrübter künstlerischer Selbstsicherheit an den Arbeitsplätzen der anderen mit theatralischen Gesten vorbeizuziehen. Die groteske Darbietung wurde von der ihm eigenen leichten Schlampigkeit unterstrichen, und das hinten heraushängende Hemd konnte als Frackschoß interpretiert werden. Steiner war Röder ewig dankbar, weil dieser ihn in schwierigen Zeiten immer wieder motiviert hatte. Steiner war eine treue Seele.

Dann war da noch Lobeck, der ebenfalls Dienststellenleiter werden wollte und es Steiner lange nachgetragen hatte, dass er den Posten bekam. Er führte es auf seine Behinderung zurück, die er sich als junger Verkehrspolizist im Dienst zugezogen hatte. Lobeck wollte einen Raser stellen, der im Baustellenbereich mit hundertfünfzig Sachen geblitzt wurde. Ihm blieb nur die Vollbremsung. Dabei verlor er die Kontrolle über die Maschine. Ein Wunder, dass er den Sturz überhaupt überlebte. Eine Weile sah es nicht danach aus, aber die Ärzte konnten ihn wieder einigermaßen zusammenflicken. Nur sein rechtes Bein war bei dem Sturz förmlich zermalmt worden. Seitdem fehlte ihm der komplette rechte Unterschenkel einschließlich Knie. Alle paar Jahre verpasste man ihm eine neue Prothese, die angeblich besser war als alles, was er vorher getragen hatte.

Lobeck hatte sich nie unterkriegen lassen. Weder als der Raser mit einer Bewährungsstrafe davonkam noch als er die jahrelangen Reha-Maßnahmen über sich ergehen lassen musste. Er ließ sich nicht hängen und kämpfte um die Übernahme in den gehobenen Dienst. Dabei bewies er außerordentliche Zähigkeit und Intelligenz. Erst vor zwei Jahren erhielt er eine Packung, die ihn runterriss. Seine Frau, mit der er bisher durch dick und dünn gegangen war, trennte sich von ihm. Sein Zynismus stieg proportional zu seinem Alkoholkonsum.

Steiner hatte sich mit Lobeck mittlerweile zusammengerauft und schätzte die Erfahrungen des Älteren. Geführt hatte er ihn allerdings nie, Lobeck entzog sich jeder Führung, jeder Konvention. Die beiden hatten einige hitzige Diskussionen hinter sich, die nicht immer nur unter dem Ausschluss der Öffentlichkeit stattfanden.

Das Küken war Sybille, die gern mit extravaganten Frisuren

aufwartete und sich von Zeit zu Zeit in eine mürrische Grantigkeit zurückzog, wenn sie von einem Lover sitzen gelassen wurde. Das wiederholte sich etwa alle Vierteljahre, und an der Flippigkeit ihrer Haartracht konnte man feststellen, ob sie einen neuen Freund hatte oder nicht. Meistens mäßigte sie dann ihr Aussehen. Zurzeit waren der asymmetrische Schnitt und die grüne Farbe jedenfalls verschwunden.

Unlustig und seltsam gedrückt trottete Röder in die Sitzung mit den Ermittlern von der Kriminalpolizei. Es galt, die Ergebnisse zusammenzufassen, die nächsten Schritte zu besprechen und die Meinung der anderen zu hören.

»Es ist schon seltsam. Wir haben etliche Motive und Verdächtige. So etwas ist mir bisher noch nicht untergekommen.«

Keiner widersprach ihm. In fünfundneunzig Prozent aller Morde stammt der Täter aus dem näheren Umfeld des Opfers, das lernt man auf der Polizeischule. Hier hatten sie zwar auch viele Verdächtige aus dem privaten Umfeld, aber kein Motiv passte so richtig. Trotz aller Standardvorgehensweisen aus dem Schulbuch für Detektive, das vorschrieb, sich auf solche Spuren zu konzentrieren, war es eine schwere Entscheidung, sich in der Ermittlung festzulegen.

Röder, als ranghöchster Beamter in der Runde, fasste die vollgeschriebenen Papierbögen zusammen und heftete sie an die Korktafeln, die jede freie Wandfläche im Raum bedeckten.

»Verdächtige Nummer eins: der Scheller und die Frau Weidmann. Beide haben das Versteckspiel und den fetten Sack satt. Er blockiert das Glück der beiden, indem er sie von seinem Geld abhängig gemacht hat und sie laut Ehevertrag wahrscheinlich leer ausgeht, wenn sie sich von ihm scheiden lässt. Dagegen spricht, dass Scheller selbst wohlhabend ist und ihr ein ebenso luxuriöses Leben ermöglichen könnte.«

»Wir müssen aber bedenken, dass der Scheller vermutlich keinen Ehevertrag hat und seine Frau, wenn er sich denn scheiden lässt, auch die Hälfte seines Vermögens erhält«, warf Lobeck ein, der seinen wochenendlichen Alkoholexzess offensichtlich mit klarem Verstand überstanden hatte.

»Das stimmt.«

Röder ergänzte den Sachverhalt in Stichworten und verzog die Nase beim Geruch des braunen, nach Zimt riechenden Filzstiftes. Die aromatisierten Filzstifte waren ein Geschenk einer Delegation aus Los Angeles, die sich vor drei Wochen über die deutsche Polizeiarbeit informiert hatte. Die Amerikaner kamen aus dem ungläubigen Staunen nicht mehr heraus, dass in der Pfalz im Jahr weniger Morde geschahen als in ihrer Stadt in zwei Tagen.

»Wir müssen herausfinden, wie die Eheverträge, Testamente, Lebensversicherungen und sonstigen Vermögensverhältnisse von den Weidmanns und von den Schellers aussehen.« Steiner nahm den penetrant nach Erdbeeren riechenden roten Stift und schrieb einen Namen hinter die To-do-Aufgabe. Sybille stöhnte, sie brauchte nicht hinzusehen, um zu wissen, wessen Name jetzt dort stand.

»Dann haben wir den Zenturio, Lothar Hallmann, dessen Sohn, nach Aussage von Scheller, beinahe von Weidmann vergewaltigt wurde.«

»Muss er ihn dann gleich umbringen, es ist doch glücklicherweise nichts weiter passiert. Es hätte gereicht, wenn er ihm die Fresse poliert hätte. Das Motiv erscheint mir als nicht stark genug, es sei denn, der Zenturio ist ein Psychopath. Wir sollten mal mit dem Sohn sprechen, um auszuschließen, dass er nicht einen Knacks bekommen hat.«

Lobeck hatte wie immer Recht, und sein Name prangte erdbeerduftend hinter der neuen Aufgabe.

»Ich setze mich noch heute mit jemandem aus Opladen in Verbindung, und einer von denen soll mal nach dem kleinen Hallmann schauen.«

»Tu das.« Röder ging zu dem Blatt »Stricher« über. »Für einen Täter aus dem Strichermilieu haben wir bisher keine anderen Hinweise als die von Scheller und der lustigen Witwe. Sieht erst einmal wie ein Ablenkungsmanöver aus.« Die anderen nickten.

»Ben kennt die Mannheimer Kollegen recht gut«, warf Steiner ein. »Sprichst du mal mit denen, ob ihnen der dicke Jürgen ein Begriff ist und ob die sich mal umhören können?« Es roch wieder nach Erdbeeren, Röders Name stand jetzt an der Tafel.

»Dann haben wir noch die Kunden. Vielleicht gibt es darunter einige, die wir als dubios bezeichnen würden. Wenn das nichts fruchtet, dann fühlen wir dem Wirth und seinen Kollegen mal auf den Zahn, ob bei der Bank wirklich alles so blitzblank ist. Wenn die Liste da ist« – Erdbeerduft durchströmte den Raum –, »dann klapperst du die Liste nach Unregelmäßigkeiten und Auffälligkeiten ab.« Sybille blickte nicht auf, sie wusste, mit wem ihr Chef sprach.

»Für einen Täter aus diesem Umfeld spricht, dass wir zweimal den Hinweis auf dubiose Geschäfte erhalten haben.« Der Rest des Teams stutzte. Man hielt auch das für eine von dem Liebespaar Scheller-Weidmann ausgelegte falsche Fährte. Röder konnte es jetzt aber nicht länger für sich behalten. »Hellinger, mein alter Freund, hat ebenfalls etwas in dieser Richtung angedeutet.« Er schaute die Kriminalpolizisten nicht an, und der schwarze Stift verbreitete den künstlichen Geruch von Sandelholz, während er über das Papier quietschte.

»Bleiben dann noch die Kollegen und Mitarbeiter, wobei ein Täter aus dieser Gruppe nicht sehr wahrscheinlich ist. Wirth musste ihn nicht umlegen, um an seinen Job zu kommen, er musste nur ein bisschen warten. Ich glaube ihm, dass es für ihn eine rein geschäftliche Sache ist. Ich hatte jedoch den Eindruck, dass er Unregelmäßigkeiten zu kategorisch abstreitet, obwohl er sich keinesfalls sicher ist. Ein starkes Motiv hat er aber nicht. Ich denke, wir warten ab, ob sich die Spur in die Bank im Laufe der Ermittlungen verstärkt. Alle einverstanden?« Allgemeines Nicken. »Bevor wir wieder an die Arbeit gehen, möchte ich gerne eure persönliche Meinung zu dem Fall wissen.«

Steiner meldete sich wie immer zuerst zu Wort. Es galt die ungeschriebene Reihenfolge: Steiner, Lobeck und dann das Küken. Immer streng nach Hierarchie, Dienstalter, und Röder vermutete, auch nach Geschlecht.

»Es steht ja an der Tafel. Ich tippe auf das Liebespaar. Du hast ihre Beweggründe genannt. Beide standen jahrelang unter Druck, nun kam die gewaltsame Eruption. Das scheinheilige Bild nach außen, der wirtschaftliche Druck, die Leidenschaft.«

Röder fand, dass Mord aus Leidenschaft nicht unbedingt zu

Scheller passte, aber Steiner bezog sich auf die Frau, die ihn vielleicht sogar angestiftet hatte.

Steiner fuhr fort. »Ich glaube nicht an den Hallmann, aber Lobeck wird es prüfen, und dann können wir den wohl ausschließen. Die Stricher und die Kollegen lasse ich erst einmal außen vor.«

Lobeck schloss sich der Meinung seines Chefs an und gab zusätzlich zu bedenken, dass Hallmann, wenn er nicht richtig tickte, schon ein Motiv hätte.

Sybille hatte die lustige Witwe gefressen, aber auch sie war professionell genug, um die Sachargumente zu berücksichtigen und andere Optionen offen zu lassen.

Röder selbst gab den Polizisten in allen Punkten Recht, das Liebespaar war stark verdächtig. Irgendeine innere Stimme tendierte zu Hallmann. Dem Verdacht auf dubiose Geschäfte sollten sie auf den Grund gehen. Für Letzteres hatten sie sogar zwei Aussagen.

Die Beamten von der Kriminalpolizei schwiegen. Sie spürten, dass Röder mit seiner Intuition durchaus auf der richtigen Fährte sein konnte. Er verschwieg allerdings, dass es nicht nur reine Intuition war, sondern auch das seltsame Verhalten seines Freundes Hellinger, der ihm irgendetwas sagen wollte oder ihm bewusst etwas verschwieg.

»Michael, schaffst du das mit Opladen bis heute Abend? So lange verdonnern wir Hallmann und die Legionäre zum Bleiben. Wenn Opladen etwas ergibt, dann will ich dem Zenturio noch mal auf den Zahn fühlen.«

Lobeck versprach Steiner, alles zu tun, was in seiner Macht stand.

»Okay, Leute, dann mal an die Arbeit«, schloss Röder die Sitzung sehr zum Unmut von Steiner. Röder hatte den Kripoleuten eigentlich nichts zu sagen, Staatsanwalt hin, Staatsanwalt her.

*

Röder fuhr in die Staatsanwaltschaft zurück, nachdem sich das Team zu einer weiteren Sitzung in seinem Büro verabredet hatte.

Der Nachmittag verging mit dem Studium der ersten Berichte und Protokolle, die nach und nach eintrudelten.

Gegen sechs Uhr kam Lobeck mit Sybille im Schlepptau hereingestürmt.

»Das sieht nicht gut aus für den Hallmann! Ich habe sein Motiv.«

»Dann schieß mal los.«

»Es geht tatsächlich um den Sohn von Hallmann. Ein Kollege hat mit der Mutter gesprochen. Scheint, als ob Hallmann dem Weidmann die Schuld gibt, dass der Sprössling eine Tunte geworden ist und sich auch noch mit Alkohol, Ecstasy und ähnlichem Müll vollstopft. Der Kleine war auch nicht da, angeblich bessert er sein Taschengeld gerade am Bahnhof auf. Die Mutter ist ganz fertig und hat nur geflennt. Der Junge ist erst fünfzehn.«

»Kann ich verstehen«, unterbrach Sybille und äußerte erstmalig so etwas wie mütterliche Gefühle.

»Ohne dass sie sich angehört hätte, was man eigentlich von ihr will, hat sie gleich konfus dahergeredet, sie hätte das kommen sehen und so weiter.«

»Sie hat ihren Mann gar nicht entlastet?«

»Nö, anscheinend nicht. Sie muss in ihrer aufgelösten Art gesagt haben, dass sie das erwartet hatte und ihr Mann vom Halsumdrehen sprach.«

»Schlechte Karten für Hallmann, oder was meint ihr?« Röder blickte in die Runde.

»Es reicht für einen Haftbefehl«, antwortete Lobeck, und Sybille nickte.

»Gut, ich besorge die Unterschrift, dann fahrt ihr raus zu den Legionären und kassiert den Zenturio.« Nach einer kurzen Pause sagte er: »Ihr seht nicht so glücklich aus.«

»Stimmt«, sagten beide übereinstimmend. Beider Favorit war das Liebespaar im zweiten Frühling. Auch Röder war sich nicht sicher, aber er versuchte es den anderen gegenüber zu verbergen. Manchmal musste man einfach konträr zu dem handeln, was man tatsächlich dachte. Das wusste jeder Polizist, Röder mit seiner Sonderstellung als Staatsanwalt eingeschlossen. Er hatte eine Meinung zu dem Fall, aber die behielt er für sich. Sein Favorit war ein ganz anderer, aber es war zu vage, und er wollte seine Gedanken auf keinen Fall aussprechen. Es wäre aber ein großes Versäumnis gewesen, wenn sie Hallmann nicht vorläufig einbuchteten.

»Wir müssen ihn einfach in die Mangel nehmen, die Indizien sprechen eindeutig gegen ihn. Mal sehen, was dabei rauskommt.« Lobeck sprach aus, was alle dachten.

*

Ohne die wollene Tunika und das Kettenhemd sah der Zenturio stinknormal aus. Er trug Jeans und T-Shirt. Etwas hager wirkte er, gar nicht so eindrucksvoll wie in der respekteinflößenden Uniform mit dem Lederharnisch. Seine grauen, fast weißen Haare hatten nichts Ehrwürdiges mehr, sie ließen ihn eher intellektuell, ja fast zerbrechlich erscheinen.

Lothar Hallmann saß dem Hauptkommissar und dem Staatsanwalt in dem kleinen Besprechungszimmer gegenüber. Er hatte bei seiner Verhaftung keine Zicken gemacht. Es war abends, halb acht, und sie tranken trotzdem Kaffee, ein Angebot von Steiner, das Hallmann dankbar annahm. Hallmann wirkte gefasst und äußerst ruhig. Röder kannte das von den intelligenteren Tatverdächtigen, die wussten, wann das Spiel aus war. Sie kooperierten, wenn sie verstanden hatten, dass sie Jahre sparen können.

»Die Uniform haben wir der Spurensicherung gegeben. Es wird auch gleich ein Kollege kommen, der Ihnen einen Abstrich von den freien Körperpartien, Arme, Beine, Hals und Kopf, macht. Man wird von Ihnen auch ein paar Haare, Fingerabdrücke und Speichelproben nehmen.«

Hallmann nickte nur. Die beiden Beamten würden es erst einmal auf die sanfte Tour zu probieren. Sie hatten das Spiel schon einige Male praktiziert und waren ein eingespieltes Team. Der Kommissar eröffnete das Match.

»Wie sind Sie eigentlich zu dem Verein gekommen? Ich meine, ich finde es schon klasse, aber auch ein bisschen außergewöhnlich, in seiner Freizeit Römer zu spielen.«

»Andere halten uns für bekloppt«, lautete die Antwort, aber sie kam nicht aggressiv.

»Jeder hat so seine Hobbys, die man auf den ersten Blick nicht vermutet.« Röder deutete auf Steiner. »Einer seiner Kollegen töpfert wie verrückt in seiner Freizeit.« Röder lächelte. »Das ist ein tolles Hobby, aber unser aller Problem ist, dass wir mittlerweile alle mit selbstgetöpferten Vasen eingedeckt sind und nicht mehr wissen, wohin damit. Besonders der Künstler hat damit ein Problem.« Röder grinste Steiner an, der grinste zurück. Sie sprachen über Lobeck.

»Was ist denn Ihr Spleen?«, wollte Hallmann wissen.

»Ich möchte Bücher schreiben. Aber vorher gehe ich noch mal studieren. Vielleicht Medizin oder Geschichte.«

»Ich tippe bei Ihnen auf Kriminalromane.«

»Ganz falsch.« Röder legte eine dramaturgische Pause ein. »Behalten Sie's für sich: Liebesromane.«

Steiner machte ein Pokergesicht, Hallmann schien überrascht. Auch wenn sie einen Teil ihrer echten Persönlichkeit offenbarten, sich echte Interessen hinter dem ganzen Gerede verbargen, dieser Seelen-Striptease war ein abgekartetes Spiel der beiden Beamten. Man konnte über echte Macken einfach besser sprechen als über erlogenes Zeugs. Diese Erfahrung hatten beide in ihren Anfangstagen machen müssen. Letztendlich galt es nur, die kooperativen, netten Tatverdächtigen einzulullen. Sie hatten das Spiel schon so oft aufgeführt. Es verfehlte selten seine Wirkung, nämlich die Verdächtigen zu beruhigen und sie in friedliche Erzähllaune zu bringen, damit sie ihre schwarze Seele öffneten.

»Okay, meine Herren.« Eine Veränderung durchfuhr Hallmann. »Sparen Sie sich den psychologischen Scheiß, ich kooperiere auch so mit Ihnen. Ich mache eine Aussage, aber ich sage Ihnen gleich: Ich war's nicht. Lassen Sie uns Tacheles reden. Ich bin Psychologe und kann mir vorstellen, wie Sie mich verhören wollen. Ich kenne die meisten Taktiken.«

Die Beamten blickten sich betreten an, weil gerade ihre schöne Strategie den Bach hinunterschwamm. Hallmann lächelte, eigentlich nicht hämisch, über die Unbedarftheit der beiden. Als Beruf hatte er Unternehmensberater angegeben, eine Bezeichnung, die erst einmal keinen Rückschluss auf seine Ausbildung zuließ.

»Okay, Herr Oberschlaumeier.« Steiner wurde grob, Röder sagte nichts. »Es sieht so aus, als hättest du Blut an deinem Römerfummel. Das haben die Typen von der Spurensicherung schon von Weitem gerochen. Ich bin gespannt, ob wir deine Fingerabdrücke auch noch auf dem Speer entdecken. Und ich wette um deinen Arsch, dass wir Blut von deiner Haut abkratzen.«

»Was soll denn das jetzt? Ist das jetzt das Spiel ›Guter Bulle, böser Bulle‹?« Der Psychologe blieb ruhig.

»Nenn's, wie du willst.«

»Gut, Herr Hallmann«, schaltete sich Röder mäßigend ein. »Reden Sie offen mit uns.«

»Wo soll ich anfangen?«

»Das bleibt Ihnen überlassen. Aber vielleicht mit dem Kelterfest vor einem Jahr?«

»Sie wissen es also schon«, sagte er resigniert. »Ist ja logisch, das ist ja anscheinend mein Motiv.«

Die beiden Beamten nickten und ermunterten ihn so, weiterzuerzählen.

»Ich hätte ihn gerne umgebracht. Habe oft davon geträumt.«

»Warum?«, hakte Röder nach, als nichts mehr zu kommen schien.

»Das wissen Sie doch«, antwortete Hallmann unwirsch.

»Ich will es aber von Ihnen hören.«

Hallmann schilderte die Geschichte von seinem Sohn, wie er vor einem Jahr verschwunden war und die anderen Legionäre ihn im Gebüsch fanden, knutschend mit dem fetten Weidmann.

»Ich glaube, Sie können sich das nicht vorstellen, wenn man Ihnen das über den einzigen Sohn berichtet und dann noch mit so einem fetten, stinkenden und unansehnlichen Ungeheuer.«

Er holte tief Luft. »Tausendmal habe ich daran gedacht, diesen Fettsack umzubringen. Am liebsten hätte ich ihn gekreuzigt, mit dem Kopf nach unten. Das war lange Zeit mein Lieblingstraum. Aber ich habe es nicht getan. Ich hatte immer den Trost, dass er bei seiner Lebensweise irgendwann einmal an AIDS oder einem Schlaganfall abkratzen würde.«

Röder blickte auf das Fax aus Opladen, in dem der hilfsbereite Beamte seine Erkenntnisse zusammengefasst hatte.

»Wollten Sie nicht ein Exempel an ihm statuieren, damit er nicht noch andere Kinder auf die schiefe Bahn bringt?«

»Hat Ihnen das meine Frau erzählt? Sie können es nur von meiner Frau haben.«

Röder antwortete nicht.

»Bestimmt hat sie es gesagt. Sie ist so besorgt und nimmt sich alles so zu Herzen.«

»Sie nicht?«

Diesmal blieb Hallmann die Antwort schuldig.

Steiner zog die Schraube wieder an. »Wir finden vermutlich Blut an Ihrem Kostüm und vielleicht auch auf Ihrer Haut. Weidmanns Blut.«

Röder beobachtete die Wirkung seiner Worte bei Hallmann und fixierte ihn genau. Die Körpersprache und die Regungen waren nicht eindeutig, es passte nichts so recht zusammen.

»Es würde mich auch nicht wundern, wenn wir Ihre Fingerabdrücke auf dem Pilum finden. Sie können mit so einem Ding umgehen, Sie hatten die Gelegenheit, Sie haben ein Motiv. Ein starkes noch dazu. Haben Sie eine Erklärung für das alles?«

»Die habe ich«, sagte Hallmann bestimmt.

»Dann reden Sie doch endlich!« Steiner brüllte fast.

Es sah so aus, als ob Hallmann sich sammeln müsste, dann begann er. »Er lag schon da. Ja, ich bin ihm hinterhergeschlichen.«

Steiner unterbrach ihn, Röder wäre es lieber gewesen, wenn er Hallmann erst einmal hätte reden lassen: »Da stimmt was nicht. Weidmann hat gegen elf das Fest verlassen. Umgelegt wurde er zwischen eins und zwei. Dazwischen hat ihn niemand gesehen.«

»Ich habe ihn gesehen. Irgendwann habe ich es nicht mehr bei den Feiernden und Besoffenen ausgehalten und bin aufgestanden, um mich ein bisschen zu bewegen. Ich bin zur Römerkelter gegangen und habe darüber nachgedacht, was letztes Jahr passiert ist.«

Röder war gespannt, was jetzt kommen würde.

»Ich sah Weidmann dort sitzen, er wartete offensichtlich auf jemanden. Er hat mich nicht gesehen. Ich beobachtete ihn eine Weile und bin dann zurückgegangen.«

»Um sich das Pilum zu holen?«, fragte Röder einfühlsam.

»Quatsch. Ich wollte tatsächlich wiederkommen. Ich dachte, er wartete auf irgendeinen Strichjungen. Ich hoffte, ich könnte ihn dabei erwischen, wie er einen kleinen Jungen fickt. Ich weiß, das war eine fixe Idee, aber so war's. Ich dachte, wenn ich ihn bei irgendeiner Schweinerei erwischen würde, dann würde ich Zeugen holen, und die Sau wäre erledigt gewesen. Verstehen Sie?«

»Klingt ziemlich weit hergeholt. Kann es nicht sein, dass Sie sich die Waffe besorgten, dann zurückgingen und ihm das Ding in die Brust rammten?«

»Nein«, brüllte Hallmann.

»Okay, wie ging es weiter?« In Steiners Stimme lag Herablassung.

»Ich kam nach einer Weile wieder, nachdem ich mich leise um die Kelter herumgeschlichen hatte. Ich sah ihn zuerst nicht, da bin ich reingegangen.« Hallmann stockte und sprach mit veränderter Stimmlage weiter. »Ich sah nur einen Stock, der mir irgendwie vertraut war, und griff danach.« Er hob wieder die Stimme. »Ich habe ihn nicht gesehen, es war dunkel, und er lag ja in dem Becken!«

»Und weiter?«

»Der Stock fühlte sich feucht an. Es war das Pilum, das aus seiner Brust herausragte. Ich begriff es erst gar nicht. Dann sah ich ihn. Er starrte mich mit offenen Augen an, und ich dachte, er lebt noch, was bei der Verletzung natürlich Blödsinn war, aber ich habe es einfach nicht begreifen können.«

Es herrschte Schweigen im Raum. Röder versuchte die Geschichte zu verstehen. Schließlich erzählte Hallmann weiter. »Ich bin dann weggerannt. Nach einer Weile hatte ich mich beruhigt und bin aufs Klo gegangen. Ich habe mir die Hände gewaschen.«

Wieder Schweigen.

»Und dann?«

»Ich bin wieder zurück zum Fest gegangen.«

»Hat Sie jemand gesehen, haben Sie mit jemandem darüber gesprochen?«

»Nein.«

»Sie haben einfach so weitergefeiert?«

Hallmann nickte beklommen. Steiner schaltete sich wieder ein. »Sie reden vielleicht einen Blödsinn daher.«

Röder blieb sachlicher. »Sie haben sich also einfach wieder hingesetzt, so als ob nichts passiert wäre? Wenn Sie es nicht waren, warum haben Sie niemandem was gesagt und die Polizei gerufen? Das hätte Sie entlastet.«

»Ich wäre genauso in die Mühle gekommen wie jetzt. Ich war durcheinander, ich war froh und außerdem nicht mehr ganz nüchtern. Ich war auch der Meinung, dass, wenn ich mich ruhig verhielt, die Polizei den wahren Täter schon finden würde und ich gar nicht in Verdacht gerate.«

»Vor uns sitzt aber schon ein ganz heißer Kandidat.«

»Ich war's nicht«, sagte Hallmann heftig, aber schon mit den ersten Anzeichen von Resignation in der Stimme. Sie löcherten ihn noch zwei weitere Stunden mit den gleichen Fragen, ohne neue Details zu erhalten. Unterbrochen wurden sie nur von Pyreck, dem Kollegen von der Spurensicherung. Dann gaben sie es auf. Hallmann hatte sich nicht einmal in Widersprüche verwickelt und blieb bei seiner Version. Röder und Steiner hatten den Druck im Verlauf des Verhörs erheblich erhöht, ohne Erfolg. Entweder war der Psychologe mit allen Wassern gewaschen, oder er sprach die Wahrheit. Am nächsten Morgen würden sie ihn noch einmal in die Mangel nehmen und ihn dann ein Protokoll unterschreiben lassen. Das Weitere würde erst einmal ein Haftrichter entscheiden, da waren sie außen vor.

Nachdem Hallmann in sein neues Quartier gebracht worden war, das bis auf die fehlenden Bierkästen genauso spartanisch war wie das Zeltlager der vergangenen Tage, besprachen Röder und Steiner noch kurz die Situation. Danach gingen beide unbefriedigt nach Hause.

*

Der Dienstag begann, wie der Montag aufgehört hatte. Die Beamten waren schlecht gelaunt, Hallmann dagegen sah richtig erholt aus. Spartanische Unterkünfte war er ja gewohnt, da war so eine Pritsche in der Zelle das reinste Himmelbett. Hallmann blieb bei seiner Version, las das Protokoll genau durch und unterschrieb es, noch bevor sein Anwalt aufkreuzte. Dieser nahm mit einem entsetzten Redeschwall zur Kenntnis, dass sein Mandant schon alles unterschrieben hatte.

Der Vormittag war so gut wie vergangen, als Röder bei der Forensik anrief und nach den Blutspuren fragte. Pyreck versprach, gleich persönlich vorbeizukommen, um den Tathergang nach den bisherigen Erkenntnissen zu erläutern. So freundlich waren nicht alle Spurensicherer. Aber mit dem alten Pyreck verband Röder eine Art väterlicher Freundschaft. Sein Vater hatte mit dem Beamten, der jetzt kurz vor der Pension stand, die Leidenschaft für den Pfälzerwald geteilt und bei einem guten Dornfelder manche Anekdote und historisches Material ausgetauscht.

Röder schaffte es noch, seinen Kontaktmann bei der Mannheimer Polizei anzurufen und ihn zu fragen, ob die Sache mit den Strichern etwas gebracht hatte.

»Die bringen keinen Dukatenscheißer um«, lautete die Auskunft, die diese Spur erst einmal wenig erfolgversprechend erscheinen ließ. DeVries, der Beamte aus Mannheim, meinte, dass Weidmann bekannt im Milieu war, aber hohes Ansehen genoss. Wie jemand, den man melkte, aber nicht schlachtete. DeVries versprach, sich weiter umzuhören, vielleicht ergäbe sich später noch etwas.

Pyreck, der Leiter der Spurensicherung, war in seinem Element.

»Der Stoß muss mit zwei Händen in Schulterhöhe ausgeführt worden sein«, erläuterte er, wobei er mit einem Besen die Haltung des Mörders kurz vor dem tödlichen Stoß nachstellte. Er war von schräg oben mit beiden Händen geführt worden. »Der Mörder muss ein Stier gewesen sein.«

»Oder einer, der mit einem Pilum umzugehen wusste«, ergänzte Sybille.

»Der Mörder hat ihn noch ein bisschen mit der Stange in der Brust vor sich hergeschoben, bis das Opfer schließlich rückwärts strauchelte und in das Becken fiel. Es gibt keine Anzeichen von einem Kampf, weil Weidmann den Täter wohl kannte und völlig überrascht wurde.«

Auf Fingerabdrücke angesprochen meinte der Experte: »Einige Abdrücke deuten auf die eben gezeigte Haltung beim Stoß hin, sie sind aber total verwischt, weil im Augenblick des Stoßes der Schaft zwischen den Fingern verrutschte. So heftig war die Bewegung. Außerdem hat der Täter offensichtlich mit Handschuhen gearbeitet. So genau weiß ich das noch nicht, wegen des vielen Bluts. Wir wissen mehr, wenn wir uns das Ding noch mal unter dem Elektronenmikroskop angucken. Bestätigen kann ich aber die Fingerabdrücke von dem Zenturio. Sie sind mit den Spuren am Schaft identisch. Klar ist aber auch, dass der Speer noch mal angefasst wurde, was seine unglaubliche Aussage stützt. Er kann den Speer natürlich noch mal angefasst haben. Etwa, nachdem er gemerkt hat, was er angerichtet hatte, um nachzusehen, ob Weidmann wirklich tot war, oder einfach nur, um in den Eingeweiden herumzurühren. Was weiß ich.«

»Was habt ihr sonst noch rausgefunden?«

»Du weißt, dass wir noch nicht fertig sind. Was ich euch sage, ist also alles vorläufig. Es gibt eine Menge Spuren, aber wenig Verwertbares. Das liegt daran, dass den ganzen Tag Leute ein und aus gingen. Es gibt Fußspuren, die wohl erst nach dem Mord entstanden sind. Nach euren und unseren Erkenntnissen könnten es drei verschiedene Spuren sein. Die von Hallmann, die von Scheller, der ihn fand, und die vom Mörder. Aber wie gesagt, es ist schwierig, die einzelnen Spuren auseinanderzuziehen, weil es zu viele Spuren gibt. Ich glaube nicht, dass was Beweiskräftiges dabei rauskommt. Mal abwarten. Aus dem gleichen Grund sind die zahlreichen genetischen Mikrospuren schwer auseinanderzuhalten.«

Pyreck wartete ab, ob Fragen kommen würden, dann schloss er seine Ausführungen: »Magere Ausbeute, was?«

Alle stimmten stumm zu, und das Treffen endete ratlos. Es hieß jetzt, auf die Protokolle, Berichte und Akten zu warten, um das Puzzle richtig zusammenzusetzen.

»Es ist natürlich noch zu früh«, meinte Steiner. »Aber wenn keine der Spuren was bringt, dann müssen wir eine Sonderkommission einberufen.«

Es war dafür wirklich noch zu früh, alles sah so nach Standard aus. Aber Steiner, der alte Hase, spürte offensichtlich etwas, genauso wie Röder, der sich nicht traute, es auszusprechen, um möglichst unvoreingenommen zu wirken. Schließlich ging ein typischer Frusttag für die Mordkommission zu Ende.

SIEBEN

Dr. Steinbrenner genoss die Stille des anbrechenden Morgens. Er liebte es, früh aufzustehen und einen leichten Dauerlauf über die Felder zu Beginn seines Sechzehnstundentages zu absolvieren. Der Blick über die Rheinebene war an diesem Tag herrlich. Klar zeichneten sich die Konturen des Odenwalds vor der aufgehenden roten Sonne ab.

Leider konnte er seiner sportlichen Leidenschaft immer seltener frönen. Zu oft verbrachte er seine Nächte in irgendeinem Hotel, zuweilen sogar noch in einem anderen Land. Na ja, dann blieb immerhin das morgendliche Bad im Pool, aber das war kein Vergleich zu der spätsommerlichen Frische eines neuen Tages in dem romantischen Tausend-Seelen-Ort Leistadt, in dem er die letzten sechsundzwanzig Jahre seines Lebens glücklich gelebt hatte.

Steinbrenner zog die Luft geräuschvoll ein. Er konnte sich einfach nicht vorstellen, in der Stadt zu wohnen. Seine Kinder hatten hier eine großartige Kindheit erlebt, und er hatte das Gefühl, sie auf den richtigen Weg gebracht zu haben. Diesen Eindruck gewann er jedenfalls, wenn sie ihrer Mutter alle paar Wochen Berge schmutziger Kleider vor die Füße warfen, wenn es in ihrer Studentenbude zu miefen anfing.

Seit kaum zwei Jahren war er Vorstandsvorsitzender der Badischen Metallgesellschaft in Mannheim, und er hatte bereits bedeutende Schritte auf dem steinigen Weg zur vollständigen Umstrukturierung des Konzerns geschafft.

Siebenundfünfzig würde er in einigen Wochen werden, und sein Vertrag lief noch zwei weitere Jahre. Eigentlich hatte er mit Mitte fünfzig alles hinter sich lassen wollen, aber das Angebot war einfach zu verlockend gewesen. Irgendwie brauchte er diese Art der Herausforderung. Steinbrenner wischte die Gedanken zur Seite. Mit neunundfünfzig ist Schluss, dessen war er sich sicher. Sein Ruf war ausgezeichnet, und seine frühere Karriere in hohen Führungspositionen verschiedener Computerkonzerne hatte ihn finanziell unabhängig gemacht. Wenn er die entscheidenden Veränderungen in der Metallgesellschaft jetzt auch noch schaffte, dann stand seiner Berufung als Manager des Jahres und einer großen Tantieme nichts mehr im Wege. Er hätte dann das Unmögliche vollbracht, einen Giganten der Schwerindustrie in ein modernes Unternehmen der Telekommunikations- und Informationsbranche zu verwandeln. Ein entscheidender Schritt fehlte noch, aber der stand kurz bevor. Die Verträge waren in der Tasche, die vorlaute Presse und die Konkurrenz ahnten noch nichts. Die Metallgesellschaft würde die ungeliebte, unprofitable Wehrtechniksparte an einen internationalen Mischkonzern verkaufen. Gleichzeitig wollte er den guten Ruf des Unternehmens wiederherstellen und schonungslos mit jenen abrechnen, die sich in den letzten Jahren hemmungslos auf Kosten des Unternehmens bereichert hatten. Viele Führungskräfte hingen in dem Sumpf, von dessen Ausmaßen selbst er erst seit Kurzem eine gewisse Vorstellung besaß, nachdem er persönlich Nachforschungen in den Firmenarchiven betrieben und ein bekanntes Anwaltsbüro mit der Aufbereitung und weiteren Recherche beauftragte hatte. Dr. Steinbrenner seufzte und kontrollierte die Schnürsenkel seiner Laufschuhe ein letztes Mal. Zeus, seine treue deutsche Dogge, war die einzige Begleitung. Der Chef seiner Sicherheitsfirma und gleichzeitig sein persönlicher Berater und Freund hätte ihn wohl zur Sau gemacht.

Um acht Uhr dreißig würde ihn sein Fahrer und Leibwächter abholen und wie jeden Tag auf einer anderen Route ins Büro bringen. Er hielt diese Sicherheitsmaßnahmen für übertrieben, beugte sich aber, da ihn seine Frau ebenfalls bekniete. Zeus hatte die Begleit- und Sicherheitshundeprüfungen mit Auszeichnung bestanden, folgte ihm aufs Wort. Solange das Tier neben ihm trabte, würde wohl niemand wagen, ihn anzugreifen.

Steinbrenner hatte den Umkehrpunkt seiner Tour erreicht und bewunderte wieder den Blick in das sonnige Rheintal. Da unten lag die Stadt, in die er später fahren würde, um die Korruption auszumerzen und wieder für Recht und Ordnung in seinem Einflussbereich zu sorgen. Nicht dass er sich als edler Ritter verstand, aber er wusste, dass die ganze Wirtschaft und schließlich die Gesellschaft den Bach runtergehen würde, wenn nicht ein Mindestmaß an Geschäftsethik herrschte. Er kämpfte mit harten Bandagen, der Untergang der Konkurrenz bereitete ihm keinen Kummer. Aber gewisse Regeln mussten eingehalten werden, sonst machten andere Konzerne, andere Länder die Geschäfte.

Hellinger musste in der Nähe sein, denn da vorn stand sein Geländewagen. Er winkte zu dem Hochstand, auf dem er den Jäger vermutete. Normalerweise kam er ihm um diese Zeit mit dem Wildbret entgegen, und Zeus konnte sich dann kaum noch halten.

*

Der sanft ausgelöste Schuss aus dem präzisen Jagdgewehr klang wie ein flutschender Sektkorken, wenn da nicht der Geschossknall gewesen wäre, als das Projektil peitschend die Schallmauer durchbrach. Steinbrenner klappte in der Bewegung abrupt zusammen und fiel, tödlich im Kopf getroffen, in den Entwässerungsgraben am Rand des Weges. Zeus wusste nicht, was los war, und schnupperte fast neugierig an der Leiche seines Herrchens. Kein Laut, kein Winseln entkam seiner mächtigen Kehle.

Die schattenhafte Gestalt auf dem Hochsitz war der Meinung, dass es an der Zeit war, einzupacken und das edle Schießgerät wieder an seinen Platz zurückzustellen. Sie hatte noch eine Weile gewartet und nachgeladen, weil sie einen Angriff des Tieres erwartete. Aber der riesige Hund machte keine Anstalten, von der Seite seines Herrchens zu weichen. Erst als sie von dem Ansitz herunterkletterte und Richtung Fahrzeug gehen wollte, schien das Tier zu verstehen. Mit riesigen Sätzen und gefletschten Zähnen griff der getreue Höllenhund an.

Die Gestalt zog seelenruhig eine halbautomatische Faustfeuerwaffe aus der Tasche. Als das Tier zu seinem letzten Sprung ansetzte, schoss sie, sodass der Hund im Sprung einen Salto schlug. Ohne Zögern bereitete sie mit einem zweiten präzis ausgeführten Fangschuss dem Tier das Ende.

Ein Lächeln umspielte ihre Lippen. Es war schon etwas anderes, jemanden bequem aus der Ferne mit einem Präzisionsgewehr auszuknipsen oder einem wild gewordenen Tier Auge in Auge entgegenzutreten. Das war reiner Nervenkitzel, auch wenn sie schon größere Viecher als diesen Schoßhund erledigt hatte.

ACHT

Röder hatte eine beschissene Nacht hinter sich. Obwohl er schon lange im Geschäft war und die Arbeit sehr gut vom Privaten trennen konnte, hasste er nichts mehr, als nicht zu wissen, wohin die Reise ging. Er war unruhig, und die Zweifel im aktuellen Fall raubten ihm den Schlaf.

Röder schielte zum Wecker, noch zehn Minuten dösen. Um Viertel nach sechs standen sie gewöhnlich auf. Dann galt es, die älteren Mädels durch die langwierige Morgentoilette einschließlich militanter Okkupation des Badezimmers und das kalorienreduzierte Frühstück mit dem üblichen Gemaule zu schleusen, bevor sie, eine Spur der Verwüstung hinterlassend, Richtung Schule abmarschierten. Kurz vor sieben ließ sich die Familie gewöhnlich zu einem Frühstück nieder, oft die einzige gemeinsame Mahlzeit unter der Woche. Röder goss sich gerade die zweite Tasse Kaffee ein, als das Telefon klingelte. Manu wollte gehen, aber er kam ihr mit einem unguten Gefühl zuvor. Es war der Bereitschaftsdienst. Röder hörte professionell ungerührt zu, fragte nur einmal nach. Als er zum Frühstückstisch zurückkam, wusste seine Frau schon Bescheid. Sie war diese Anrufe gewohnt und konnte in seinem Gesicht lesen. Selbst die Mädels waren still und blickten ihn groß an. Auch sie wussten, dass der Papa sofort fahren musste.

»Du musst gleich weg?«

»Ja. Es ist Steinbrenner.« Er wollte in Gegenwart der Kinder nicht zu viel sagen. Manu reagierte äußerlich gefasst, aber das Entsetzen drückte sich wortlos aus. Sie bewegte die Lippen, bekam aber kaum ein Wort heraus. »Das ist unmöglich!«, krächzte sie.

Jeder kannte Steinbrenner, den Vorzeigemanager aus dem Nachbardorf, der das Landleben liebte und trotz seiner enormen Arbeitsbelastung Zeit für Aktivitäten in der Gemeinde hatte. Sei es bei der Kerbe, wo er sich nie zu schade war, auch mal hinter dem Grill zu stehen, oder beim Bauernmarkt, immer im Einsatz für eine gute Sache, für seine Stiftung, die notleidenden Familien half. Unermüdlich warb er, organisierte Benefiz-Galen, die zum festen Bestandteil der lokalen Kultur geworden waren. Armut war selbst in dieser reichen, von der Natur begünstigten Gegend ein Thema. Geriet jemand durch plötzlichen Tod, durch Arbeitslosigkeit oder andere schwerwiegende Zäsuren aus dem Lot, die Steinbrenner-Stiftung sorgte dafür, dass die betroffenen Menschen und Angehörigen nicht absackten. Er engagierte sich persönlich, begab sich vor Ort, vermittelte dank seiner hervorragenden Kontakte den einen oder anderen Job. Er packte an, wo es ging. Manu war fassungslos, Tränen bildeten sich in ihren Augenwinkeln. Sie war seit einem knappen Jahr Mitglied des Stiftungsrats.

»Ich muss los.« Röder konnte seine Frau nur kurz in den Arm nehmen, er hätte sie gern getröstet, doch sie verstand, er musste los, um einen Mörder zur Strecke zu bringen.

Noch im Auto telefonierte Röder mit Steiner per Mobiltelefon.

»Das ist gegen jede Statistik«, sagte Steiner, und Röder wusste, was er meinte. Die Häufung der Morde in der Umgebung war ungewöhnlich. Die paar Morde pro Jahr verteilten sich normalerweise über den gesamten Regierungsbezirk, konzentrierten sich auf bestimmte Ballungszentren. Aber zwei Morde innerhalb von drei Tagen, im Umkreis von drei Kilometern? In einer Gegend, wo sonst nur alle zehn Jahre ein Schwerverbrechen geschah?

Plötzlich fiel es ihm wie Schuppen von den Augen. Erschossen, wahrscheinlich erschossen mit einem Jagdgewehr. Beim Joggen in Leistadt, von einem Hochsitz aus.

»Ich komme etwas später«, sagte er plötzlich.

»Was hast du vor?«, rauschte es durch die Leitung.

Röder antwortete nicht, legte auf und trat aufs Gaspedal. Er zügelte sich erst wieder, als er in den Ort hineinraste und die Schulkinder sah. Abrupt stoppte er vor dem herrschaftlichen Weingut und ließ sein Auto mitten auf dem Bürgersteig offen zurück.

Der japanische Geländewagen stand im Hof, die Motorhaube

war warm. Das Jagdgewehr lag auf dem Rücksitz. Röder klingelte Sturm, klopfte und trat schließlich gegen die Tür.

Nach einer Weile, die Röder wie eine Ewigkeit vorkam, öffnete ein schlaftrunkener Hellinger die Tür. Noch ehe sein Freund, der Edelwinzer, einen Ton sagen konnte, brüllte Röder: »Was hast du getan? Bist du verrückt geworden?« Hellinger verstand offenbar nicht. Er blickte Röder verwirrt an, sagte immer noch nichts. »Warum, frag ich dich, warum?«

Nun reagierte Hellinger und brüllte zurück: »Sag mal, spinnst du? Kreuzt am frühen Morgen auf und schreist mich an. Stehst du unter Drogen, oder was? Steigt dir deine Scheißarbeit zu Kopf?«

»Dein Wagen ist warm, das Jagdgewehr liegt auf dem Rücksitz, und Steinbrenner ist in deinem Revier zur Strecke gebracht worden. Da kann ich nur sagen: Waidmannsheil! Los, erkläre es mir.«

»Was soll passiert sein?« Hellinger taumelte im Türrahmen, ein Passant blieb vor dem Tor stehen und blickte herein. Hellinger riss sich zusammen und sagte mit heiserer, unterdrückter Stimme: »Komm rein, ist wohl was Ernstes.«

Röder sagte nichts, die Luft war raus. Hellingers Reaktion irritierte ihn. Hellinger ging voran ins Arbeitszimmer. Erst jetzt sah Röder, dass sein Freund erbärmlich aussah. Er trug nur Unterhosen und ein verkotztes T-Shirt, wie am Geruch und den Flecken unschwer zu erkennen war. Müde sah er aus, als er sich setzte. Tiefe Ringe unter den Augen, sein Gesicht war grau und fahl.

»Du siehst beschissen aus.«

»Danke, ich sehe nicht nur so aus, ich fühle mich auch so. Das ist mein Bio-Piercing.«

Diesmal war es an Röder, verständnislos zu gucken, aber sein Freund, der Mordverdächtige Nummer eins, klärte ihn auf.

»Ich trage meine Ringe nicht am Ohr, sondern unter den Augen.« Hellinger versuchte sich an einem schiefen Grinsen, was ihn offenbar schmerzte.

Röder war nicht zum Lachen, aber er wunderte sich über den unverwüstlichen Humor in jeder Lebenslage. Er sagte erstaunlich sanft: »Hast du kapiert, warum ich hier bin?«

»Nicht ganz, aber du sagtest, dass Steinbrenner in meinem Revier in die ewigen Jagdgründe eingegangen ist.«

»Und dass dein Wagen warm ist und deine Flinte auf dem Rücksitz liegt.«

Hellinger schlug mit flachen Händen auf den Tisch und konterte heftig: »Ich war es nicht, das kann nicht sein. Ich war heute Morgen nicht weg. Ich war gar nicht in der Lage dazu. Ich habe mir heute Nacht fast die Eingeweide ausgekotzt. Heute Morgen war ich froh, dass ich überhaupt ein bisschen schlafen konnte. So was ist mir schon lange nicht mehr passiert.«

»Was ist dir schon lange nicht mehr passiert?«

»Dass es mir nach dem Saufen so elend geht.«

»Wo warst du gestern Abend?«

»Wie immer am letzten Dienstag im Monat. Beim Rotariertreffen auf der Burg.«

»Wie bist du nach Hause gekommen, wenn du so strack warst?«

»Stell doch nicht so dämliche Fragen, mit dem Taxi natürlich.« Hellinger war grantig, aber Röder schluckte diese Unfreundlichkeit von seinem Freund.

»Wie bist du denn hingekommen?«

»Rosche hat mich mitgenommen.«

Röder zuckte unmerklich. Es gab also mindestens einen Zusammenhang zwischen seinem Freund und der Metallgesellschaft. Vielleicht war das ein Indiz gegen Hellinger. Rosche war, wenn er sich recht erinnerte, Vertriebsvorstand der Badischen Metallgesellschaft. Steinbrenner war also sein Chef. Er ging aber darüber hinweg, er wollte das jetzt nicht vertiefen.

»Und wo warst du heute Morgen zwischen halb sechs und halb sieben?«

»Hier im Bett, ich habe geschlafen. Glaubst du wirklich ...«

Röder unterbrach ihn laut und derb. »Dein Auto, deine Flinte, dein Revier. Was meinst du, wie das zusammenpasst?«

»Ich war's nicht. Ich habe meinen Rausch ausgeschlafen. Ich konnte mich ja gar nicht auf den Beinen halten, ich hätte danebengeschossen. Außerdem, warum sollte ich Steinbrenner umlegen? Ich habe mich immer gut mit ihm verstanden. Vielleicht hat jemand mein Auto geklaut.«

»Und die Flinte? Der Jemand ist über deine Schnapsleiche gestiegen, hat den Waffenschrank aufgebrochen und ist seelenruhig auf Menschenjagd gegangen. War's so?« Röder war laut und spöttisch.

»So muss es gewesen sein. Herrgott, ich war's nicht, ich habe keinen Grund, du Riesenarschloch!«

Röder antwortete nicht auf die Beleidigung. »Kann das jemand bezeugen, dass du heute Morgen hier warst? Wo ist Katrin?«

»Habe ich dir doch am Sonntag gesagt. Sie ist mit dem Baby zu ihrer Mutter gefahren.«

Hellinger hatte es bei ihrem Gespräch am Sonntag beiläufig erwähnt. Röder wollte aber nicht darauf eingehen. Katrin und Achim waren seit acht Jahren ein Paar. Um seine offensichtlichen Seitensprünge abzustrafen, verschwand sie hin und wieder für ein paar Wochen zu ihrer Mutter. Röder konnte nicht verstehen, warum sie jedes Mal wieder zurückkam. Sie hatte einmal zu ihm gesagt, dass das Baby alles ändern würde. Röder hatte am Sonntag jedenfalls nicht den Grund für die erneute Reise wissen wollen.

Hellinger schien Gedanken zu lesen: »Ich bin nicht fremdgegangen. Ihre Mutter hat die Woche Geburtstag.«

Röder vermutete, dass es an den Nachwehen des Saufexzesses lag, denn so richtig überzeugend klang es nicht. Sie schwiegen eine Weile, und er musterte seinen Freund, der es vermied, ihn direkt anzusehen. »Ich muss dich vorläufig festnehmen. Ich informiere jetzt die Kollegen von der Polizei, man wird dein Auto und die Waffe untersuchen. Wenn du geschossen hast, wird man es herausfinden.« Er fummelte sein Handy hervor.

»Tu, was du nicht lassen kannst«, murmelte Hellinger resigniert.

Die nächsten Minuten zogen sich wie Kaugummi. Röder wusste, dass er sich jede Entschuldigung sparen konnte. Trotzdem sagte er: »Wenn du unschuldig bist, dann helfe ich dir aus der Scheiße raus, aber im Moment kann ich nicht anders.«

Hellinger begann, in der Schublade seines Schreibtisches zu kramen.

»Erzähl mir noch mal genau, was seit gestern Abend passiert ist.«

Der Winzer brummte nur und kramte weiter.

»Du kannst deinen Anwalt anrufen.«

»Der Depp versteht sich doch nur auf Wirtschafts- und Steuerrecht. Mehr brauche ich nicht. Ich werde mich von dem Geldsack bestimmt nicht noch tiefer reinreiten lassen, bloß weil er nichts vom Strafrecht versteht.«

»Ich kann dir einen guten Anwalt empfehlen.«

»Halt jetzt endlich dein Maul.« Hellinger stand auf und ging zur Tür.

»Wo gehst du hin?«

»Ins Bad.«

»Warte bitte, bis die Kollegen da sind.«

»Du hast wohl den Arsch auf«, brummte Hellinger gereizt. »Ich hau schon nicht ab, wo soll ich denn hin, du Idiot? Ich werfe mir jetzt ein paar Aspirin ein, dusch mich und schmeiße mich in Schale für den Knast. Vielleicht hast du's schon gemerkt, ich stinke wie ein Bock.«

Röder machte keine weiteren Anstalten, um ihn aufzuhalten.

»Du kannst dich ja vor die Badezimmertür legen.«

Als die Grünen kamen, stand der Winzer noch unter der Dusche. Röder war froh, dass er seinen Freund in der Obhut der Polizisten lassen konnte, und verließ eilig das Haus. Pyreck kam ihm entgegen, zum Glück, denn er hatte ganz vergessen, dass er ihn auf den Waffenschrank und mögliche Einbruchsspuren aufmerksam machen wollte. Pyreck hörte sich alles an und meinte schließlich: »Du solltest jetzt deine Karre wegfahren, die steht nämlich genau vor dem Tor.«

»Du solltest vielleicht auch im Hof nach Spuren suchen, lass also niemanden rein.«

»Danke für deine Belehrungen, du Grünschnabel.« Damit ließ der Forensiker den Herrn Staatsanwalt stehen.

Röder fuhr schnurstracks zum Tatort. Hellingers Jagdrevier lag im Nachbarort Leistadt. Man fuhr zwei Kilometer den Berg hoch und kam in eines der schönsten Dörfer dieser Gegend. Der Dorfkern war geprägt von dem barocken Rathaus aus dem achtzehnten Jahrhundert und strahlte etwas von dem provinziellen Wohlstand der Winzer und der Würde der Vergangenheit aus. Nach hundert Metern bog er links in das Wohngebiet ab, wo alte Bauernhäuser die Vorhut zu dem exklusiven Neubaugebiet bildeten.

An das Wohngebiet schlossen sich Weinberge und Obstgärten an. Danach kamen romantische Wochenendgrundstücke und Wiesen, deren Frieden von der Bluttat entweiht schien. Diesen Eindruck hatte jedenfalls Röder, als er das Aufgebot der staatlichen Macht sah, die wie üblich zu spät kam.

Steiner und Sybille schlenderten in der Manier der Ermittler über den Acker. Noch lag die Hauptarbeit bei den Männern im Raumanzug, die allgegenwärtig waren und die anderen Ermittler zu Statisten degradierten.

»Die Frau Steinbrenner war schon hier. Sie ist zusammengeklappt, und ich habe sie mit dem Notarzt nach Hause geschafft.« Röder nickte wieder. So musste er wenigstens nicht die schlechte Nachricht überbringen.

»Du kannst das Haus von hier oben sehen.« Steiner deutete auf eine große Villa am Rand des Wohngebietes.

»Was habt ihr rausgefunden?«

»Bis jetzt nicht viel. Sie wollten die Leiche gerade herumdrehen.«

»Was ist das?« Röder deutete auf den Fleck im abgeernteten Feld.

»Das ist der Hund. Der wollte wahrscheinlich den Jäger fressen und hat sich dabei wohl verschluckt.«

»Wer hat ihn denn gefunden?«

»Eine junge Frau aus dem Ort, die hier immer morgens mit dem Hund spazieren geht.«

»Hat sie irgendetwas beobachtet oder gehört?«

»Nee, der muss schon eine Weile da gelegen haben. Die Frau hat ihn gegen sieben gefunden, da muss er schon zwanzig bis fünfundzwanzig Minuten tot gewesen sein. Wir wissen das so genau, weil Steinbrenner immer rund vierzig Minuten für seine Runde brauchte, und von hier sind es ungefähr noch fünf Minuten bis nach Hause.«

»Hat ihn seine Frau nicht vermisst?«

»Klar, nachdem er zwanzig Minuten überfällig war, hat sie sich ins Auto gesetzt und wollte die Strecke abfahren. Vor lauter Aufregung ist sie aber dort oben im Graben des Waldwegs hängen geblieben. Sie ist ihm nicht entgegengefahren, sondern hinterher. Sie ist dann gelaufen und hat schon von oben das erste Polizeiauto gesehen, da konnte sie sich schon denken, was los war.«

Röder fühlte sich unbehaglich. Es musste ein elendes Gefühl sein, den Ehemann ermordet zu finden. Er trat an die Leiche heran und redete mit dem Gerichtsmediziner, der noch an dem Körper arbeitete. Es schien klar, dass der Schuss vom Hochsitz gekommen war.

»Was ist mit dem Hund?«

»Ich habe ihn mir noch nicht genau angeguckt, aber die Jungs sagen, dass das Vieh im Sprung abgeknallt wurde. Das zeigen die Spuren. Der Schuss, der den Köter niederstreckte, ist aus höchstens zwei Metern Entfernung abgegeben worden. Das zeigen die Fußspuren und Pfotenabdrücke in der Erde.«

»Das heißt, der Schütze stand Auge im Auge mit dem Tier?«

Der Mediziner zuckte die Schultern. »So sieht's aus.«

Röder wusste schlagartig, dass Hellinger nicht der Mörder sein konnte. Er erzählte immer, wie der Hund seines Großvaters ihm einmal den Weg aus dem Weinkeller versperrte und die Zähne fletschte. Er war damals vier gewesen. Das Tier wäre beinahe wegen der Kohlendioxidgasen im Weinkeller verreckt und wehrte sich seitdem gegen alles, was mit dem Keller im Zusammenhang stand. Damals kelterte man noch in Weinfässern aus Holz, und über eine mit Wasser gefüllte Glaspfeife flossen die Gärungsgase ab, sammelten sich am Boden. Eine tödliche Falle für unbeaufsichtigte Kleinkinder und Viecher. Die Winzer nahmen ihre Hunde in voller Absicht mit, denn das Gas war völlig geruchlos. Hellinger erzählte die Geschichte heute mit Lachen, aber die Angst vor großen Hunden war ihm geblieben.

Röder umrundete den Tatort und versuchte, sich ein Bild von der Situation zu machen. Er umging weiträumig die Schilder der Spurensicherung, ließ sich das eine oder andere erklären und achtete selbst auf mögliche andere Spuren.

Es war eine Angewohnheit von ihm, sogar eine wichtige Taktik, sich einige Minuten dem geschäftsmäßigen Hantieren der Spurenermittler zu entziehen und den Tatort durch die Augen des Täters zu sehen. Bei solchen Gelegenheiten erschauerte er immer, wenn er feststellte, dass er regelrecht zu einer anderen Persönlichkeit mutieren konnte. Das Böse steckte eben in allen Menschen, nur kamen die meisten Menschen im Allgemeinen gut damit zurecht, ohne gleich zum Killer zu werden. Röder war jedoch zutiefst davon überzeugt, dass jeder Mensch unter bestimmten Umständen zum Verbrecher werden konnte, wenn, aus welchen Gründen auch immer, das Böse die Oberhand gewann.

Versunken in der Schattenwelt des Verbrechens, die er nur zu gut kannte, registrierte er eine Bewegung, vielleicht fünfzig Meter rechts von ihm, oben am Waldrand. Ein Landstreicher stand da, zögerte offensichtlich. Röder wollte ihn ansprechen, aber die abgerissene Gestalt machte kehrt und verschwand im Wald. Er folgte dem Typen nicht, aber er würde seinen Kollegen den Tipp geben, nach dem hiesigen Berber zu fragen. Vermutlich war er aber nur genauso schaulustig wie die Dorfbewohner, die sich jetzt mehr und mehr am Schauplatz des Schreckens einfanden. Röders Begehung hatte ihm erst einmal keine neuen Erkenntnisse gebracht, aber er wusste, dass sich die Mosaiksteine später besser zusammenfügen ließen, wenn man den Tatort klar vor Augen hatte. Schließlich kam er auf den Zufahrtsweg zurück und stieß auf Steiner und Sybille.

»Ich gehe jetzt zur Frau Steinbrenner«, sagte Steiner unwillig. »Sybille, du gehst mit.«

»Ich schließe mich an, okay?« Sherlock meldete sich gewaltig.

»Pass mal auf, Ben«, fuhr ihn Steiner vor der jungen Kollegin an. »Mir stinkt's gewaltig, dass du bei der ganzen Sache so viel rumrührst. Das hier könnte die Tat eines deiner besten Freunde gewesen sein. Du bist eindeutig voreingenommen. Und bei den letzten Befragungen hast du dich für meine Begriffe zu stark eingemischt. Ich will, dass wir Freunde bleiben, aber ab sofort hältst du dich zurück, oder ich greife zu stärkeren Mitteln. Ich fürchte sonst, dass du die Ermittlungen störst. Habe ich mich klar ausgedrückt?«

Röder war perplex. So vehement hatte sich sein Freund noch nie geäußert.

»Okay, Gerald, aber dieses eine Mal gehe ich noch mit. Noch hat man mir den Fall nicht offiziell entzogen, und vielleicht ergibt sich ein neuer Verdacht.«

Steiner brummte, und irgendwie ahnte er wohl, dass sein freundschaftliches Einlenken ein Fehler war.

Sybille sträubte sich ebenfalls, aber die beiden Männer wussten, dass sie in Begleitung einer Frau nicht so bedrohlich wirkten, vor allem, da sie zur Zeit keinen grünen Hahnenkamm trug.

Röder fuhr das kurze Stück mit seinem eigenen Wagen hinterher und wollte gerade in die Straße der Steinbrenners einbiegen, als er von einem roten BMW Z4 rücksichtslos geschnitten wurden. Eine junge blonde Frau saß am Steuer, hielt abrupt vor dem Anwesen der Steinbrenners und sprang heraus. Sie hatte einen Schlüssel und verschwand eilig in der Tür.

Steiner klingelte mehrmals, aber es dauerte eine Weile, bis sich die Tür wieder öffnete. Die junge Frau stand mit roten Augen in der Tür. Sie stellte sich als die Tochter vor.

»Wir müssen mit Ihrer Mutter sprechen«, sagte der Kommissar behutsam.

»Da müssen Sie den Arzt fragen. Er ist bei ihr. Aber ich glaube nicht, dass das jetzt geht. Sie hat starke Beruhigungsmittel bekommen. Fragen Sie ihn.«

Damit hatte sich die Befragung von Steinbrenners Frau schon erledigt.

»Dann sind Sie bestimmt bereit, uns ein paar Fragen zu beantworten.«

»Sicher, verdammt noch mal.« Sie drehte den Kopf zur Seite, um die Tränen zu verbergen. »Warten Sie hier, ich muss zuerst zu Mama. Sie braucht mich jetzt eigentlich.«

Als die junge Frau verschwand, änderte sich das Verhalten der beiden Kriminalbeamten schlagartig, Sherlock wurde sowieso aktiv, als hätte Röder nie etwas anderes gemacht. Sofort und ohne sich abzusprechen, legten sie die Mitfühltour ab, der Blick schweifte professionell durch die Räume. Fotografien an der Wand offenbarten manchmal mehr als die Verhörten. Sie geben

Aufschluss über Beziehungen, über die sonst lieber geschwiegen wird. Fotos sind unbestechlich, sofern sie nicht gefälscht sind, was man hier aber nicht erwartete. Urkunden und offen herumliegende Unterlagen verraten Orte, Zeiten, Namen und Querverbindungen. Es konnte ihnen nichts Besseres passieren, als ein paar Minuten allein gelassen zu werden. Sie untersuchten auf diese Weise auch die angrenzenden Räume, und es dauerte bestimmt zehn Minuten, bevor die Tochter in Begleitung des Arztes und mit verquollenen Augen zurückkehrte.

»Meine Mutter schläft.« Sie ließ sich in einen Sessel am Kamin fallen. Dann brachte sie kein Wort mehr hervor und schließlich brach ihr Versuch, Gastgeberin zu sein, zusammen. Der Arzt verabschiedete sich, nicht ohne skeptische Blicke und Fragen zu ihrem eigenen Zustand.

Steinbrenners Tochter begann hemmungslos zu weinen. Sybille machte einen Schritt auf sie zu, setzte sich auf die Lehne und nahm sie in den Arm. Die beiden Frauen verharrten so eine Weile. Steiner ließ sie gewähren und hielt sich bewusst im Hintergrund. Sybille machte ihre Sache verdammt gut. Nach genau der richtigen Zeitspanne sagte sie behutsam: »Wir müssen Ihnen einige Fragen stellen, das verstehen Sie doch? Umso eher schnappen wir das Schwein.«

Die Tochter nickte. Steiner war ganz offensichtlich froh, dass er Sybille hatte. Sie konnte sehr einfühlsam sein. Eine Fähigkeit, die sich Steiner nur mühsam antrainiert hatte, weil er in den Augen des anderen Geschlechts oft hölzern wirkte. Röder wusste, dass Steiner schrecklich stolz auf Sybille, seinen Zögling, war. Im letzten Jahr unter seinen Fittichen hatte sie sich enorm gemausert. Aus dem Mädchen konnte noch was werden.

»Kann ich Ihnen etwas zu trinken bringen?«, fragte Röder leise. Die junge Frau nickte wieder.

»Nur Wasser. Gehen Sie in die Küche, da finden Sie alles.« Sie deutete mit der Hand in die Richtung.

Röder setzte sich in Bewegung, hörte aber mit einem Ohr zu, was die beiden Frauen redeten, auch Steiner tat unbeteiligt.

»Ich bin Sybille Wohlfahrt. Wie ist eigentlich Ihr Name?«

»Ellen, Ellen Steinbrenner.«

»Wohnen Sie hier?«

»Nein, schon seit Jahren nicht mehr. Ich habe in Bonn studiert und mache jetzt mein Referendariat in Mannheim. Ich bin Juristin. Ich habe dort eine Wohnung.«

»Kommen Sie oft hierher?«

»Sooft es geht.«

Röder reichte ihr das Glas. Sie war ein verdammt schönes Mädchen.

»Wissen Sie, was passiert ist?«

»Das, was Mama mir am Telefon sagte.« Sie fing wieder zu weinen an. Plötzlich straffte sie sich und fragte erregt: »Liegt er noch da oben?« Sie blickte die angehende Kommissarin an, diese nickte.

»Ich muss ihn sehen!« Sie stand auf.

»Das würde ich Ihnen nicht raten.«

»Warum nicht?«

Die Beamten wussten, dass alle weiteren Worte umsonst waren.

»Ich muss ihn sehen. Bitte kommen Sie mit. Wir unterhalten uns später weiter.«

Sie stürmte zur Tür. Die drei wechselten Blicke. Sie waren sich eigentlich sicher, dass damit die Befragung geplatzt war. Wahrscheinlich würden später zwei Frauen mit einem Nervenzusammenbruch im Bett liegen. Ellen Steinbrenner rannte auf die Straße, die Männer hatten Mühe, ihr zu folgen.

Es kam wie befürchtet. Die Tochter ließ sich nur mit Mühe von der Leiche ihres Vaters fernhalten. Nach einer Weile des Kampfes mit ihrer verständlichen Hysterie, gelang es den Polizisten, sie in einen abseitsstehenden Polizeiwagen zu verfrachten. Als sie ruhig wurde, ließ sie sich von Steiner die bisherigen Erkenntnisse schildern.

»Sagen Sie mir alles, beschönigen Sie nichts, ich will es wissen. So kann ich Ihnen am besten helfen.« Ellen Steinbrenner hatte sich in bewundernswerter Weise wieder gefasst. Für Röders Geschmack zu bewundernswert.

»Zeus. Vater sagte immer, wenn er bei ihm ist, dann wagt keiner, ihn anzugreifen. Er hätte auf Temmler hören sollen.«

»Temmler?«

»Er ist der Sicherheitschef und sein Freund. Lassen Sie uns ins Haus zurückgehen.«

»Wir fahren besser.« Steiner deutete auf die ersten Paparazzi, die mit ihren Kameras wie die Aasgeier herumlungerten. Steiner winkte einem Streifenbeamten, der sich darum kümmern sollte.

Wieder zurück im Haus der Steinbrenners, nahmen sie die gleichen Plätze wie zuvor ein.

Die junge Frau stand noch einmal auf und fragte: »Meine Eltern haben für gewöhnlich keine harten Getränke im Haus. Im Fernsehen trinken die Leute doch immer einen Schnaps bei solchen Ereignissen. Mögen Sie etwas anderes?« Keine Spur von Nervenzusammenbruch mehr.

Steiner und Röder verneinten, obwohl sie Lust auf ein kühles Bier verspürten. Sybille nahm das Angebot an.

»Haben Sie einen Verdacht, wer das gewesen sein könnte?«, begann Steiner.

»Sie meinen, ob er Feinde hatte und so?«

»Genau. Hatte er welche?«

»Er war sehr beliebt. Bei Kollegen, Kunden und Mitarbeitern, besonders bei den Mitarbeitern.«

»Wieso betonen Sie das?«

»Ich denke, in einer solchen Position kann man sich viele Gegner schaffen. Bei ihm war das anders. Alle im Unternehmen sahen in ihm eine Lichtgestalt und hatten Vertrauen zu ihm. Er hat ja auch in sehr kurzer Zeit aus einem ehemals maroden Unternehmen einen richtigen Vorzeigeladen gemacht. Er gab ihnen allen Hoffnung. Niemand hat im Rahmen der Umstrukturierung seinen Job verloren. Der eine oder andere findet sich heute vielleicht in einem anderen Konzernteil wieder, aber er musste keine schmerzhaften Entscheidungen in dieser Beziehung treffen.«

»Woher wissen Sie das alles so genau?«

»Na ja, man hört es halt.«

Steiner ließ es dabei bewenden.

»Und sonst, hatte er irgendwelche Feinde?«

»Quatsch!«, rief sie energisch. »Überall wo er hinkam, hatte er nur Freunde. Er war beliebt, überall.« Sie klang verzweifelt. Für

Röders Geschmack klang es wieder etwas zu vehement. Steiner wechselte das Thema.

»Sie machen gerade Ihr Referendariat?«

»Ja, am Landgericht in Mannheim. Ich bin im Herbst fertig.«

»Und danach?«

»Ich weiß es noch nicht.«

Röder mischte sich ein, wollte Punkte gutmachen und ihr Vertrauen gewinnen. »Wo wollen Sie denn hin? In eine Kanzlei oder in die Industrie? Oder machen Sie den gleichen Fehler wie ich und gehen in den Staatsdienst?«

»Sind Sie auch Jurist?«

»Ja.«

Ihr Gesicht hellte sich auf. »Nein, ich möchte, wenn es irgendwie geht, eine eigene Kanzlei aufmachen.«

»Worauf sind Sie denn spezialisiert?«

»Wirtschaftsrecht.«

Röder lächelte. »Wie war denn Ihr Verhältnis zu Ihrem Vater?«

Tränen schossen ihr in die Augen. »Ich liebte ihn, so wie man einen Vater liebt«, brachte sie mit erstickter Stimme hervor.

*

»Irgendetwas stimmt mit ihr nicht«, sagte Röder, als sie zu ihren Fahrzeugen gingen.

»Wie kommst du denn darauf?«, fragte Steiner.

»Sie kam mir so vor, als ob sie so etwas erwartet hätte. Sie war mir trotz ihrer Trauer nicht überrascht genug. Ich habe den Eindruck, sie weiß etwas. Mehr, als sie uns sagen will.«

»Du siehst Gespenster, die ist einfach fertig. Die steht unter Schock.«

»Das ist es ja eben. Auf der einen Seite ist sie topp gefasst, auf der anderen Seite klappt sie sofort zusammen. Mir wäre es lieber, sie würde mit einem Nervenzusammenbruch im Bett liegen oder eben nur cool sein.«

»Jeder reagiert halt anders. Ich glaube ihr aber, wenn sie sagt, dass sie ihren Vater liebte.«

»Kann schon sein«, brummte Röder.

Sie machten sich auf den Weg zu ihrer Dienststelle. Es galt, den Hauptverdächtigen zu verhören. Röder würde aber zuerst zu seinem Chef gehen. Das Verhör würde er garantiert nicht selbst durchführen, konnte er gar nicht. Es war noch nicht einmal die eigene Befangenheit. Er konnte einfach nicht so seinem Freund gegenübertreten und direkt zusehen, wie man ihn durch die Mangel drehte. Möglicherweise würde man ihn sowieso von dem Fall abziehen.

Mit dem zuständigen Oberstaatsanwalt war er sich schnell einig. Noch gab es keinen Grund, den Fall jemand anderem zu übertragen. Der Verdacht gegen Hellinger musste sich erst einmal erhärten, und die Entscheidung des Ermittlungsrichters wollte abgewartet werden. Danach würde man weitersehen.

Steiner war ein ausgezeichneter Spezialist für Verhöre. Röder hatte auch nach der Bundeswehrzeit mit ihm auf einigen gemeinsamen Lehrgängen etliche Biere geleert und kannte seine Fähigkeiten. Außer ihrem Sherlock-Komplex teilten die beiden ihr Interesse für die Pfalz und ihre wechselvolle Geschichte. Trotz aller guten Vorsätze hatten sie es allerdings noch nie geschafft, mit ihren Familien einen gemeinsamen Ausflug zu unternehmen.

Steiner hatte es nicht einfach, obwohl er mittlerweile beruflich absolut anerkannt war. Wegen einer Degeneration seiner Wirbelsäule hatte er vor einigen Jahren ein paar Metallstäbe implantiert bekommen. Seitdem nannte man ihn »Steiner – das eiserne Kreuz«. Anfangs hatte er große Probleme mit diesem Spott, aber mit der Zeit nutzte er ihn für sich und bezog den Spitznamen auf sein Durchhaltevermögen im Beruf.

Inzwischen war auch Lobeck eingetroffen und mit ihm die Mitteilung, dass Hallmann wieder auf freiem Fuß war. Es war ihm deutlich gemacht worden, dass dieser Zustand vielleicht nur vorübergehend war. Fürs Erste waren die Verdachtsmomente nicht stichhaltig genug, und Flucht- und Verdunklungsgefahr bestand offensichtlich nicht.

Das Verhör von Hellinger sollte im Büro von Steiner ohne Röder stattfinden. Röder plante allerdings eine datenschutzrechtliche Sauerei, die ihn Kopf und Kragen kosten, ihm zumindestens aber ein saftiges Disziplinarverfahren einbringen konnte. Natürlich wollte er dabei sein, wenn sein alter Freund verhört wurde, und das konnte er auch. Es bedurfte dazu nicht mal seiner physischen Anwesenheit. Der Computer in Steiners Büro verfügte über eine moderne Multimediaausstattung. Eine Soundkarte, ein Mikrofon und eine kleine Kamera. Erst letztes Jahr hatten alle Mitarbeiter neue Computer bekommen, nachdem die alten nach mehr als acht Jahren Dienst ihren Geist so nach und nach aufgegeben hatten. Mit der modernen Software kamen die Dinger sowieso schon lange nicht mehr klar. Das Equipment für die Kriminalpolizei war lausig, in Bezug auf bestimmte Ausrüstungsgegenstände sogar immer noch. Beim Sprechfunk zum Beispiel wurde weiter lustig mit Nachkriegstechnik rumgefunkt. Das besserte sich erst, als Artikel mit der Überschrift »EDV in Kindergärten besser als bei der Polizei« auftauchten. Neue Computer gab es aber inzwischen. Im vergangenen Jahr waren sie mit großem Tamtam installiert worden. Der Polizeipräsident durfte medienwirksam lächeln und das neue Rechenzentrum in Betrieb nehmen.

Jedenfalls war das neue Gerät ideal, um Bild und Ton von einem PC zu einem anderen innerhalb des Netzwerks zu beamen. Röder richtete also mit Steiner zusammen die Kamera auf den Stuhl des Delinquenten, der in diesem Fall sein Freund sein würde. Das Mikrofon drehte er ebenfalls in eine geeignete Richtung und tarnte das Ganze mit herumliegenden Papieren und Aktendeckeln.

Man hatte die Vorzüge der virtuellen Konferenzen angepriesen, tatsächlich war nach den üblichen anfänglichen Spielereien nur noch diese Hauptanwendung geblieben, das Mithören von Gesprächen in anderen Büros. Es herrschte die stille Übereinkunft einer verschworenen Gemeinschaft, das System auf diese Weise zu nutzen. Röder war gespannt, wann das Ganze mal auffliegen würde oder ihr übereifriger Datenschützer die Lücke entdeckte.

Röder ging eine Etage höher, in einen Sitzungsraum mit entsprechender Multimediaausstattung, machte es sich auf einem Sessel bequem und startete schließlich die Videokonferenzsoftware auf dem Rechner. Ein dreifaches Hoch auf die Errungenschaften der Computertechnik, die Übertragung klappte vorzüglich. Bald darauf kam Hellinger, immer noch mit Biopiercing, aber schon etwas menschenähnlicher, ins Bild. Steiner ratterte das übliche Vorgeplänkel herunter, Name, Adresse, die Möglichkeit, einen Anwalt hinzuzunehmen, und dass das Gespräch auf Tonband mitgeschnitten werde. Von Röder im dritten Stock sagte er natürlich nichts. Lobeck setzte sich seitlich zu Hellinger hin, um zunächst etwas im Hintergrund zu bleiben.

»Ich brauche jetzt erst mal keinen Anwalt. Ich habe nichts getan und nichts zu verbergen«, knurrte Hellinger.

»Es sieht aber schlecht aus für Sie. Ihr Jagdrevier, Ihre frischen Reifenspuren am Tatort, Ihre Waffe auf dem Rücksitz, aus der eindeutig geschossen wurde, und das Kaliber stimmt wohl auch. Dann sind da noch die Schmauchspuren auf Ihren Händen und im Gesicht ...«

»Klar, ich war am Montagmorgen im Revier, aber nicht heute. Die Schmauchspuren sind von vorgestern.«

»Oder Sie sind von heute Morgen, und Sie haben sich kräftig geschrubbt.«

Röder wusste, dass er es ihm eigentlich nicht hätte erlauben dürfen, unter die Dusche zu gehen. Anderseits konnte er sich auch direkt nach der Tat schon gewaschen haben. Ganz weg bekommt man Schmauchspuren beim Waschen sowieso nicht. Das dauert einige Tage, bis sie restlos aus der Haut verschwinden. Jäger und Sportschützen werden daher ständig positiv getestet.

»Sie vergessen aber eines, das Wichtigste nämlich: Warum sollte ich das getan haben?«

»Das werden wir schon rausfinden. Sie sagen uns das früher oder später schon. Wenn nicht heute, dann morgen. Sie bestimmen, wie schwer der Weg wird. Jetzt beim Verhör, später vor Gericht und danach. Wir haben schon härtere Brocken als Sie in den Knast geschickt.«

»Hören Sie, ich habe kein Motiv! Nennen Sie mir eines.«

»Hellinger, machen Sie es uns allen nicht so schwer. Erzählen Sie uns einfach, was da in Ihrem Revier passiert ist.«

»Woher soll ich denn das wissen? Sie müssen mir das erzählen.

Ich war daheim und hab gepennt. Ich war sturzbesoffen. Sie haben mir doch Blut abgenommen. Wie viel Promille hatte ich denn?«

»Eins Komma vier Promille, wenn man es hochrechnet, dann hatten Sie bei rund zwei Komma irgendwas aufgehört. Sie hatten zur Tatzeit etwa eins Komma sechs, eins Komma sieben. Nicht gerade viel für einen Winzer.«

»Sie Arschloch.«

»Sollen wir noch Beamtenbeleidigung auf die Liste setzen?«

»Ihr könnt mich alle mal. Ihr wollt mich reinreiten, das lass ich nicht mit mir machen. Wo ist denn überhaupt mein feiner Freund? Ich dachte, der führt hier die Ermittlungen«, polterte Hellinger heftig.

Röder wusste, dass jetzt der Zeitpunkt für einen Kaffee gekommen war. Steiner machte eine kurze Kunstpause, so als ob er sich selbst eines Besseren besinnen müsste, und sagte schließlich milde gestimmt: »Dann erzählen Sie uns doch, was tatsächlich passiert ist, am besten von gestern Abend an.«

Lobeck fragte genauso sanft: »Wollen Sie einen Kaffee?«

Hellinger nickte, und Lobeck füllte einen Becher mit dem Gebräu aus ihrer verkalkten Kaffeemaschine. Scheißspiel, aber Hellinger kannte die Regeln nicht.

»Da gibt's nicht viel zu erzählen. Ich habe mich gestern Abend mit meinen Rotarier-Kollegen getroffen. Wir treffen uns einmal im Monat, meistens auf der Battenberger Burg. Es war lustig, und ich habe kräftig einen getrunken. Irgendwann war ich daheim und habe in die Schüssel gekotzt. Das ging wohl zwei-, dreimal so. Danach gibt's nichts mehr zu erzählen. Ich habe dann irgendwann endlich gepennt, bis mich euer wild gewordener Chef rausklingelte.«

Die beiden Polizisten nahmen ihn nicht ernst. Sie schauten sich fast mitleidig an.

»Wann sind Sie nach Hause gefahren?«

»Muss so zwischen eins und zwei gewesen sein.«

»Sind Sie selbst gefahren?«

»Wollen Sie mir auch noch den Führerschein abnehmen?«, brauste der Winzer auf.

Steiner ging nicht darauf ein, er wiederholte die Frage in anderer Form. »Wie sind Sie nach Hause gekommen?«

»Mit dem Taxi«, sagte der mächtige Mann unwirsch.

»Und wie sind Sie hingekommen?«

»Ein Rotarier-Freund hat mich gefahren, er hat mich von zu Hause abgeholt.«

»Wie ist sein Name?«

»Robert Rosche.«

»Nehmen Sie den Fahrdienst von Herrn Rosche immer in Anspruch, wenn Sie zu Ihrem Treffen gehen?«

»Eigentlich nicht«, antwortete Hellinger. »Meistens fahr ich selbst, und manchmal nehme ich mir ein Taxi. Ich lasse mich dort nicht immer volllaufen. Gestern habe ich halt Lust dazu gehabt.«

»Wie kam das, dass Rosche Sie ausgerechnet gestern fahren wollte?«

»Er hat gestern Mittag angerufen und gefragt, ob er vorbeikommen kann, weil er Wein für irgendwelche Geschäftsleute brauchte und so. Warum ist das denn interessant für Sie?«

»Zunächst ist alles interessant für uns.«

»Kaufte er regelmäßig Wein bei Ihnen?«

»Manchmal.«

»Haben Sie irgendwelche Zeugen dafür, dass Sie nach Hause kamen und dort die ganze Zeit blieben?«

»Der Taxifahrer hat mich vor dem Tor abgesetzt. Fragen Sie auch mal in der Nachbarschaft, da gibt es immer ein paar neugierige Weiber, die nachts nicht schlafen können.«

»Da sind wir schon dabei. Wo war Ihre Frau, kann die irgendetwas bezeugen?«

»Meine Frau ist seit Sonntag bei ihrer Mutter, mit unserem Sohn.«

»Sie waren ganz allein zu Hause?«

»Ja.«

»Keine Zeugen also.« Es war mehr eine Feststellung als eine Frage. Hellinger sagte dazu nichts. Es herrschte Schweigen.

Steiner fuhr fort. »Wie erklären Sie sich das mit dem Auto und Ihrer Waffe? Es ist höchstwahrscheinlich die Tatwaffe, und Ihr

Jeep war am Tatort. Das alles sind Tatsachen, mein lieber Herr Hellinger.«

»Das weiß ich doch nicht, vielleicht hat's jemand geklaut? Ich habe gekotzt und gepennt. Ich bin nicht der Typ, der besoffen in der Gegend herumfährt und in diesem Zustand auch noch Wirtschaftsbosse umlegt.«

Die beiden Kripoleute schauten ihn zweifelnd an und wechselten das Thema, aber sie machten wieder eine Pause, um abzuwarten, ob Hellinger noch etwas zu sagen hatte. Es kam nichts mehr.

»Wie standen Sie denn zu Dr. Steinbrenner?«

»Gut. Er war auch bei den Rotariern. Er ließ sich aber selten blicken. Ich habe ihn das eine oder andere Mal bei seinen Stiftungsaktivitäten unterstützt. Ich hatte keinen Grund, ihn umzulegen.«

Die beiden Polizisten sagten nichts darauf, sie wollten, dass der Verdächtigte von sich aus zu reden anfing. Das klappte normalerweise, und die beiden mussten nur warten, bis sich der Verhörte in Widersprüche verstrickte. Wenn die Typen logen, und das taten die meisten, dann blubberte es nur so hervor. Die Strategie funktionierte scheinbar auch bei Hellinger, der keine Ahnung von Psychologie und Verhören hatte.

»Ich habe ihm des Öfteren Wein für seine Veranstaltungen gespendet und meinen Weinstand geliehen. Einmal im Jahr mindestens, meistens an der Ungsteiner Kerwe, da hatte er immer einen Stand.« Er machte eine kurze Pause und sagte leise und verzweifelt: »Ich war's nicht.«

Die beiden Polizisten warteten, aber sie mussten das Gespräch in Gang halten. Hellinger hielt sich die Hände vors Gesicht. Es wäre keine Überraschung gewesen, wenn er angefangen hätte zu weinen. Das hatten schon hartgesottenere Typen auf diesem Stuhl getan, bevor sie sich öffneten. Hellinger tat ihnen den Gefallen offensichtlich nicht, im Gegenteil, er schien mit dieser Geste wieder Kraft zu schöpfen, und seine vom Kater gezeichneten Augen sprühten vor Kampfeslust. Lobeck schaltete sich ein.

»Hatten Sie noch andere Kontakte zu ihm, möglicherweise geschäftlich?«

Hellinger prustete verächtlich. »Meinen Sie, ich kaufe meine Handys bei ihm oder meine Mobilfunkantennen, die ich für den Angriff auf Vodafone brauche? Vielleicht sind Sie zu blöd, das zu kapieren, aber ich arbeite in einer anderen Branche. Ich kenne ihn von den Rotariern, habe ihm Wein gespendet und meinen Stand geliehen und gerne mit ihm gequatscht, und das war's. Das reicht doch, oder?«

Hellinger war wieder voll in Rage, und die Polizisten gingen in Abwehrhaltung, weil das durchaus Situationen waren, in denen der Verdächtige ausflippen und handgreiflich werden konnte. Die beiden hätten mit ihren Behinderungen bei der Dampfwalze Hellinger ganz schön alt ausgesehen. Er hatte eine hohe Reizschwelle, aber wehe, wenn diese überschritten wurde.

»Fragt doch mal euren sauberen Herrn Staatsanwalt«, polterte Hellinger weiter, und sein Gesichtausdruck wurde hämisch. »Dem seine Frau hatte doch was mit dem Steinbrenner, der hat doch ein prima Motiv!«

Röder, auf seinem Lauschposten am anderen Ende der Leitung, fuhr heftig zusammen, und sein Kopf begann sich zu drehen. Er musste sich beherrschen, um nicht aus dem Zimmer zu stürmen und seinen Freund zur Rede zu stellen. Er hätte ihn für diese Ungeheuerlichkeiten am liebsten verprügelt. Röder sprang tatsächlich auf, aber nicht, um jemandem in die Fresse zu hauen, sondern um wie ein eingesperrter Tiger vor dem Fenster auf und ab zu laufen. Mit einem Ruck zwang er sich wieder vor den Apparat. Was für einen Stuss erzählte sein Schulkamerad da? Mit einem Mal gingen ihm Tausende von Episoden durch den Kopf. Die Abende, wenn der Stiftungsausschuss tagte und seine Frau spät nach Hause kam. Einmal, am Anfang, hatte er sogar verschnupft reagiert, als Manu um eins statt wie versprochen um elf nach Hause kam. Er dachte an ihre heftige Reaktion, als sie von Steinbrenners Tod erfuhr. Okay, eigentlich ganz logisch, wenn man mit großem Engagement an einer gemeinsamen Sache arbeitete. Er dachte an die Weinfeste, wo Manu sich eine Ewigkeit mit Steinbrenner unterhalten und er allein auf die Kinder aufgepasst hatte: die Kleine schreiend auf dem Arm, die beiden Großen in der Menge der Feiernden verschwindend. Idiotische Eifersucht, dachte er damals und hatte seine Gefühle hinuntergeschluckt. Es war doch nur zu sehr zu verstehen, wenn sie einmal nicht nur Brabbeln, Gequengel und Geschreie hören wollte. Mal etwas anderes sehen als Windeln, Babycreme und Berge von stinkender Wäsche. Alles verständlich, oder?

Wieder starrte er den Computer an, um den Typen zu sehen, der diese Verleumdungen verbreitete. Das Gefühl für die Zeit schien ihm verlorengegangen zu sein, aber der Ausbruch seiner Paranoia war offenbar nur eine Frage von Sekunden gewesen. Hellinger am anderen Ende der Leitung sah erschrocken aus und redete irgendetwas. Offenbar merkte er, dass er in seiner Wut und Verzweiflung über das Ziel hinausgeschossen war und die Frau seines Freundes massiv diffamiert hatte. Er biss sich deutlich auf die Lippen und stammelte: »Ich meine, das ist nur so ein Gerücht, ... ich weiß nichts Genaues, ... die Leute quatschen so viel, und überhaupt haben die beiden doch nur hart für eine gemeinsame Sache gearbeitet.« Die Wortfetzen drangen zu Röder, der sie nur mit einer großen Verzögerung verarbeiten konnte.

»Wissen Sie, was Sie da behaupten?«, fragte Steiner.

Hellinger wand sich. »Das sind nur Gerüchte, ich wiederhol nur Gerüchte. Ich wollte damit sagen, dass es jeder gewesen sein könnte. Ich habe doch kein Motiv, irgendjemand anderes schon. Aber nicht Röder, der ist doch mein Freund ...« Da war nichts Boshaftes mehr in seiner Stimme oder der Gestik, Hellinger meinte es wohl ehrlich. Überhaupt war er plötzlich in sich zusammengebrochen. Das war der Zeitpunkt, auf den jeder Polizist im Verhör wartete. Jetzt kam die Wahrheit, jedenfalls in neunzig Prozent der Fälle.

»Ich habe Ihnen alles gesagt und dem nichts mehr hinzuzufügen. Ich will jetzt meinen Anwalt sprechen.«

Hellinger schien zu den anderen zehn Prozent zu gehören.

*

Hellinger war längst weg, als Röder das Büro der Kripobeamten betrat. Es kostete ihn viel Überwindung, die Tür zu öffnen und sich den fragenden Blicken der Polizisten zu stellen. Sah er da einen Funken Mitleid in ihren Augen? War es vielleicht Häme, was er in den Augen von Lobeck sah? Steiner ergriff das Wort.

»Nimm den Quatsch nicht ernst.«

»Tu ich nicht«, antwortete Röder schnell, etwas zu barsch, etwas zu schnell, wie er selbst empfand. Schweigen füllte den Raum.

»Was nun?«, fragte Lobeck. Röder trat die Flucht nach vorn an.

»Das mit meiner Frau ist natürlich vollkommener Quatsch«, hörte er sich sagen. »Mein Kumpel hat mich jetzt wohl auf dem Kieker und will sich rächen. Ich muss sagen, er enttäuscht mich kolossal, aber das spricht wohl auch absolut gegen ihn.« Die anderen nickten. War das überzeugend genug, oder schimmerte da nicht, trotz oberflächlicher Zustimmung der Kollegen, die pure Skepsis durch? Röder wollte platzen, sein Herz schlug im Hals, und er musste zum wiederholten Male reichlich nervös schlucken.

»Bis jetzt haben wir nur Indizien, die gegen Hellinger sprechen«, gab Steiner nüchtern zu bedenken. »Schwerwiegende Indizien, die wohl schon für eine Verurteilung reichen. Aber wir haben weder handfeste Beweise noch ein Motiv, und es sieht erst einmal danach aus, dass wir kein Geständnis bekommen.«

Sybille streckte den Kopf zur Tür hinein. »Ah, prima, er ist schon weg. Dann hört euch mal meine Neuigkeit an: Hellinger steckt in argen finanziellen Schwierigkeiten. Er hat einen Kredit über zwei Millionen Euro laufen und wohl Probleme, die Raten zurückzuzahlen. Man spricht mittlerweile schon von Pfändung.« Lobeck pfiff anerkennend durch die Zähne, und Sybille fuhr fort. »Ich brauche ja eigentlich nicht weiterzureden, den Rest könnt ihr euch denken.«

Alle redeten durcheinander. Röder unterbrach den Bürotumult und forderte Sybille auf, alles im Detail und ausführlich zu wiederholen.

»Hellinger hat vor vier Jahren einen Kredit für die Erneuerung seiner Kelteranlagen und einer dazugehörigen Lagerhalle beantragt und auch genehmigt bekommen.«

Röder musste an den Tag vor wenigen Jahren denken, als Hellinger ihn voller Stolz durch seine neue Halle führte und ihm die neuen Kelteranlagen zeigte. Die Finanzierung lief über die Sparkasse, die das Risiko als unbedeutend einstufte. Aber an dieser Investition schien er sich dann doch übernommen zu haben. Der Hagelschaden vor drei Jahren, die Missernte im darauffolgenden Jahr, fallende Weinpreise und schließlich die extreme Dürre im letzten Jahr ließen ihn jetzt baden gehen.

»Er hat aber doch erheblichen Grundbesitz, und auf der hohen Kante hat er meines Wissens auch einiges«, wandte Röder ein.

Er wurde sofort von Sybille unterbrochen. »Hatte er, nur war er so dämlich und hat einen erklecklichen Batzen in Aktien investiert, als die Euphorie auf dem Höhepunkt war.« Röder spürte einen Stich, davon hatte sein Freund nie etwas erzählt. »Er steht vor dem finanziellen Kollaps, und die Bank wollte ihm den Kredit kündigen, die haben es auch nicht mehr so dicke. Er war wohl deswegen letzte Woche bei Weidmann, und der hat ihn abblitzen lassen.«

»Woher wissen Sie das?«, wollte Röder wissen.

»Ich habe mit dem zuständigen Sachbearbeiter gesprochen, und der hat ihn an seinen Boss verwiesen, weil er das nicht entscheiden konnte. Hellinger sagte, er würde das unverzüglich tun. Der Banker meinte, zwei Tage später hätte Weidmann in seinem Büro gestanden und ihm mitgeteilt, dass in der Angelegenheit nichts zu machen sei, da die Kriterien eindeutig seien. Also setzte die Bank die Daumenschrauben an.«

»Weiß man, wo das Gespräch mit Hellinger stattgefunden hat, vielleicht in der Bank?«

»Der Angestellte konnte das nicht beantworten. Er wusste nur, dass das Gespräch stattgefunden hat, aber nicht mehr, wo. Sein Boss hat ihm nur den negativen Bescheid mitgeteilt.«

*

Als Röder an diesem Abend nach Hause kam, war eigentlich alles wie immer, die Kinder liefen ihm fröhlich entgegen, der Hund, ein Golden Retriever, sabberte seine gute Hose voll, und das Abendessen stand auf dem Tisch. Aufgewärmt, da er sich verspätet hatte. Aber Manu hatte dafür Verständnis, sie kannte schließlich seinen Job und wusste, dass er gerade jetzt, wo er so verbissen an einem Fall arbeitete, Rückhalt in der Familie brauchte. Und doch war etwas anders. Von Berufs wegen sprach er eigentlich direkt aus, was er dachte, aber in dieser Situation versagte er völlig.

»Sag mal, was weißt du eigentlich über Steinbrenner?«

Seine Frau brach in Tränen aus und brachte nur mit Mühe hervor: »Entschuldige, ich kann jetzt nicht darüber reden.«

Den Namen Hellinger erwähnte er erst gar nicht.

NEUN

Der Morgen begann für Röder mit einer befohlenen Audienz bei seinem Vorgesetzten. Gert Miltenberger war im Großen und Ganzen ein guter Chef, und wenn er Entscheidungen traf, für die Röder kein Verständnis aufbrachte, dann entschuldigte er sich immer damit, dass er auch einen kleinen Teil Politik machen musste und unter gewissen Sachzwängen entschied. Röder wusste nur zu gut, dass das zutraf. Selbst in seiner Position wurde nicht alles rein rational entschieden, und jeder von ihnen wollte auch ein bisschen Karriere machen. Eine gewisse Stromlinienform musste im Job einfach sein. Es hatte eine Weile gedauert, bis er es verstand, aber danach lebte es sich leichter, und das mit der Karriere klappte trotzdem.

»Ich beglückwünsche dich zu dem schnellen Erfolg. Du bist deinem Ruf wieder einmal hundertprozentig gerecht geworden.«

»Sag mal, willst du was von mir? Das Lob gebührt der Polizei. Das ist mir suspekt, wenn du mich so bauchpinselst.« Röder war einer der wenigen, die sich mit dem Chef duzten.

Miltenberger grinste. »Nein, das meine ich ernst, und heute Mittag ist eine Pressekonferenz. Wer könnte die Ermittlungsergebnisse da besser rüberbringen als der leitende Staatsanwalt?«

»Ich wusste doch, dass die Sache einen Haken hat.« Röder hatte eigentlich kein Problem damit, vor die Presse zu treten, aber er wollte es in diesem Fall ganz sicher nicht. »Ich mache das nicht, und wenn du mich noch so zusülzt.«

»Sei mal nicht so frech deinem Boss gegenüber«, schmunzelte Miltenberger mit einem nicht zu unterschätzenden Anteil von Ernst.

»Ich mache das nicht, und ich kann das nicht.«

»Weil du mit Hellinger zur Schule gegangen bist?«

Röder gab nur einen zustimmenden Grunzlaut von sich.

»Er ist ein Mörder.«

»Mensch, Gert, du weißt genau, dass das noch nicht bewiesen ist.«

»Du bist mit deinen Ermittlungen nicht zufrieden, stimmt's?«

Die Antwort war wieder nur ein Grunzen.

Miltenberger fuhr fort. »Ich verstehe dich nicht. Okay, er ist dein Freund, aber das Motiv für den Mord an Weidmann scheint doch klar, und der Mord an Steinbrenner geschah mit seiner Waffe, in seinem Revier. Das ist doch alles offensichtlich.«

Röder antwortete nicht, das war ihm schließlich alles bekannt, und sein Chef redete weiter. »Vielleicht stand er bei Steinbrenner auch in der Kreide, irgendein Privatkredit vielleicht. Du findest den Zusammenhang bestimmt noch. Hellinger wäre nicht der Erste, der aus finanziellen Gründen Amok läuft. Eine etwas schwierige Persönlichkeit ist er ja. Also, was stört dich?«

»Es ist das Gefühl, eine Intuition, weiter nichts.« Röder wollte nichts von der beinahe panischen Angst seines Freundes vor Hunden erzählen, Miltenberger würde ihn glatt zum Psychologen schicken.

»Ich verstehe dich, du kannst bei diesem Fall nicht objektiv bleiben, das ist eigentlich nur allzu menschlich, und im Jurastudium bekommt man das im ersten Semester beigebracht. Das ist wie die Sache mit den Ärzten, die keine Angehörigen oder Freunde behandeln sollten, weil sie dann ihre Urteilsfähigkeit einbüßen. Entweder verharmlosen sie alles, oder sie geraten sofort in Panik. So ist das wohl auch mit dir. Eigentlich ganz logisch.«

»Kann schon sein«, brummelte Röder mürrisch, aber da war noch etwas anderes. Es war nicht nur die Befangenheit, die ihn zweifellos umtrieb, da steckte mehr dahinter, aber er konnte es nicht fassen. Oft hatte er bei kniffligen Ermittlungen dieses Gefühl der Unstimmigkeit, und es hatte ihn nie betrogen.

»Du weißt, dass die Intuition eines Ermittlers immer eine Rolle spielt. Irgendwas gefällt mir bei der ganzen Geschichte nicht, ich kann dir nur noch nicht sagen, was. Solange ich das nicht weiß, kann ich nicht hundertprozentig hinter der Sache stehen. Außerdem, was, glaubst du, meint die Presse, wenn die feststellen, dass Hellinger mein Freund ist?« Oder war, fügte er in Gedanken dazu.

Miltenberger seufzte. »Okay, ich versuche dich zu verstehen, und mit der Presse hast du auch Recht. Es wird sowieso schwer genug sein, diese Tatsache zu verheimlichen. Ich werde diese Pressekonferenz also ohne dich schmeißen.«

Nach ein paar Plaudereien, die Röder an diesem Tag nur schwer über die Lippen gingen, schlurfte er zurück in sein Büro und hätte eigentlich erleichtert sein müssen. Er wusste aber nicht, was er jetzt tun sollte. Wäre er seiner Sache sicher gewesen, dann hätte er sich an den langweiligen Teil der Arbeit, den Bericht, gemacht. Stattdessen erfüllte ihn eine wachsende Unsicherheit, und seine Gedanken wanderten ständig zu Manu. Er griff zum Telefonhörer und wählte die vertraute Nummer. Das Herz zerriss ihm, als sie an den Apparat ging. Er wollte etwas Freundliches, Nettes sagen, aber er stammelte nur: »Schatz, ich komme heute spät, sehr spät.«

Seine Frau fiel ihm ins Wort. »Stimmt es, dass man Achim verhaftet hat? Er soll Steinbrenner erschossen haben? Das kann ich nicht glauben, das ergibt keinen Sinn, das ist doch absoluter Quatsch!« Röder bestätigte ihr Wissen und steigerte ihre Ungläubigkeit noch mit der Nachricht, dass er derjenige war, der ihn am Tag zuvor höchstpersönlich verhaftet hatte.

»Davon hast du mir ja gar nichts gesagt!«

»Ich hatte auch nicht den Eindruck, dass du dafür besonders empfänglich und ansprechbar gewesen wärst«, konterte er scharf und spielte auf ihre gestrige Aufgelöstheit an, als er sie nach ihrer Beziehung zum zweiten Opfer fragen wollte. Auf der anderen Seite der Leitung blieb es für einen Augenblick still.

»Was willst du damit sagen?« Sie klang gereizt.

»Nichts will ich damit sagen«, gab er ebenso gereizt zurück und versuchte, das Gespräch in eine andere Richtung zu lenken, da er merkte, dass es jetzt unangenehm wurde. Es war eigentlich nicht seine Art, Unannehmlichkeiten auszuweichen, aber er konnte einfach nicht weiter. »Hör mal Manu, ich stecke mitten in einer total verfahrenen Ermittlung, und ich wollte dir nur mitteilen, dass ich heute Abend spät, sehr spät, vielleicht sogar erst morgen früh nach Hause komme.«

»Ich verstehe, es ist mir klar, dass das eine beschissene Sache für dich sein muss«, gab sie sanft zurück. »Du gehst also auch nicht zu deinem Stammtisch?«

»Nein, dazu habe ich überhaupt keine Zeit«, konterte er unwirsch.

»Ich liebe dich.«

»Ja«, erwiderte er nur und legte auf.

Er schnellte aus seinem Bürostuhl hoch und wollte schreien, toben. Stattdessen schlug er stumm in die Luft. Nur mühsam beherrschte er sich und seinen Drang, alles kurz und klein zu schlagen und sich wie ein Berserker in seinem eigenen Büro aufzuführen. Nicht nur, dass er unfähig war, seine Frau direkt auf die Sache mit Steinbrenner anzusprechen, nicht nur, dass seine Eifersucht ihn aufzufressen drohte, nicht nur, dass er sie gerade nach Strich und Faden angelogen hatte, er entwickelte auch noch eine rasende Wut auf alles, was ihm bis vor kurzem noch lieb und teuer gewesen war.

Natürlich würde er heute Abend zum Stammtisch gehen, natürlich waren die Ermittlungen in den Augen der Polizisten und seines Chefs abgeschlossen, und natürlich hatte seine Frau ein Verhältnis mit dem Obermacker von der Metallgesellschaft, der jetzt kalt in irgendeiner Kühltruhe der Gerichtsmedizin dahinschimmelte.

Heute Abend würde er sich volllaufen lassen, und er würde schon jetzt davonrennen. Es gab ja sowieso nichts mehr zu tun, außer den verdammten Bericht zu schreiben, und das sollten doch die anderen tun, die sich ihrer Sache so sicher waren.

Er öffnete die Tür und lief wortlos an zwei Kollegen vorbei, die sich gerade einen Kaffee am Automaten gezogen hatten. Die beiden blickten ihm erstaunt hinterher, als er die Treppen herunterrannte. Dann sprang er in sein Auto und verließ die Stadt in westlicher Richtung, seine Schläfen pochten, und er hatte nur noch den Wunsch abzuhauen. Raus aus dem Büro, raus aus der Stadt, raus aus dem Morast von Mord, Lug und Betrug.

Röder gab Gas und raste, schneller, als die Polizei erlaubte, auf der Autobahn Richtung Bad Dürkheim. Vor der Stadt fuhr er links in Richtung Wachenheim, und wieder musste er sich nach dem Ortsschild darauf besinnen, den Fuß vom Gas zu nehmen.

Er durchquerte das Wohngebiet und parkte in den Weinbergen hinter der Sektkellerei Schloss Wachenheim. Er erinnerte sich sofort an jene fidele Sektprobe, die schon fünf oder sechs Jahre zurückliegen musste. Sie hatten damals nur die beiden Großen und an jenem Abend einen Babysitter zu Hause. Hellinger hatte zu dieser exklusiven Sektprobe eingeladen, dank seiner ausgezeichneten Beziehungen zur Sektkellerei. Röder wischte den Gedanken »Wer hätte das damals gedacht« beiseite und begann den Aufstieg durch das Odinstal zu dem gleichnamigen herrschaftlichen Weingut, das ganz oben, umgeben von duftenden Wiesen und bunten Weinbergen, über der Rheinebene thronte.

Warum ihn seine Zerrissenheit an diesem Tag hierher geführt hatte, konnte er nicht beantworten. Mit großen, gehetzten Schritten rannte er den Berg hoch. Nach einigen hundert Metern machten sich seine Lungen brennend bemerkbar, er drohte zu straucheln. Aber er rannte weiter, bis er sich beinahe kollabierend auf einem Baumstamm niederlassen musste. Das Herz pochte ihm im Hals, und der Schweiß rann in Strömen an ihm herab.

Er hatte sich gerade unangenehm vor Augen geführt, wie es mit seiner Kondition wirklich stand. Wie oft hatte sein Freund Hellinger getönt, mit vierzig muss ein Mann es geschafft haben, beruflich, familiär und gesundheitlich. Was er bis dahin vermasselt hat, ist irreversibel.

Den weiteren Aufstieg musste er gemächlich absolvieren, und er überlegte, wo er sich Laufschuhe besorgen sollte. Sein Handy klingelte, es war Steiners Nummer. Er ignorierte den Anruf glatt. Ein bald darauf folgender Klingelton signalisierte, dass eine Kurzmitteilung eingegangen war. Auch die interessierte ihn wenig.

Am Waldrand, knapp über dem herrlich gelegenen Gutshof, fand er eine Bank und genoss den freien Blick in die Rheinebene. Vor ihm lagen die Städte Ludwigshafen und Mannheim, dahinter spannte sich der Odenwald als östliche Begrenzung des Horizonts. Es war ein schöner Spätsommertag, und die Luft war erstaunlich klar. Mit bloßen Augen sah er das Heidelberger Schloss und links daneben, als markanten Orientierungspunkt, die Steinbrüche von Schriesheim. Ganz oben im Norden erkannte er die Türme von Mainhattan und im Süden den Schwarzwald. Ein wenig links vom Atomkraftwerk Philippsburg funkelten die Dächer des Speyerer Doms in der Mittagssonne. So einen herrlichen Blick hatte man nur selten.

Abermals sinnierte er über das Problem, wo er sich neue Laufschuhe besorgen sollte, als sich Hunger und Durst meldeten. Er stand auf und wählte den Abstieg über die Wachtenburg, deren Turm weithin sichtbar über der Haardt ragte. Die Burg, die er nach etwas mehr als einer halben Stunde strammen Marsches erreicht hatte, beherbergte eine typische Pfälzer Kneipe mit Selbstbedienung, die neben Saumagen, Leberknödeln und Schlachtplatte vor allen Dingen Wein auf der Karte hatte. Er bestellte eine Portion Saumagen und eine halbtrockene Rieslingschorle und verzog sich mit seinem Tablett in einen stillen Winkel an der Burgmauer. Hier konnte er ungestört den traumhaften Blick in die Rheinebene genießen.

Er aß langsam und lehnte sich nach dem deftigen Essen wohlig zurück. Obwohl er wusste, dass er noch Auto fahren würde, holte er sich einen weiteren Schoppen Schorle und merkte gar nicht, wie er in der angenehmen Wärme eindöste. Erst die aufkommende Kühle des späten Nachmittags ließ ihn in die Realität zurückkehren.

Er raffte sich für einen Moment auf und hörte die Nachrichten auf seinem Handy ab. Außer, dass sich Steiner wunderte, warum er nirgends zu finden war, gab es nichts Besonderes. Er schloss noch mal die Augen für ein paar Minuten, und als er endgültig im Schatten saß, machte er sich auf den Weg zurück zu seinem Fahrzeug.

Röder quälte sich durch den dichten Feierabendverkehr über die Konrad-Adenauer-Rheinbrücke nach Mannheim. Genau zur richtigen Zeit, um Viertel nach sieben, betrat er das Alchemius, eine schon zu seinen Studentenzeiten berüchtigte Kneipe. Sie hatte sich seitdem nicht sehr geändert, außer dass jetzt Halogenlampen die alten Funzeln abgelöst hatten und dass die Sprüche auf dem Klo neueren Datums waren. Das Mobiliar war jedenfalls das gleiche geblieben. Trotzdem kam ihm die Atmosphäre kälter vor als damals.

Sie waren eine illustre Runde von Männern aus den verschiedensten Berufen. Ein Arzt, ein Ingenieur, zwei Lehrer, ein Physiker, ein Betriebswirt und er als Jurist waren der harte Kern geblieben. Angefangen hatte das Ganze vor fast zwanzig Jahren mit dem ehrgeizigen Ziel, eine neue Wissenschaft, ein modernes Studium generale zu schaffen. Man suchte Kontakte in allen Fakultäten der Hochschulen Mannheim und Heidelberg und traf sich zu bestimmten Terminen. Die ersten Treffen waren bombastisch organisiert, und ein Vortrag jagte den anderen. Danach wurde, wie es unter Studenten und Jungakademikern üblich ist, irgendeine Kneipe gestürmt. Nach einem Jahr war dann die Luft raus, und es blieb nur noch das studentische Saufen. So nach und nach verstreuten sich zwei Drittel der Mitglieder über die ganze Republik und die globalisierte Welt. Von dem verbleibenden Drittel besann sich wiederum ein großer Teil auf die Bürgerlichkeit und blieb zu Hause, und irgendwann einmal verließ auch die letzte Frau mit dickem Bauch die Runde. Immerhin bestand der harte Kern noch aus sieben Unverzagten, die sich mehr oder weniger regelmäßig einfanden. Die Gespräche waren nicht uninteressant, da immer ein Mitglied ein Thema oder eine Geschichte aus seinem Fachbereich zum Besten geben musste, die dann als Diskussionsstoff für den Rest des Abends dienten. Anders als noch vor zehn oder fünfzehn Jahren endeten die Treffen früher und trockener, und oft schwelgte man leicht peinlich in alten Erinnerungen. Röder ging immer noch gern zum Stammtisch, da er sich dann auch mal mit etwas anderem als mit Mord und Totschlag befassen konnte. Dazu trug auch die Kneipe in der Oststadt bei, die einfache, aber gute Gerichte nebst gepflegten Getränken zu annehmbaren Preisen bot. Das Lokal befand sich mitten in einer Straße, dessen Jugendstilhäuser eine gediegene und geborgene Atmosphäre verströmten. Im Sommer konnte man im Biergarten sitzen und in der kälteren Jahreszeit in einem behaglichen Wintergarten.

Werner, der Physiker, Oswald, der Lehrer, und Mike, der Arzt, waren schon da und diskutierten heftig über Gentechnik. Schnell wurde Röder in das Thema einbezogen und nach der Anwendung und dem Nutzen des genetischen Fingerabdrucks gefragt. Der Rest der Mannschaft lief ein, und Röder erntete Erstaunen, als er die Besonderheiten der forensischen Genanalysen erläuterte. Mit dem genetischen Fingerabdruck konnte man nicht auf genetische Defekte der Verdächtigen schließen, weil dahinter ein ganz anderes technisches Verfahren als zur Entschlüsselung der genetischen Veranlagung eines Menschen stand. Mike pflichtete ihm bei, und die beiden wurden die Protagonisten des Abends.

»... in Brasilien werden jetzt gentechnisch veränderte Sojabohnen im großen Maßstab hergestellt ...«

»Es ist noch gar nicht so lange her, da ist in Amerika ein Patient mit Mukoviszidose mit Viren als Genfähre behandelt worden, der ist kurz nach der Therapie abgekratzt, aber nicht an seiner Krankheit.«

»Weißt du noch, wie der Dieter der Tussi ins Dekolleté gekotzt hat? Mann, war der abgefüllt, aber die hätte auch nicht auf dem Weg zum Klo stehen sollen ...«

»... und Mike ist auf der Kotze am Boden ausgerutscht, als er zu Hilfe kommen wollte ...«

Die alte Geschichte wurde mit dem üblichen Gelächter quittiert.

»... und was ist, wenn du in Zukunft zum Gentest musst, wenn du 'ne Lebensversicherung abschließen willst?«

»Könnt ihr euch noch an den Deppen von der schlagenden Verbindung erinnern, der partout seine Schmisse nicht behandeln lassen wollte und an der Sepsis beinahe verreckt wäre? ...«

»... Ronald Reagan wäre niemals Präsident geworden, wenn er vorher zum Gentest geschickt worden wäre ...«

»... bei Bush hätte man zweifellos das Hirnlos-Gen entdeckt ...«

»Hey, Ben. Meint die Blonde an der Bar etwa dich? Ist das 'ne Kollegin von dir?«

»Immer im Dienst, was?«

»Du bist vielleicht ein geiler Sack.«

Röder wusste nicht, wovon der schon etwas angedudelte Physiker sprach, die anderen hatten es sofort kapiert. Er blickte zuerst in die falsche Richtung, aber dann entdeckte er sie. Sie stand an der Bar und signalisierte ihm, herüberzukommen. Er verstand langsam und erhob sich schließlich. Fast im Trance bewegte er sich auf Ellen Steinbrenner zu. Was zum Teufel wollte sie hier? Was wollte sie von ihm?

»Ihre Kollegen haben mir gesagt, dass Sie heute hier vielleicht zu finden sind. Es geht um meinen Vater. Sie sollten das eine oder andere über ihn wissen.«

Röders Magen krampfte sich zusammen. Was wusste die junge Frau?

»Ich bin nicht im Dienst«, antwortete er entgegen seiner Art. Sie schien enttäuscht.

»Es ist wichtig, es könnte zur Aufklärung seines Todes beitragen. Glauben Sie mir bitte«, drängelte sie weiter. Es klang sogar etwas verzweifelt.

»Also gut, schießen Sie los.« Beinahe wäre er ins Stottern geraten.

»Nicht hier.«

»Warum nicht hier?«, fragte er unwirsch.

»Es ist hier so laut, und außerdem stehen wir unter ständiger Beobachtung.« Sie nickte unauffällig mit dem Kopf zu seinem Stammtisch herüber.

»Okay, was schlagen Sie vor?«

»Wir treffen uns in einer Dreiviertelstunde im Binokel, da gehe ich jetzt rüber. Ist das in Ordnung für Sie?«

»Ja klar.« Sie verzichteten auf jede weitere Floskel.

Röder ging zu seinem Tisch zurück. Die alten Studienkollegen empfingen ihn aufgekratzt.

»Eh, das ist aber eine scharfe Schnitte.«

»Immer voll im Einsatz, was?« Der besoffene Physiker machte eine eindeutige Handbewegung.

*

Das Binokel war als Café und Kneipe angesagt und hatte im Nebenraum ein paar ruhige Tische, die weit genug voneinander entfernt standen, dass man die Gespräche der Nachbarn nicht mitanhören musste. Die Kneipe gab es auch schon zu der Zeit, als er noch studierte. Ellen Steinbrenner saß bereits an einem Tisch in der Nische. Sie blickte zum Eingang und wirkte nervös.

»Ich habe schon gedacht, Sie kommen nicht mehr.«

»Warum sollte ich nicht kommen?«

»Ich weiß nicht, nur so ein Gefühl.«

»Was ist los mit Ihnen, warum wollen Sie mich sprechen?« Röder war erstaunlich sanft und wunderte sich selbst darüber. Er hatte bereits bei ihrem ersten Treffen das Gefühl gehabt, dass etwas mit ihr nicht stimmte, und dieses konspirative Treffen verstärkte seinen Eindruck. Was wollte sie ihm mitteilen? Er sollte sie eigentlich auf der Dienststelle ins Kreuzverhör nehmen, stattdessen saß er mit der schönen jungen Frau in einem In-Café, so als lebte er noch in einem anderen, unbeschwerten Abschnitt seines Lebens.

Da sie keine Antwort gab und immer noch zögerte, hakte er wieder nach. »Kann ich Ihnen irgendwie helfen?«

Sie schob ihre leere Tasse Kaffee zur Seite. »Sie könnten mir einen ausgeben.« Es klang nicht richtig locker, sogar ein bisschen gequält, aber die Bedienung war sowieso gerade auf dem Weg zu Ihnen.

»Noch einen Kaffee?«, fragte er.

»Nein, einen Caipirinha.«

»Zwei Caipirinha bitte«, bestellte er. »Das ist aber starker Tobak«, bemerkte er etwas verkrampft, als die Bedienung lächelnd davonrauschte.

»Ich brauche jetzt etwas Starkes.«

»Sie wollten über Ihren Vater mit mir reden.«

»Ja.«

»Hängt das mit seinem Tod zusammen?«

»Vermutlich.«

»Rücken Sie schon raus damit«, sagte er ohne Schärfe, als sie immer noch zögerte.

»Mein Vater«, begann sie stockend, »war vielleicht in etwas verwickelt.«

»Beruflich oder privat?« Er hoffte, dass das Gespräch keine unerwünschte Richtung nahm.

»Beruflich. Er hatte sich da in etwas verrannt, etwas Gefährliches.«

»Ich muss es schon genauer wissen.«

»Sie wissen doch, dass die Metallgesellschaft auch eine Wehrtechniksparte hatte?«

»Ja, aber die ist doch so gut wie verkauft, das kann man doch überall lesen. Ihr Vater gilt als Sanierer und Pazifist und hat die Wehrtechnik an einen ausländischen Investor verkauft.«

»Und was ist, wenn er nicht der Saubermann und Pazifist war, als der er bejubelt wurde?«

Röder antwortete nicht, die Hemmschwelle war jetzt überwunden, das spürte er als erfahrener Kriminalist.

»Er hat vermutlich etwas getan, für das er ins Gefängnis hätte gehen müssen. Die Sache wurde aber schwierig, wegen der verschärften Ausfuhrkontrollen, und er konnte den Auftrag nicht erfüllen, obwohl der Kunde schon eine Anzahlung in dreistelliger Millionenhöhe geleistet hatte.«

Röder versuchte einzuordnen, was diese junge Frau ihm da sagte.

»Um was für ein Geschäft ging es denn konkret? Ich weiß, dass die Metallgesellschaft Panzer und Artilleriegeschütze sowie elektronische Komponenten für Marschflugkörper gebaut hat.«

Linda, die militante Friedensbotin aus seinem Abiturjahrgang, die heute im Designerkostüm herumlief, kam ihm in den Sinn. Von ihr wusste er das, weil sie an den einschlägigen Demos in der Folge des Nato-Doppelbeschlusses teilgenommen hatte.

»Nein, es geht nicht um Kanonen. Da können Sie keine Schraube verkaufen, ohne dass es das Ausfuhramt erfährt. Aber die Wehrtechniksparte bestand ja nicht nur aus Produktion. Das war auch noch ein großer Haufen von Beratern, die Dienstleistungen aller Art verkauften.«

»Dienstleistungen?«

»Ja, wenn irgendein verrückter Diktator eine Schweinerei brauchte, dann hat er sich an diese Experten gewandt. Die konnten immer helfen und die ausgefallensten Wünsche bedienen. Tabun für einen afrikanischen Spinner, Anthrax für einen Schlächter im Nahen Osten oder Uran für kommunistische Vollidioten in Asien? Kein Problem. Für die Spezialbeschaffer war das ein Kinderspiel. Nach dem Zusammenbruch der Sowjetunion florierte das Geschäft dann noch mal so richtig gut.« Ellen Steinbrenner sprudelte so richtig aus sich heraus, ereiferte sich fast ein bisschen. Sie machte eine Pause, und beide tranken von dem brasilianischen Gesöff. »Diese Gruppe von Leuten hat sich innerhalb der Firma selbstständig gemacht. Ja, man kann sagen, sie liefen außerhalb jeder Kontrolle.« Sie machte wieder eine Pause, rutschte nervös hin und her. Sie fühlte sich offensichtlich äußerst unwohl. Er blickte sie fragend an. »Mein Vater wusste davon, er hat sie vermutlich sogar gedeckt. Diese Abteilung hat einen riesigen Profit gemacht.« Die letzten Sätze waren nur noch ein Hauchen, das schließlich ganz erstarb.

Röder wartete, ob noch etwas kommen würde, dann fragte er besonders sanft und leise: »Warum wurde er ermordet?«

Sie brach in Schluchzen aus. »Der letzte Deal lief nicht. Der Kunde, angeblich aus dem Nahen Osten, hatte bereits ein Drittel angezahlt, dann gab es irgendwelche Schwierigkeiten in Folge des Irakkrieges, und die weitere Abwicklung geriet ins Stocken. Die Geheimdienste haben wohl Wind davon bekommen.«

Röder traute seinen Ohren nicht. So eine ungeheuerliche Geschichte hatte er in seiner ganzen Laufbahn noch nicht gehört. Andererseits gab es nichts, was es nicht gab. Trotzdem, die Geschichte war zu abenteuerlich. Er fragte ins Blaue hinein: »Können Sie sich vorstellen, wer ihn umgebracht hat?«

»Ja, ich dachte der Winzer.«

»Und der war der Auftragskiller für Bin Laden, oder wie?« Röder konnte sich einen gewissen Sarkasmus nicht verkneifen, das konnte sie doch selbst nicht glauben.

Ellen blieb ungerührt. »Aber es muss einen Zusammenhang geben.«

»Woher wissen Sie das eigentlich alles?« Er konnte sich kaum vorstellen, dass Papa über so etwas mit seiner Tochter beim Sonntagsausflug geplaudert hatte.

Sie antwortete nicht. Plötzlich, als wäre sie aus einer Apathie erwacht, legte sie den Kopf leicht zur Seite und fing an leise zu weinen.

Röder war zwar über die Reaktion nicht wirklich überrascht, aber er kam sich furchtbar hilflos vor. Da ihm die Worte fehlten, schwieg er einfach. Sie schien sich nicht mehr beruhigen zu können und verfiel in einen regelrechten Weinkrampf. Schließlich konnte er nicht mehr nur dasitzen und zugucken. Er rutschte spontan auf den Stuhl neben ihr und legte den Arm um sie. Die junge Frau erwiderte seine menschliche Geste und vergrub sich an seiner Schulter, auf der sich nun die Tränen sammelten.

»Ich bringe Sie jetzt nach Hause.«

Sie nickte schwach. Es hatte keinen Zweck, sie noch weiter zu befragen. Die Geschichte war zu abstrus und das Mädchen fertig mit den Nerven. Er wusste nicht, was er von der ganzen Sache halten sollte.

Er zahlte bei der skeptisch dreinschauenden Bedienung und bugsierte Ellen aus dem Lokal, wobei sie sich regelrecht abführen ließ.

Kaum waren sie im Auto, brach sie das Schweigen. »Sie halten die Geschichte für Schwachsinn, nicht wahr?«

Er schnaufte hörbar, als er sagte: »Das mit der Firma halte ich schon für möglich, aber der Winzer als Killer des geprellten Kunden, das ist wohl ein bisschen arg weit hergeholt.«

»Der Mann hatte Schulden.«

Röder war elektrisiert. »Woher wissen Sie das?«

Sie zögerte. »Von meinem Vater.«

Mit der Antwort war er nicht zufrieden, aber hier stimmte alles nicht. In seinem Kopf herrschte nur Durcheinander, und er wusste, dass er in diesem Zustand erst einmal Abstand gewinnen und Ordnung in das Chaos bringen musste, bevor er wieder klar denken konnte.

Sie wohnte in einem der alten Stadthäuser in der Nähe des Luisenparks. Buntes Laub lag schon auf der Straße, und der einsetzende Nieselregen verwandelte die Fahrbahn in eine rutschige Angelegenheit. Es war noch nicht kalt, aber der angenehme Geruch des nahenden Herbstes hing in der Luft.

Er stoppte das Fahrzeug, Ellen jedoch machte keine Anstalten auszusteigen. Sie war auf dem Beifahrersitz regelrecht zusammengesackt. Röder stieg aus, ging um den Wagen herum und öffnete ihr die Tür. Er reichte ihr die Hand, und sie kletterte unbeholfen aus dem Fahrzeug. Sie strauchelte, er fing sie auf. Schließlich hakte

Röder sie unter und begleitete sie zur Tür. Sie kramte lange nach dem Schlüssel, während er geduldig wartete. Als sie endlich die mit Tulpen aus buntem Glas geschmückte Tür aufgesperrt hatte, tat sich dahinter ein großzügiges Jugendstiltreppenhaus auf. Röder rührte sich und wollte sich verabschieden. Sie kam ihm zuvor.

»Bitte kommen Sie doch noch kurz mit hinauf. Ich kann uns einen Kaffee machen.« Röder reagierte nicht. Sie setzte fast verzweifelt hinzu: »Ich kann jetzt nicht allein bleiben. Nur auf einen Kaffee, bitte.«

Sein Verstand sagte nein, aber sein Beschützerinstinkt plädierte auf ja. An der Wohnungstür angekommen, wirkte sie plötzlich nicht mehr so unbeholfen. Sie nahm ihn bei der Hand, schloss die Tür mit der anderen, schlang die Arme um seinen Hals, während sie seinen Mund mit dem ihren suchte. Er war reichlich perplex und wollte instinktiv in eine Abwehrhaltung übergehen, doch irgendetwas in seinem Kopf hinderte ihn daran. Er ließ sich von der unverbrauchten Leidenschaft der jungen Frau einfangen und erwiderte den Überfall. Sie küssten sich heftig, und ihre Hände streichelten verlangend seinen Schritt. Bei ihr war keine Spur mehr von Müdigkeit oder Hysterie zu entdecken. Sie glitten auf den Wellen der Leidenschaft dahin, auch wenn sein Verstand immer wieder Stopp sagte. Er nahm ihren Duft auf, fühlte die weiche, zarte, heiße Haut ihres makellos schönen Körpers, der im weichen Licht wie Elfenbein schimmerte. Sie hatte perfekte Brüste und geschmeidig trainierte Arme und Beine. Röder packte sie fest an ihrem Po, und noch im Stehen begannen sie einander zu lieben. Schließlich landeten sie auf ihrem Futon, dessen geringe Höhe nicht zu der hohen Decke des alten Bürgerhauses passen wollte, ein Umstand, der ihm, grotesk genug, ausgerechnet in dieser Situation in den Sinn kam. Seine Gefühle wandelten sich plötzlich.

Wut stieg in ihm hoch. Wut auf Manu, Wut auf sich, Wut auf seinen Job, Wut auf alles in seiner Umgebung. Einen Augenblick lang wollte er aufstehen und einfach davonlaufen, wie er es an diesem Tag schon einmal gemacht hatte, aber Ellen unter ihm stöhnte und spannte sich. Die Leidenschaft und ihr nahender Höhepunkt ließ alle Gedanken platzen.

Die wohlig entspannte junge Frau im Arm, starrte er nur an die Decke, er bewegte sich nicht. Der Sex war leidenschaftlich gewesen, aber er fühlte sich nicht glücklich, und von Entspannung war bei ihm keine Spur.

Sie spürte offenbar seine Verkrampfung. »Was ist mit dir?«

Röder antwortete nicht, er sah sie nur an.

»Ist es wegen deiner Frau?«

Er zuckte mit den Lidern. Wusste sie es? Was wusste sie überhaupt?

»Mach dir keine Vorwürfe, es war wunderschön. Du hast mir ein Stück Leben zurückgegeben.«

Röder wollte sie anbrüllen: »Was weißt du schon!«, aber er beherrschte sich. Er sprach immer noch nicht.

»Deine Frau muss es ja nicht wissen.«

Er legte ihr den Finger auf den Mund, zog sie an sich und küsste ihre Stirn.

»Hast du mir nicht einen Kaffee versprochen?«

»Eigentlich würde ich jetzt lieber schlafen, aber ich muss es ausnutzen, so lange wie möglich mit dir zusammenzusein. Man trifft nicht oft so nette, einfühlsame Männer, die gut aussehen, gebildet und auch noch gut im Bett sind.«

»... und voll in der Midlife-Crisis stecken«, vervollständigte Röder die Aufzählung.

Sie hatte ihm gar nicht zugehört, sprang nackt aus dem Bett und begann in der Küche zu hantieren. »Außerdem, versprochen ist versprochen«, rief sie herüber. Er folgte ihr, aber nicht ohne sich vorher die Boxershorts wieder übergestreift zu haben. Irgendwie schämte er sich. Sie betrachtete ihn.

»Machst du Sport?«

»Schon länger nicht mehr, aber ich will wieder anfangen. Ich will mir ein paar Laufschuhe kaufen. Und du?«

»Zweimal die Woche ins Studio, und am Wochenende sause ich mit dem Mountainbike durch die Pampa.« Sie plauderten über sportliche Aktivitäten, bis die Kaffeemaschine mit röchelnden Geräuschen die Fertigstellung des Kaffees signalisierte.

»Was für ein Mensch war dein Vater?« Er wollte jetzt Klarheit.

»Muss das jetzt sein? Du bist brutal. Ich war schon fast wieder okay.«

»Ja, es muss sein. Erzähl mir einfach etwas über ihn.«

Sie schluckte. »Ich kann mich daran erinnern, wie er mir was aus Japan mitgebracht hat. Einen Kimono und ein Kistchen mit Räucherstäbchen. Ich war damals zwölf, und unser Haus hat wochenlang nach dem Zeug gerochen. Ich habe mich so meinem ersten Liebeskummer hingegeben. Noch immer erinnert mich der Geruch von Räucherstäbchen an diese Zeit.« Sie machte eine Pause. »Er hat mir immer etwas von seinen Reisen mitgebracht, das machte er bis heute.« Sie schluckte wieder, würgte fast.

»Was war mit dem sozialen Engagement deines Vaters?«

»Ach, die Stiftung. Darin ging er auf. Er sagte mir mal, dass er im Geschäft oft hart sein muss, und mit der Stiftung konnte er es wieder gutmachen.«

»Meine Frau ist seit über einem Jahr im Stiftungsrat.«

»Ich weiß.« Sie hob nicht den Blick und drehte ihre Kaffeetasse etwas.

»Kennst du meine Frau?«

Sie blickte immer noch nicht auf. »In den letzten Jahren war ich stark mit dem Studium und dem Examen beschäftigt. Früher habe ich oft geholfen, und ich habe ihm versprochen, nächstes Jahr wieder mit anzupacken. Ich bin ja jetzt hier in Mannheim.«

»Meine Frau soll ein Verhältnis mit deinem Vater gehabt haben. Weißt du was davon?« Nun war es raus.

»Woher soll ich das wissen?« Sie schien aber nicht sonderlich überrascht. »Gelegenheit hat er bestimmt gehabt, er war ja viel unterwegs. Außerdem ziehen mächtige Männer Frauen an.«

»Wusstest du nun davon oder nicht?«

»Ich habe Gerüchte gehört.«

»Wer hat dir das erzählt?«

»Ich weiß nicht, ich habe nichts darauf gegeben. Schon oft wurde versucht, meinem Vater irgendetwas anzuhängen. Das ist in so einer Position normal. Ich habe das Gequatsche nicht ernst genommen.«

Nicht ganz befriedigt fragte er weiter: »Wie war die Ehe deiner Eltern?«

»Gut. Ich habe so gut wie nie erlebt, dass meine Eltern sich stritten, und wenn, dann nur wegen mir.«

»Deinetwegen?«

»Ja, mein Vater meinte, dass Mutter mich so sehr verwöhnt. Dabei war er es eigentlich, der das tat. Irgendwie wollte er es aber nicht wahrhaben.« Sie lächelte. »Sie haben jede Minute in ihrer Freizeit miteinander verbracht. Sie liebten sich.« Sie flüsterte jetzt, und Tränen drangen wieder aus ihren Augen. Er berührte sie mit den Fingern, und sie riss sich noch mal zusammen. »Aber wie gesagt, er war oft unterwegs und ein gut aussehender, charismatischer Mann. Wir waren nicht ständig bei ihm, und ich weiß nicht, wie sein anderes Leben wirklich war.«

»Woher weißt du, dass Hellinger in Schwierigkeiten steckt?«

Ellen zögerte mit der Antwort, drehte die Kaffeetasse diesmal in die andere Richtung.

»Du vergisst, dass ich bei der Staatsanwaltschaft ein Referendariat mache.«

»Ja, in Mannheim. Für diesen Fall ist aber Frankenthal verantwortlich, und einer Referendarin erzählt man auch nicht alles.«

»Man kennt sich halt«, verteidigte sie sich schwach und setzte ein missratenes Grinsen auf, das wohl ein vielsagendes Lächeln hätte werden sollen.

Sie schwiegen kurz, dann ergriff sie seine Hand und war wieder total verändert. »Mir ist kalt«, flüsterte sie.

ZEHN

Röder hatte nicht viel geschlafen, und als er erkannte, wo er sich befand, ließ das auch den Rest von Müdigkeit augenblicklich verschwinden. Es war kurz vor sechs, draußen war es noch stockdunkel.

Er zog sich an, betrachtete die schlafende Ellen, verließ schnell die Wohnung und trat in den nebligen Morgen hinaus.

Er fuhr direkt in die Staatsanwaltschaft. Dort ging er in sein Büro und ließ sich krachend auf seinen Bürostuhl fallen. Er schlug die Hände vors Gesicht und stützte sich gleichzeitig mit den Ellenbogen am Schreibtisch auf. So verharrte er mehr als zehn Minuten. In seinem Kopf rasten die Gedanken, und trotzdem fühlte er sich leer, ausgebrannt. Was war geschehen? Was passierte um ihn herum? Was war mit dieser verrückten Welt los? Er schlug mit den flachen Händen auf die Tischplatte.

»Was geht hier eigentlich ab?«, brüllte er. Er wollte es jetzt wissen, stand ruckartig auf und schnappte sich den von Manu gepackten Kulturbeutel mit Seife, Zahnbürste, Rasierapparat und Unterwäsche für alle Fälle. Außer der Zahnbürste war noch alles unbenutzt. Die Diskussionen mit Manu kamen ihm in den Sinn, als sie ihm unmissverständlich klarmachte, dass sie trotz Nachtschicht nicht unbedingt einen Ziegenbock zu Hause erwartete. Heute würde er den ganzen Inhalt brauchen. Er ging in die Bereitschaftsräume zum Duschen. Er blieb lange unter der Brause. Als er sich ankleidete, knüllte er wütend die gebrauchte Unterhose zusammen und ließ sie im Mülleimer verschwinden.

Entschlossen ging Röder in sein Büro zurück. Er wollte den Kampf aufnehmen, bloß nicht mehr den Kopf in den Sand stecken. Der Fall wimmelte von Ungereimtheiten, und er würde schon herausfinden, was es damit auf sich hatte.

Röder begann mit einem einzelnen Blatt Papier. Nach kurzer Zeit war es voll, und etliche weitere Bögen folgten mit Notizen,

Skizzen und möglichen Interpretationen. Das alles war mehr gekritzelt als geschrieben.

Gegen halb acht öffnete sich die Tür, und Steiner stand unvermittelt in seinem Büro.

»Der Fall ist erledigt, der Winzer war's.«

»Was macht dich so sicher?« Röder musste eingestehen, dass er erschrak ob der unangenehmen Konfrontation.

»Ach komm, du kennst dich doch aus im Geschäft. Die einfachste Variante ist meistens die wahrscheinliche. In 99,9 Prozent aller Fälle.«

»Dann ist das hier der Fall eintausend, nicht gerade ein fehlerfreies Verfahren.«

»Du meinst, der Fall ist komplizierter?«

»So kompliziert ist der Fall nicht, jedenfalls nicht für euch.«

»Aber für dich schon!« Es war mehr eine Feststellung als eine Frage, und Röder antwortete nicht, was Steiner richtig interpretierte. »Dein Boss, was denkt er darüber?«

»Kannst du dir doch denken. Er hat die Aufklärungsquote bereits nach oben korrigiert.«

»Okay, ich teile deine Bedenken nicht, aber ich bin gekommen, um letzte Unklarheiten auszuräumen. Vielleicht hast du ja etwas, womit wir anfangen können. Erzähl mir deine Version.«

Röder nahm das Angebot dankbar an. Er begann den Fall zu schildern und gab die Geschehnisse möglichst objektiv wieder. Dann ging er auf die Ungereimtheiten ein, die er erst kurz zuvor auf dem Papier strukturiert hatte: die Angst Hellingers vor Hunden und das Gerücht über die Verstrickung von Weidmann in die Machenschaften eines internationalen Maschinenbaukonzerns. Das passte zu der abenteuerlichen Geschichte von Ellen. Dazu kamen noch ihr seltsames Verhalten bei der ersten Befragung und ihr Wissen über den Hauptverdächtigen. Seine eigenen Komplikationen mit der schönen Tochter sparte er dabei aus. Überhaupt wollte er nicht darüber nachdenken. Aber was wäre, wenn er ihr auf den Leim gegangen war? Im Grunde hielt er sie für zu ehrlich, ja sogar etwas naiv, trotz ihrer unzweifelhaften Intelligenz. Die Geschichte von dem kleinen Mädchen mit Liebeskummer kam ihm in den Sinn. Vielleicht war sie tief im Inneren immer noch zwölf?

Er wagte nicht, in der Gegenwart von Steiner eine weitere Notiz zu machen, aber er wollte diesen Aspekt im Hinterkopf behalten.

Steiner hörte zu, nickte hie und da. Am Ende meinte er: »Gut, ich will noch zwei Tage dranhängen, wegen unserer Freundschaft und wegen deinem guten Gespür. Unsere Chefs werden wohl so lange stillhalten. Ein paar Tage mehr oder weniger fallen denen nicht auf, zumal dein Boss nach der Pressekonferenz die Sache schon als erledigt betrachtet hat.« Die beiden lachten und freuten sich schon auf das Gesicht des mediengeilen Oberstaatsanwalts, wenn er öffentlich einen Fehler eingestehen musste. Seine Leichenbittermiene war in solchen Fällen zu dämlich. Steiner versprach eine weitere Teamsitzung am Morgen, um Röders Vermutungen nachzugehen.

Die Ermittler hatten sich gerade zur Sitzung eingefunden, als die Männer Sybille Münzen für den Kaffee hinschoben. Sie maulte mit Recht, aber sie fügte sich.

»Ich glaube, das nächste Mal muss einer von uns gehen, sonst hat der Service bald ein Ende«, sagte Steiner.

»Oder jeder von uns legt fünf Cent drauf, dann ist sie eingeladen.«

»Die teuerste Variante ist eine eigene Kaffeemaschine.«

»Dann hätte das arme Mädel ja noch mehr Arbeit.«

Sie waren sich ihres Chauvinismus vollkommen bewusst, als sie den Kaffee genussvoll schlürften.

Nachdem sie alle wieder auf den gleichen Stand waren, begannen Röder und Steiner den Schlachtplan zu entwickeln. Sybille und Lobeck mussten den Schreibkram erledigen. Steiner fasste zusammen. »Es ist dünn, sehr dünn, aber ich weiß, dass du nicht spinnst. Ich gebe dir auch Recht, dass da irgendetwas faul sein kann.«

Er wühlte in den Protokollen. »Wann hat dir die Steinbrenner das von der Waffengeschichte erzählt? In dem Befragungsprotokoll von Sybille und mir steht davon nichts.«

Röder versuchte möglichst unverfänglich zu antworten. »Ich hab Sie gestern Abend zufällig in der Stadt getroffen. Da habe ich ihr bei der Gelegenheit noch mal auf den Zahn gefühlt.«

Steiner sah ihn mit einem verwunderten Blick an. »Wird sie das auch zu Protokoll geben?«

»Klar, wenn sie muss.«

Steiner war damit offenbar nicht zufrieden. »Gibt es da etwas, was ich wissen muss? Du bist sonst immer so gewissenhaft und nicht so vage mit den Aussagen von Zeugen. Du brauchst eine Zeugenaussage von ihr, sonst ist diese Spur keinen Pfifferling wert. Muss ich dir das wirklich erst sagen?«

»Ach komm, hör auf. Die ganze Geschichte ist doch sowieso vollkommener Quatsch. Pfälzer Winzer als Bin Ladens schlimmster Scherge. Das ist doch Käse.«

»Warum willst du dann der Spur nachgehen?«

»An der Story mit der Firma und der Verwicklung von Steinbrenner könnte etwas dran sein.«

»Vielleicht, aber du brauchst ihre verbindliche Aussage, auch wenn sie nur zu Hälfte richtig ist.«

»Ja, ja, ich weiß.«

Röder hoffte, dass Steiner seine Haltung als Ausdruck der Freundschaft zu Hellinger wertete. Aber das Gespräch nahm eine andere Wendung.

»Hast du dir mal überlegt, dass die Tussi mit drinstecken könnte? Vielleicht hat sie ihren Vater selbst auf dem Gewissen? So etwas kommt in den besten Familien vor.«

»Wie stellst du dir das vor? Meinst du, sie saß auf dem Hochsitz und hat ihren Alten abgeknallt? Mann, du und dein Frauenbild ...«

Steiner schnitt ihm das Wort ab. »Also was ist nun mit ihrem Alibi? Ich weiß nicht, warum du die Frau deckst. Bei deinem Kumpel habe ich ja gerade noch Verständnis, aber was die Tochter betrifft, da verstehe ich dich nicht. Und deine Auskünfte über das, was sie gesagt hat oder auch nicht, sind Müll. Und bei allen deinen möglichen Interpretationen fehlt diese Variante völlig. Was soll das?«

Röder antwortete nicht, seine Lippen zuckten. Steiner studierte ihn aufmerksam, dann sagte er leise: »Ich kann mir nur eines vorstellen, warum du dich so benimmst.« Er wartete eine Reaktion ab, es kam keine. »Ben, du bist ein Idiot.« Steiner hatte Röder wohl durchschaut. Er konnte sich vorstellen, was zwischen dem Staatsanwalt und der jungen Frau gelaufen war.

Übergangslos begann Steiner wieder in den Papieren zu wühlen, wechselte das Thema und fragte scharf: »Hat schon jemand mit dem Rosche gesprochen?«

Röder biss sich auf die Lippen.

»Dann übernehme ich das noch heute, und du gehst zu deinem Kumpel und fragst ihn, wer Interesse daran haben könnte, ihn so zu verarschen«, sagte Steiner im Befehlston.

Röder schluckte, so weit ging sein Verständnis von kollegialer Zusammenarbeit doch nicht, dass er sich diesen Ton bieten lassen musste.

*

Wieder allein, rief Röder bei der Schutzpolizei an und motzte, wie er es schon lange nicht mehr getan hatte. Die Typen hatten glatt vergessen, den Landstreicher aufzutreiben. Es klaffte eine Lücke in der Akte. Da er gerade in Stimmung war, machte er den Polizisten so richtig runter, auch wenn Steiner sich um die Beschaffung des Berichts hätte kümmern müssen.

Kurzzeitig fühlte er sich besser, aber dann schlich sich die Erkenntnis ein, dass er etwas übertrieben hatte. Er machte sich einer spontanen Eingebung folgend auf den Weg nach Leistadt. Auf der Fahrt dorthin versuchte er seine Gedanken zu ordnen. Plötzlich hatte er ein Mosaik in seinem Kopf, zu dem zwar noch eine Menge Steinchen fehlten, aber er meinte, die groben Umrisse zu erkennen. Er konnte es noch nicht richtig beschreiben, zu viel lag noch im Nebel. Er konnte den Zeitpunkt nicht erzwingen, wann das Bild auftauchen würde. Aber jetzt wusste er, er war auf der richtigen Fährte. Ein Schauer der Erkenntnis fuhr ihm den Rücken herunter.

Röder stoppte das Fahrzeug vor dem barocken Rathaus von Leistadt, einem echten architektonischen Schmuckstück. Sein Weg führte ihn ohne Zögern in die einzige Bäckerei des Ortes, wo er sich ohne große Umstände mit seinem Zutrittsausweis zur Staatsanwaltschaft als Kriminalbeamter vorstellte, der er gar nicht war. Die Verkäuferin konnte ihm nicht helfen, aber die Kundin, die kurz nach ihm den Laden betreten hatte, war eine

Hiesige. Im schönsten Pfälzer Platt sagte sie ihm, was er wissen wollte. Der einzige Penner, der quasi zum Dorf gehörte, hieß Anton Winkler, er müsste so um die sechzig sein, ein Wunder, dass er überhaupt so alt geworden war. Früher war er dem ausgestorbenen Beruf des Tagelöhners nachgegangen. Jeder kannte ihn. Die Tatsache, dass er nicht richtig aggressiv, sondern nur etwas verrückt war, machte ihn zum Dorfdeppen, dem man nicht zu nahe kommen wollte, dem man aber auch nichts tat. In der warmen Jahreszeit schlief er im Wald, in der kalten Jahreszeit überwinterte er in irgendeinem Obdachlosenasyl in Ludwigshafen, das er im Frühjahr fluchtartig verließ. Der Förster wisse, wo sein Schlafplatz ist, ach ja, der Hellinger auch. »Stimmt das mit dem Hellinger? Er soll den Steinbrenner erschossen haben?«

Röder bedankte sich und verließ schnell den Laden, bevor man von ihm erwartete, diese Fragen zu beantworten. Von der Telefonauskunft ließ er sich die Telefonnummer des Försters geben. Der Förster meldete sich nicht. Röder musste sich wohl oder übel selbst auf die Suche nach dem Penner machen. Er fuhr das Stück zum Waldrand, dort, wo vor wenigen Tagen der Bock geschossen worden war. Der geile Bock, wie er innerlich hinzufügte. Er schluckte die Wut hinunter, die in ihm hochzusteigen drohte.

Kurz darauf stoppte er das Fahrzeug, genau neben dem Straßengraben, wo die Polizisten die Leiche herausgefischt hatten. Er schlug die Fäuste aufs Lenkrad, versuchte sich zu konzentrieren. Was machte er hier eigentlich? Das war doch nicht sein Job? Schließlich stieg er aus und ging über das Feld an jene Stelle, wo er den Landstreicher von Weitem gesehen hatte. Er steuerte auf den Waldrand zu. Erst hier sah er den Trampelpfad, der im Gebüsch begann und offensichtlich schnurgerade in den Wald verlief. Röder zwängte sich fluchend durch die dornigen Büsche. Der Pfad wurde nicht besser, und er hätte sich nicht gewundert, wenn ihn ein Rudel wild gewordener Wildschweine plattgemacht hätte. Der ganze Pfad war wohl nur ein Wildwechsel. Nach zweihundert Metern gelangte er wieder auf den Forstweg, der vom Dorf in den Wald führte. Röder rieb sich die blutenden Waden, die der Wildwuchs der Himbeer- und Brombeersträucher hinterlassen hatte. Wohin jetzt? Missmut stieg in ihm hoch, aber er beschloss, weiter in den Wald hineinzugehen. Er musterte den Hang zu seiner Rechten in der Hoffnung, die Villa des Obdachlosen zu entdecken. Säuerlicher Geruch lenkte seine Aufmerksamkeit zu Boden. Mitten auf dem Weg breitete sich ein gigantischer Kotzfleck aus, und er stand mittendrin. Diesmal fluchte er keinesfalls leise, während er in der Grasnarbe neben dem Weg die Schuhsohlen zu reinigen versuchte.

»Das ist wohl kaum von einer Wildsau!«, sagte er wütend zu sich selbst, aber er musterte den Hang jetzt genauer. Unten im Farn sah er etwas Metallisches blitzen, und er traute seinen Augen kaum, als er das Grün zur Seite schob. Vor ihm stand ein Einkaufswagen. Nein, es war nicht irgendein Einkaufwagen, es war ein echter Aldi! Auch Penner schienen auf sich zu halten und schoben nicht jede x-beliebige Karre. Er wunderte sich, wie man auf die Idee kommen konnte, das Ding über den holprigen Waldweg hierherzuschaffen, zumal der nächste Aldi-Markt fünf, sechs Kilometer entfernt in Bad Dürkheim lag.

»Winkler, Anton Winkler, sind Sie hier?« Röder begann den Hang zu erklimmen. Irgendwo da oben musste er sein. Vor einem Felsen aus dem typisch rötlichen Pfälzer Buntsandstein blieb er stehen. Hier waren viele Fußspuren im Sand. Die Seite, an der er stand, war knochentrocken, geschützt durch den überhängenden Felsen.

»Winkler, ich bin ein Freund von Achim Hellinger. Winkler, hören Sie mich? Wenn Sie hier irgendwo stecken, dann zeigen Sie sich bitte. Sie müssen unserem Freund helfen, er braucht Ihre Hilfe, er steckt in der Scheiße.«

Tatsächlich sah er einen Schatten fast vier Meter über sich. Wie konnte ein versoffener Penner da nur hochkommen? Langsam schob sich ein Gesicht, das aussah wie das von Saddam Hussein bei seiner Verhaftung, über die Felskante. Schade, dass auf diesen Fang keine fünfundzwanzig Millionen Dollar ausgesetzt waren, aber er war zufrieden, dass ihn seine Spürnase nicht getäuscht hatte. Konnte sie auch kaum, weil der Gestank der Kotze bis zum Felsen hochwaberte.

»Was iss'n mi'm Hellinger?«, schnarrte Saddam von oben.

»Er sitzt im Knast, er soll zwei Männer aus der Gegend umgelegt haben.«

»Des iss doch Scheiße! Der hat denne Bonze nett umgeled«, röhrte es vom Felsen.

»Woher wollen Sie das wissen? Und kommen Sie mal runter!«

Röder konnte nur staunen, als der Rauschebart auf einmal in der Wand hing und in bester Freeclimber-Manier zu ihm herabstieg. Das Männchen, das auf einmal vor ihm stand, war drahtig und einen Kopf kleiner als er. Mit beiden Beinen auf dem Boden schien Winkler aber nicht mehr so sicher zu sein wie im Felsen, denn er schwankte und verströmte den Mief von Alkohol, uraltem Schweiß und frischer Kotze.

»De Hellinger war's nett, der is e foiner Kerl«, polterte Saddam unaufgefordert los. »Unn ihr Bulle wolld ihn doch bloß fertischmache, aber ihr könnt was erlewe, der war's nett«, lallte der Doppelgänger des Diktators und stürzte kopfüber den Hang hinunter. Röder war sofort bei ihm.

»Ist Ihnen etwas passiert?« Er versuchte ihm aufzuhelfen, aber der Alte war bockig.

»Du Scheißbulle, loss die Pfode vun mer!«

»Ich bin kein Bulle, ich bin Staatsanwalt.«

»Is doch des Gleische. Scheißbulle odda Scheißstaatsowald.«

Röder reichte es jetzt. Er packte den Penner am Kragen und zog ihn zu sich heran, was er ob des Gestankes gleich wieder bereute. »Isch honn gedenkt, dass de Hellinger dir was bedeit. Wenn du ihm helfe konnschd, donn spuck aus, was de weschd.« Röder stieß ihn weg, sodass Saddam rückwärts gegen den Hang fiel und verdattert auf dem Hosenboden sitzen blieb.

»Un du Scheißbulle konnschd ihm helfe?«

»Isch honn dir gsaat, isch bin kä Scheißbulle, unn Hellinger is moi Freind. Wenn du mer jetzt nett saaschd, was de wäschd, donn hau isch dir e paar in die Fress.«

»Du helfschd ihm werklisch?«

»Ei jo, Monn!« Röder war kurz vorm Platzen.

»De Monn, der wo on demm Daa do vorbeig'fahre iss, war nett de Hellinger.«

Röder war elektrisiert. »Von wellem Daa sprischd de donn?«

»Stellsschd du Scheißfrooche. An dem Daa, an dem de Bonze abgeknallt worre iss.«

»Woher weesch'n des?«

»Ei, weil des Zeisch nett do war.«

»Welles Zeisch?«

»Ei, des Fresse.«

»Vun was sprechschd donn du?«

»Hellinger hot mer im Summer immer e Tutt mit Fresse hiegstellt. An dem Morje war nix do.«

»Wo hadd'ern dir des immer hiegstellt?«

»Ei, immer unner de Jäscherstond. Isch wolld mer's on dem Daa hole, un do honn isch denne gonze Scheiß g'sieh.«

»Was hasche gsieh?«

»Na, denne Scheiß hald, do unne uff'm Feld. Do waare iberall die Scheißbulle unn die Scheißleiche un onnre Scheißtypen, de gonze Wald war voll.«

Röder ging die lallende Fäkalsprache von Saddam mächtig auf die Nerven, aber er wollte den Alten jetzt nicht unterbrechen und verzichtete auf eine Belehrung.

»Woher weesch'n du, dass es nett Hellinger war, der wo gschoss hatt. Haschd du denne onnre Monn gsieh?«

»Nee, isch honn niemonde gsieh.«

Röder hätte den Alten am liebsten wieder am Kragen gepackt und ihn geschüttelt. Diesmal ließ er es bleiben, er wusste, warum. »Woher weeschd donn du, dass es nett Hellinger war?« Er wiederholte die Frage und brüllte beinahe.

»Na, we'e de Tutt!«

»Menschd du, de Hellinger bringt der doi Fresse mit, wenn er druff unn dro iss, enner abzumorkse? Wass verzählschd du mer donn fer e Mischd!«

»Isch honn's ja gwisst, du bischd a bloß enner vun denne Scheißbulle, der wo de Hellinger noch diefer rinnreißt. Ich honn's jo gwisst!« Saddam drehte sich um und machte Anstalten, den Felsen zu erklimmen.

Röder verlor die Geduld, er packte den Alten an der Schulter und riss ihn herum. »Wer iss donn do der Scheißer? Doi Scheißgschicht iss nix werd. Du bischd derjenisch, der wo Achim noch diefer rinnreite tut. Du bischd ä eschdes Stick Scheiße.« Röder biss sich auf die Lippen, er hatte sich von Saddam hinreißen lassen und sich auf das gleiche Niveau begeben. Wütend stapfte er den Hang hinunter, trat gegen den Einkaufswagen, während hinter ihm Saddam behände den Felsen hochkletterte.

Röder war schon wieder beim Kotzfleck angekommen, als Saddam von oben herab brüllte: »Unn er war's doch nett, er kam nämlisch aus de falsche Rischdung! Er iss morjens immer vum Ord hochkumme unn nie aus'm Dal.«

Röder sah, wie Winkler in die andere Richtung fuchtelte, aber er streckte ihm zur Antwort nur den erhobenen Mittelfinger entgegen, was mit einem wütenden Redeschwall von oben quittiert wurde. Als er wieder am Feld angekommen war, war seine Wut verraucht, und er versuchte zu verstehen, was der Penner eigentlich gesagt hatte. Es konnte nicht Hellinger gewesen sein, weil er keine Tüte mit Nahrungsmitteln hingestellt hatte und aus der anderen Richtung kam. Das Ganze konnte er in die Tonne hauen. Wenn Hellinger den Manager umlegen wollte, dann hatte er bestimmt nicht daran gedacht, einem Penner etwas mitzubringen. Außerdem, was sollte es für einen Sinn machen, aus der anderen Richtung zu kommen? Röder öffnete sein Fahrzeug und kramte nach der Wanderkarte, die er immer im Handschuhfach hatte. Der Weg kam aus dem Großwinterstal, das man leicht von der Lindemannsruhe erreichen konnte. Ein ganz schöner Umweg. Warum sollte Hellinger sich die Mühe machen, den Umweg zu fahren, wenn er der Killer war? Er hatte sonst auch keine Anstalten gemacht, die Sache zu verheimlichen. Es war sein Auto, seine Waffe, sein Revier. Warum sollte er dann von der Lindemannsruhe zum Tatort fahren und nicht auf dem direkten Weg durchs Dorf? Es konnte dafür nur eine Erklärung geben, vorausgesetzt der alte Spinner hatte nicht geträumt: Jemand anderes saß im Auto. Jemand, der auf der Fahrt durchs Dorf nicht erkannt werden wollte. Jemand, der den Umweg in Kauf nahm, um ungesehen zum Tatort zu kommen. Röder wusste, dass das alles nicht verwertbar war, aber er beschloss, die Spurensicherung zu fragen, aus welcher Richtung das Fahrzeug gekommen war. Aber was sollte das schon aussagen? Auch Hellinger könnte den Umweg aus tausend Gründen gewählt haben, und was war das Geschwätz eines Penners schon wert?

ELF

»Was machst du denn hier, du Arschloch? Willst du mir noch in die Fresse treten?« Die Tür der Zelle knallte hinter Röder zu.

»Ich will dir helfen.«

»Helfen? Du bist doch ein Penner, ich kotz gleich.«

»Deine Ausdrucksweise hat sich ja den örtlichen Umständen schon bestens angepasst. Mensch, Achim, komm runter. Ich glaube nicht, dass du es warst, aber du musst mir helfen, das zu beweisen. Die Indizien sprechen gnadenlos gegen dich, und wenn du jetzt nicht mitmachst, dann bleibst du im Bau, bis du schwarz wirst. Das ist deine letzte Chance.«

»Ihr habt mich doch schon verurteilt. Du reitest mich nur noch tiefer rein.«

»Weißt du, warum ich glaube, dass du es nicht warst? Weil du ein Hosenscheißer bist.«

Hellinger sah aus, als wollte er jeden Augenblick auf Röder losgehen, um ihm die Gurgel umzudrehen. Rechtzeitig fuhr Röder fort: »Du hast den Hund nicht abgeknallt. Vor Hunden hast du nämlich viel zu viel Schiss.«

Hellinger rieb sich die Augen, als ob er aus einem bösen Traum erwachen würde. Röder hatte ihn jetzt, das spürte er.

»Was für ein Hund?«

Röder tat, was er eigentlich zu dem jetzigen Zeitpunkt nicht tun dürfte, er erklärte seinem Freund die Geschehnisse von Leistadt.

»Du hast Recht, ich hätte nicht so cool abdrücken können. Ich hätte den Hund vom Ansitz mit einem Schuss aus der Flinte erledigt, ja, aber nicht Auge in Auge mit dem Vieh und aus der Hüfte raus. Außerdem braucht man dazu eine besondere Ausbildung im Schießen.«

»Jetzt überleg mal, wer hat dich reingelegt?«

»Niemand. Keine Ahnung, ehrlich.«

»Irgendjemand muss es aber gewesen sein.«

Nach einer kurzen Pause fragte Röder: »Kennst du den Anton Winkler?«

»Klar kenn ich den. Warum?«

»Erzähl mir von ihm.«

»Das ist ein armes Schwein. Er hat früher für uns gearbeitet. Mein Vater hat ihn immer für alles Mögliche beschäftigt. Hof kehren, Weinlese, Pfähle streichen. Ich kannte ihn kaum, weil er, als ich noch ein kleines Kind war, auf einmal den Rappel bekam und zur See gefahren ist. So hieß es jedenfalls. Tatsächlich war er wohl im Bau. Warum, weiß ich nicht. Niemand im Dorf weiß es, er war ja nicht von hier. Mein Vater hat es wohl gewusst, denn vor ungefähr zehn Jahren sagte er mal, dass er sich verpflichtet fühlt, ihm zu helfen, weil er in irgendeine üble Geschichte in Norddeutschland hineingeraten war. Jedenfalls muss er eine Weile weg vom Fenster gewesen sein, und als er hier wieder auftauchte, bekam er keinen Fuß auf den Boden. Vater bat mich, warum weiß ich nicht, ihn immer ein bisschen zu unterstützen. Mit Jobs und was zu Essen. Für Jobs kann ich ihn überhaupt nicht gebrauchen, ich hab's mal versucht, aber dann ist er vollgesoffen im Hof eingepennt. Weißt du, genau auf der Bank vor der Probierstube, nachdem er sich im Lager kräftig bedient hatte. Es war gerade Weinlese, und er war für mich vor den Gästen nicht unbedingt eine gute Referenz.« Hellinger verzog das Gesicht.

»Hat er sich das Essen bei dir abgeholt?«

»Sonst noch was? Ich habe ihm den Kram immer in eine Tüte gepackt, und wenn ich wusste, er war in der Gegend, dann habe ich ihm das Zeugs immer im Wald, bei meinem Ansitz, hingestellt. Du musst wissen, der pennt im Sommer da oben immer irgendwo.«

»Ich weiß, ich habe mit ihm gesprochen.«

»Du, wieso denn das?«

Röder überging die Frage. »Wie bist du immer zur Jagd gefahren?«

»Wie meinst du das?«

»Welchen Weg nimmst du gewöhnlich?«

»Na, du kennst doch den Weg.«

»Ich will's von dir wissen.«

»Na, in Leistadt zu den Wochenendgrundstücken hoch, dann den Feldweg weiter bis an den Waldrand. Da steht ja auch der eine Ansitz.«

»Bist du manchmal andere Wege gefahren?«

»Es gibt keinen anderen Weg.«

»Doch, von der Lindemannsruhe ins Großwinterstal und dann vor.«

»Ja, aber oben ist eine Schranke, und ich habe den Schlüssel nicht. Den hat der Förster. Und warum sollte ich da rumgurken? Ist doch ein riesiger Umweg und ist auch nicht mein Revier.«

Röder nahm sofort das Handy und wählte eine Nummer aus dem gespeicherten Telefonbuch. »Hans, hier ist Ben. Auf dem Waldweg, den ihr euch vornehmen sollt, ist eine Schranke. Nehmt das Ding unter die Lupe und guckt mal, ob ihr dort Fingerabdrücke oder was auch immer finden könnt. Schaut euch das Schloss besonders an.« Pyreck, der alte Fuchs, quittierte mit einem zustimmenden Grunzen. Hellinger hatte keine Ahnung, was eigentlich los war.

»Reden wir mal von deinen Freunden. Winkler behauptet, dass du es nicht gewesen sein kannst, weil du ihm die Tüte nicht hingestellt hast. Außerdem meint er, dass du am Mittwoch aus der anderen Richtung kamst, was du bisher noch nie gemacht hast. Das ist zwar nicht viel, aber das könnte sich zu einem echten Indiz entwickeln, auch wenn ich der Saufnase erst mal nicht geglaubt habe. Der Typ ist dein Freund.«

Hellinger lächelte, aber Röder meinte auch einen Funken Hoffnung aufglimmen zu sehen. Oder war es Rührung wegen eines Penners, den er jahrelang ohne besondere Überzeugung unterstützt hatte und der ihm das jetzt dankte?

»Kommen wir jetzt zu deinen Feinden. Wer kommt in Frage, dich so reinzulegen? Wer könnte daran Interesse haben? Deine Gläubiger vielleicht?«

Hellinger zuckte zusammen. Röder fuhr fort. »Du brauchst mir nichts vorzumachen, wir haben dich auseinandergenommen, durchleuchtet, gecheckt. Du bist vollkommen pleite.«

»Ja, aber deswegen habe ich die Typen nicht umgelegt.«

»Ein Motiv hättest du schon. Rache. Rache an Weidmann,

weil er dir den Kreditrahmen gestrichen hat. Rache an Steinbrenner, weil er dir den Privatkredit nicht ausgesetzt hat. Deswegen sind schon ganz andere ausgeflippt. Schließlich gehört euch der Gutshof schon zweihundert Jahre, und du bist der Versager, der ihn verliert. Das ist schon Grund genug.«

»Das stimmt nicht. Was machst du hier mit mir? Was ist das für 'ne beschissene Nummer?« Hellinger wurde zornig. »Erst machst du einen auf Kumpel, sagst, du willst mir helfen, und dann glaubst du ja doch, dass ich es war. Noch eins, bevor ich dich durch die Gitterstäbe wie durch einen Eierschneider durchdrücke: Ich hatte keinen Privatkredit bei Steinbrenner. Ich weiß gar nicht, wie du darauf kommst. Du kannst es genauso gewesen sein, du hast auch ein Motiv.« Der Winzer zeigte mit dem Finger auf Röder und brüllte. »Der hat schließlich Manu gevögelt, und du bist ausgerastet, und jetzt suchst du einen Sündenbock, der soll ich sein. Jetzt verstehe ich, was hier abgeht.«

Jetzt war es raus, Hellinger wiederholte die Ungeheuerlichkeit in seiner Gegenwart. Röder spürte den Stich in seiner Brust, aber er sagte ruhig, fast kleinlaut: »Reg dich ab, ich musste einfach nur wissen, ob du was mit dem Steinbrenner hast …«

»Du Arsch, das solltest du deine Frau fragen«, quittierte Hellinger den Versprecher.

Röder beherrschte sich immer noch, wollte das Thema schnell hinter sich bringen. »He, es reicht jetzt, ich habe mich versprochen, okay? Ich will wissen, ob es eine Verbindung zwischen Steinbrenner und dir gibt, die ein Motiv rechtfertigt.«

»Keine Ahnung«, kam unwirsch, aber schon wieder etwas besänftigt die Antwort.

»Ich frage mal andersrum: Wer hätte dir in den letzten Tagen die Flinte und die Autoschlüssel klauen können?« Hellinger zuckte nur mit den Schultern, und Röder fragte weiter: »Wer kommt außer dir an die Waffe ran?«

»Niemand. Ich habe nur einen Schlüssel für den Waffenschrank. Der andere liegt in einem Schließfach.«

»Wer kommt an das Schließfach ran?«

»Nur ich.«

»Und Katrin?«

»Nein, erst wenn ich abgekratzt bin.« Röder sah ihn verwundert an. »Weißt du, ich habe da auch noch meine Pornobildersammlung drin.«

»Ich dachte, du hast deinen Schweinekram jetzt im Computer«, konterte Röder und grinste zurück. »Wo bewahrst du die Schlüssel auf?«

»Habe ich immer bei mir, oder sie hängen, wenn ich daheim bin, am Schlüsselbrett. Autoschlüssel und der Schlüssel für den Waffentresor«, fügte Hellinger nachdenklich hinzu.

»Es kann ihn da also jeder runternehmen?«

»Wenn man im Haus ist, klar.« Dann setzte Hellinger schnell nach: »Aber ich weiß nicht, wo ich den Schlüsselbund Dienstagnacht hatte, als ich heimgekommen bin.«

»Wer hätte dir den Schlüssel in der Nacht abnehmen können?«

Hellinger dachte nach. »Der Taxifahrer.«

»Wie, der Taxifahrer?«

»Klar, der hat mir die Tür aufgeschlossen, ich hab's einfach nicht mehr geregelt bekommen.«

»Ach hör auf, du hattest gerade mal etwas mehr als zwei Promille, damit wirft man dich doch nicht um.«

»Jetzt fängst du auch noch damit an, ich werde halt älter.«

»Hattest du noch was anders intus?«

»Sag mal, spinnst du jetzt völlig? Du weißt doch, so was habe ich seit unserer Schulzeit nicht mehr gemacht, ich haue mich lieber nach Seemannsart weg.«

Röder hatte eine Idee. Er stand auf, hämmerte an die Tür, sprach dabei weiter: »Alles scheinst du mir aber auch nicht mehr zu erzählen.«

»Mann, Ben, wir sind keine Kinder mehr. Jeder von uns hat sein eigenes Leben, und wir waren trotzdem immer gute Freunde. Außerdem werde ich einem Fast-Bullen doch nicht meine Probleme erzählen.«

Röder ging nicht drauf ein. Was sein Freund sagte, stimmte. Die Freundschaften wandeln sich im Laufe der Jahre, das hieß aber noch lange nicht, dass sie schlechter wurden.

Der Wärter kam. »Bringen Sie mir eine Schere.«

»Das kann ich nicht. Solche Gegenstände sind hier verboten, Sie wissen, warum. Ist zu Ihrer eigenen Sicherheit.«

»Dann schicken Sie den Sanitäter mit seinem Erste-Hilfe-Koffer.« Der Wärter sträubte sich noch ein bisschen, da offensichtlich niemand krank war, aber er willigte schließlich ein.

»Was hast du vor?«

»Was, du kennst die modernen Verhörmethoden nicht? Ich war da neulich auf so einem Seminar von ein paar Ex-KGBlern, die jetzt mit Fortbildungen ihr Geld verdienen. Ist schon erstaunlich, was die für ein Repertoire haben. Daumenschraube und Streckbank ist doch wirklich zu altmodisch.«

»Quatschkopf! Was soll das?«

»Wirst du sehen. Denk lieber nach, wer noch, außer dem Taxifahrer?«

»Jeder, der 'n Schloss knacken kann.«

»Was ist mit Rosche? Der war doch am Abend bei dir.«

»Ja, der hat mich abgeholt und ein paar Kisten Wein eingepackt. Aber den Schlüssel hatte ich zu diesem Zeitpunkt noch. Ich hab ja abgesperrt.«

»Wo war der Schlüssel am Morgen?«

»Keine Ahnung. Du hast mich ja geweckt, dann saß ich in der grünen Minna, und ihr habt meine Bude umgekrempelt.«

»Was sagt eigentlich Katrin zu deiner Misere?«

»Keine Ahnung, sie weiß es ja nicht.«

»Wie, was heißt, sie weiß es nicht? Du sitzt hier seit Tagen in U-Haft, und deine Frau weiß es nicht?« Röder schlug sich an den Kopf. »Du hattest also doch was mit der Linda. Alte Liebe rostet nicht? Du fickst dich noch um Kopf und Kragen.« Der traurige Ausdruck in den Augen seines Freundes war Antwort genug. »So 'ne Scheiße, bald kann ich nichts mehr für dich tun. Du bist dermaßen unglaubwürdig. Das fügt sich alles prima für den Richter, und mein Kollege, der Staatsanwalt, hat's ganz easy. Glaubst du nicht, man legt dir das so aus, dass du dir über sie Informationen aus der Bank verschafft hast? Arme Katrin, ich werde sie anrufen.«

Der Sanitäter erschien. »Skalpieren Sie diesen Mann, er hat's verdient!«, sagte Röder im Befehlston und deutete mit dem Finger auf den Delinquenten.

»Wie bitte?« Der Mann kam sich veräppelt vor.

»Nehmen Sie Ihre Schere und berauben Sie ihn einer seiner prächtigen Locken. Sie haben bestimmt eine Tüte oder so was, wo Sie das Zeugs reinmachen können.«

Der Sanitäter kam der Aufforderung nach und verschwand wieder.

»Du weißt, warum ich das mache?«

Hellinger nickte. »Ich nehme nichts, das kannst du mir glauben.«

Sherlock schnaufte hörbar, wieder fügte sich ein Mosaikstein ein.

*

Röder hatte gerade den kalten Bunker verlassen, als er die Nummer von Steiner auf seinem Handy wählte. Steiner ging sofort dran. »Wie war's bei Rosche? Gibt's was Neues?«

»Ich bin gerade auf dem Weg.«

»Ich dachte, du hast das schon längst erledigt?«

»So 'nen Topmanager kriegst du nicht zu jeder Tageszeit. Heute Morgen war er noch in Dubai, aber heute Abend empfängt er mich gerne in seinem Büro.«

»Zu gütig von ihm. Ich komme mit. Ich bin in zwanzig Minuten bei dir.«

»Lass es gut sein. Ich schaffe das schon allein.«

Röder blieb hartnäckig, erinnerte Steiner an seine Vollmachten und die Freundschaft. Steiner gab schließlich klein bei. Röder wusste auch, dass Steiner normalerweise seinen Rat schätzte. Nicht nur wegen der alten Zeiten, sondern auch, weil sich beide ideal ergänzten. Steiner würde von einem schnellen Ermittlungserfolg in diesem verzwickten Fall am meisten profitieren.

Die Hauptverwaltung der Metallgesellschaft war in der Nähe der Augustaanlage in Mannheim untergebracht, wo etliche Versicherungen und eines der größten deutschen Bauunternehmen sich ein Stelldichein gaben. Röder fluchte, als er zum dritten Mal den Block umrundete und doch keinen freien Parkplatz fand. Ziemlich rücksichtslos fuhr er bei einer Garageneinfahrt auf den breiten Bürgersteig, wo er die kopfschüttelnden Fußgänger verjagte.

Man erwartete sie. Der Sicherheitsdienst am Empfang ließ sie nach Eintrag in der Besucherliste passieren. Im obersten Stock angekommen, wurden sie von einer adretten Frau im mittleren Alter abgepasst und in das Büro von Dr. Rosche, Mitglied im Vorstand der Metallgesellschaft und möglicher Kronprinz, geleitet.

Rosche war eine beeindruckende Gestalt. Groß, blond, sportlich. Er stand sofort auf und begrüßte sie freundlich, fast jovial. Nach der Vorstellung nahmen sie an einem kleinen Konferenztisch im Raum Platz, und Rosche kam unverzüglich auf das Thema zu sprechen.

»Ich habe mich schon gewundert, wo Sie bleiben. Auch wenn ich vermutlich nicht viel zur Aufklärung beitragen kann, da dieses Unglück wohl eher einen privaten Hintergrund hat.«

Steiner schaltete sich ein. »Sie hatten also keinen privaten Kontakt zu Herrn Dr. Steinbrenner und seiner Familie?«

»Keinen privaten Kontakt kann man wohl nicht sagen. Bei bestimmten Anlässen war ich natürlich dabei. Runden Geburtstagen oder halb offiziellen Gesellschaften. Aber es war nicht so, dass man uns als echte Freunde bezeichnen konnte, wenn auch unser Verhältnis ausgezeichnet war, aber eben auf beruflicher Ebene, wie das halt so im Geschäftsleben ist. Ich denke, das verstehen Sie.«

Röder saß einfach nur da, während Steiner das Gespräch führte. Er hatte abgeschaltet und schwebte in einer imaginären Welt, die ihm nicht zum ersten Mal Angst machte. Er fürchtete, irgendwann nicht mehr zu erwachen, sondern in ihr gefangen zu bleiben. Warum konnte er es nicht steuern, wann er diese Bilder sehen wollte? Warum nicht daheim auf der Couch oder im Büro am Schreibtisch? Vielleicht würde er eine dieser verfluchten Visionen im Auto kriegen, bei hundertachtzig auf der Autobahn, oder er landete in der Klapsmühle. Er sah das Feld vor sich. Steinbrenner lief den Weg hinunter, sein Blick folgte ihm. Plötzlich ging ein elektrisierender Schlag von Röders rechtem Zeigefinger aus. Röder verstand zunächst nicht, was das bedeutete, aber er hatte abgedrückt. Vor seinem geistigen Auge klappte Steinbrenner zusammen. Der Hund merkte nicht, was los war, schnupperte. Röders Blick wanderte nach unten, zoomte langsam die Leiche heran. Er begriff, er bewegte sich auf das Opfer zu, er lief langsam und bedächtig über das Feld. Der Hund blickte ihm in die Augen und rannte los. Wieder durchzuckte ihn ein Schlag, das Tier schlug Salto und blieb vor seinen Füßen liegen.

»Was?«

»Ich fragte, ob Ihnen das Bild gefällt?«

»Das Bild?« Röder war verwirrt. »Ja, gefällt mir gut.« Jetzt erst nahm er die Fotografie wahr, die er eine ganze Weile wohl schon angestarrt hatte. Es zeigte Steinbrenner, Rosche und – jetzt staunte er – Nelson Mandela, im Hintergrund der Tafelberg. »Ja, wir waren nach dem Ende der Apartheid eine der ersten ausländischen Gesellschaften, die massiv in die Wirtschaft dort unten investierten«, erklärte Rosche. »So langsam amortisiert sich das auch.« Stolz war aus dem Unterton herauszuhören. »War ein schwieriges Unterfangen, aber heute lohnt es sich mehr denn je, da unten zu investieren.«

»Sie haben das also aufgebaut?«

»Ja, zusammen mit Steinbrenner.«

»Sie sind Experte für afrikanische Länder?«

»Das war mein erster Deal da unten.« Röder war die marginale Veränderung in der Stimme nicht entgangen.

»Was machen Sie dort?«

»Einiges. Wir haben Beteiligungen an bestimmten Bergbauprojekten, aber am meisten erhoffen wir uns aus der neuen Fabrik für Kommunikationselektronik.«

»Badische Metallgesellschaft. Da sehe ich immer nur Schwer- und Waffenindustrie.« Röder provozierte absichtlich, das war auch seiner Stimme deutlich anzumerken.

Rosche seufzte und lächelte dabei. »Ja, ist der Ruf erst ruiniert ... Es stimmt schon, früher haben wir einen erklecklichen Anteil unseres Umsatzes mit Wehrtechnik gemacht, aber das war einmal. Heute erwirtschaften wir etwa vierzig Prozent mit Kommunikationselektronik und dreißig Prozent mit IT-Dienstleistungen. Zehn Prozent kommen aus irgendwelchen Beteiligungen und nur noch zwanzig Prozent aus dem, was Sie Schwerindustrie und Wehrtechnik nennen. Mit stetig sinkender Tendenz. Panzer bauen wir schon lange nicht mehr. Bei den heutigen Wehretats lohnt sich das einfach nicht mehr.«

»Die Wehrtechniksparte wollen Sie aber jetzt ganz verkaufen?«

»Ja, aber ich kann Ihnen dazu nicht mehr sagen als das, was Sie in den Zeitungen lesen können. Es gibt Verhandlungen mit einigen ernsthaften Interessenten, wobei die erst einmal auf Eis liegen.«

»Wieso das?«

»Deswegen sind Sie doch hier. Steinbrenner hat die Verhandlungen geführt und vorangetrieben. Aber natürlich geht's irgendwann weiter.«

Röder wechselte abrupt das Thema. »Jagen Sie?«

Rosche stockte. »Ich nehme an, Sie fragen mich auch gleich nach meinem Alibi.«

»Eines nach dem anderen, aber Sie können die Frage nach dem Alibi gleich mitbeantworten.«

»Sie sprechen also vom Mittwochmorgen?«

»Ja, aber wollen Sie nicht die Frage zur Jagd zuerst beantworten?«

»Von mir aus.« Rosche schien minimal aus dem Konzept geraten zu sein. Röder hatte das Gefühl, er wollte von dem Thema ablenken, indem er gleich auf das Alibi zu sprechen kam.

»Ich jage nicht und habe auch nie gejagt. Ich war wohl ein paar Mal auf Jagden dabei, wenn's aus geschäftlichen Gründen notwendig war. Sie können sich aber gerne erkundigen. Ich habe weder eine Waffenbesitzkarte noch eine Jagdlizenz.«

»Also, wie war das am Mittwochmorgen?«

»Ich war sehr früh im Büro, so gegen halb sieben. Ich habe die Reise nach Dubai vorbereitet. Ich bin am gleichen Tag gegen Mittag abgeflogen und erst heute wieder zurückgekommen.«

»Haben Sie Zeugen?«

»Klar, die Leute am Empfang, und außerdem haben wir ein Zugangskontrollsystem, das unser Kommen und Gehen protokolliert.«

»Sie waren also den ganzen Morgen in Ihrem Büro?«

»Ja klar.« Rosche tat jetzt etwas genervt. »Bevor Sie mich weiter löchern, sollten wir meine Sekretärin nach einem Eintrag in meinem Terminkalender an dem Morgen fragen.«

Rosche wollte das Gespräch beenden, das war offensichtlich. Röder fragte sich, ob das nur der Termindruck war.

Der Manager drückte eine Taste an seinem Apparat und zitierte den unerschütterlich wirkenden Vorzimmerdrachen herein.

»Frau Unstett kann Ihnen meinen Terminplan vom Mittwoch ausdrucken und das Protokoll aus dem Zutrittskontrollsystem besorgen. Kann ich sonst noch etwas für Sie tun?« Es klang so, als wäre die Sache für ihn erledigt.

Die beiden Beamten verneinten. Beim Herausgehen erhielten sie nach kurzem Warten die gewünschten Informationen. Die Protokolle der Zugangskontrolle würden per Express zugestellt werden. Bei der kleinsten Ungereimtheit würden sie einen Computerexperten mit einem Durchsuchungsbefehl von der Leine lassen.

»Warum warst du denn so aggressiv?«, fragte Steiner, als sie sich wieder im Aufzug befanden.

»War ich das?«

»Fand ich schon.«

Röder ging nicht weiter darauf ein. Er wollte noch mal einen Besuch im schon beinahe vertrauten Knast machen.

ZWÖLF

Das Untersuchungsgefängnis war ein düsterer Bau aus der Kaiserzeit. Die neueren Anbauten aus Beton und der Stacheldraht auf den Mauern trugen nicht gerade zur Verbesserung der Architektur bei. Röder ließ die üblichen Kontrollen stoisch über sich ergehen. Er war nicht bei der Sache, die Bilder in seinem Kopf schlugen Purzelbäume.

Er wartete noch wenige Minuten in dem kleinen Besucherzimmer, bis sein Freund hereingeführt wurde. Hellinger schien sich ein wenig erholt zu haben, das Bio-Piercing war blasser geworden. Röder hielt sich nicht mit einer Begrüßung auf.

»Was weißt du über Rosche?«

»Was soll ich schon über ihn wissen? Topmanager, Mitte vierzig, sieht gut aus und lässt bestimmt nichts anbrennen.«

Röder horchte auf. »Weißt du was Konkretes?«

»Nee, aber wenn wir mit den Rotariern unterwegs waren und er war dabei, dann hat er sich schon intensiv um die Damenwelt gekümmert.«

»Ah, also Konkurrenz für dich.«

»Nenn's, wie du willst. Man bemerkt so ein Verhalten eben.«

»Du bestimmt«, stichelte Röder weiter. »Hast du jemals mit ihm über die Jagd gesprochen?«

Hellinger überlegte. »Jetzt, wo du es sagst. Wir haben uns irgendwann einmal darüber unterhalten. Er sagte mir, dass er einen Bären in den Karpaten abgeknallt hat. Sein Geschäftpartner wollte ihm eine Freude machen oder ihn bestechen und hat irgendeine Unsumme dafür hingeblättert, dass er, der sicher auf einem Jägerstand saß, einen armen, vollgefressenen Bären zugetrieben bekam, dem er dann einen Blattschuss verpasste. Er fand das stinklangweilig.«

»Waren das seine Worte, stinklangweilig?« Röder stutzte, der Manager hatte ihnen offenbar etwas verschwiegen.

»Ja.«

»Ist das nicht komisch für einen Nichtjäger? Entweder man findet es nur scheiße wegen der armen Tiere und ist angewidert, oder man findet es aufregend, weil man im Kampf gegen ein Monster gewonnen hat. Aber stinklangweilig ist es sicher nicht, oder? Was meinst du, du kennst doch die ganzen Sonntagsjäger und weißt, wie die ticken.«

»Ja, ist schon eine komische Reaktion«, Hellinger machte einen Gedankensprung: »Du musst Kimi auftreiben.«

»Wen?«

»Kimi, Kimi Müller. Eigentlich Kurt Müller, aber er lässt sich nur Kimi oder Schwarte nennen.«

»Wer soll denn das sein?«

»O Mann, wer ist denn hier der Kriminaler? Müller war vor ungefähr zehn Jahren einer der ersten Hacker, der in Deutschland verurteilt wurde. Er hat sich ins BKA reingehackt, und als man ihm auf den Fersen war, ist er ab nach Florida und hat sich irgendwo in den Sümpfen versteckt. Jedenfalls mochten ihn die Alligatoren nicht, wahrscheinlich, weil er so fett ist, und er wurde wieder nach Deutschland ausgeliefert. Klingelt's jetzt?«

»Und den kennst du?«

»Klar!«

»Woher?«

»Das erzähle ich dir ein andermal, war 'ne lustige Geschichte.« Hellinger schmunzelte in sich hinein.

Röder wollte nicht tiefer bohren, dazu saß sein Freund schon zu sehr in der Tinte. Er erinnerte sich jedenfalls an den Fall. Müller war zu zweieinhalb Jahren verknackt worden, aber nach Anrechnung der Untersuchungshaft und wegen guter Führung nach zwölf Monaten wieder auf freien Fuß gesetzt worden. Danach hatte er im Sog des Internet-Hypes ein IT-Sicherheitsunternehmen gegründet und den Fiskus um eine sechsstellige Summe geprellt. Diesmal blieb ihm keine Zeit zu flüchten. Die Steuerfahndung arbeitete offensichtlich effizienter als das BKA, und mit betriebswirtschaftlichen Grundsätzen kannte er sich wohl nicht aus. Es gab drei Jahre und den Rest der ersten Strafe. Ohne Anrechnung.

»Und was kann der für dich tun?«

»Viel. Er hat mir erlaubt, seine Dienste weiterzuempfehlen, das darf nicht jeder.«

Röder konnte es nicht glauben, aber er fragte lieber nicht, woher sein Freund so schräge Typen kannte.

»Der kann's wohl nicht lassen. Der landet doch bald wieder im Bau.«

»Er ist vorsichtiger geworden und macht auch nicht mehr alles, aber von irgendwas muss er ja leben. Als Referenz hat er nur die JVA Butzbach, und hacken ist das Einzige, was er jemals gelernt hat.«

Röder stöhnte. »Wie komme ich an ihn ran?«

»Über einen Chatroom.«

»Und was für einen?«

Achim druckste. »Na ja, ein Kannibalen-Chat.«

»Was? Bist du wahnsinnig? Da gebe ich vielleicht einen Tipp ans BKA, aber niemals gehe ich da persönlich rein!«

Der Winzer lachte nur.

»Du bist total verrückt.« Röder erhob sich ruckartig und ging zur Tür.

»He, bleib da. Ich hab dich doch nur auf den Arm genommen.«

»So?«, war die ungläubige Antwort.

»Na ja, ein Chat ist es schon. Nun setz dich doch wieder.«

Widerstrebend ließ sich Röder nieder. »Wehe, du verarschst mich. Dazu ist die Sache zu ernst. Ich verstehe sowieso nicht, wieso du immer noch so gut gelaunt bist.«

»Überlebenswille.«

»Also, was für ein Chat ist es?«

»RGI.«

»Ah ja, und was für eine Art Chat ist das nun?«

»Romantic Gay Island.«

»Du verarschst mich«, sagte Röder und stand auf.

Der Freund legte ihm die Hand auf die Schulter und drückte ihn auf den Stuhl zurück. »Nein, das meine ich ernst. Jetzt hab dich nicht so, du Spießer. Das sind normale Leute, so wie du und ich.«

»Das bezweifle ich.«

»Ja gut, die sind schwul, klar. Aber das sind ganz harmlose Typen. Glaubst du, Kimi würde irgendwo Geschäfte anbahnen, wenn er wüsste, das Ganze steht unter Beobachtung der Bullen? Dann kann er ja gleich inserieren: Verurteilter Hacker sucht neue Herausforderung – zwölfjährige Script-Kiddies werden gerne angelernt oder so. Kimi ist schwul, das weiß jeder, also treibt er sich halt in einem harmlosen Schwulen-Chat rum. Da sind keine Perversen drin. Stell dir vor, das soll es auch geben.«

»Das werden wir ja sehen.«

»Du kannst mir glauben.«

»Und wie stelle ich Kontakt zu ihm her?«

»Das ist ganz einfach. Er ist unter dem Pseudonym ›Greek Adonis‹ drin. Diejenigen, die ihn kennen, nennen ihn aber nur ›Schwarte‹. Du musst ihn im Chat ansprechen und dabei verschiedene Schlüsselsätze verwenden.« Röder ließ sich die Prozedur erklären, und sein Unbehagen stieg proportional zur Laune des Winzers.

»Du machst das schon«, verabschiedete ihn Hellinger mit einem süffisanten Lächeln.

*

Röder saß gerade wieder im Auto, als das Handy rappelte, das heißt, es klingelte wie das Telefon bei Detektiv Rockford und ging sofort in die Titelmelodie über.

»Sag mal, spinnst du jetzt völlig?«

Es war Steiner. Röder war klar, was jetzt kam.

»Du kannst doch nicht die Grünen so anscheißen. Das darfst du gar nicht, denen hast du nichts zu sagen. Hast du schon mal was vom Grundsatz der Gewaltenteilung gehört? Den Unterschied zwischen judikativer und exekutiver Macht im Staat? Der kleine Polizeihauptmeister, den du so angeblafft hast, der kennt den Unterschied. Er hat seinen Chef informiert, der wiederum den Polizeidirektor, und der hat mich schließlich zu Sau gemacht. Gemeinsam haben wir deinen Boss angerufen. Du bist raus aus dem Fall, raus, hörst du? Deiner idiotischen Theorie können wir jetzt jedenfalls nicht mehr nachgehen, ist wahrscheinlich sowieso nur gequirlte Scheiße eines durchgeknallten, schwanzgeilen Staatsanwalts.«

Röder sagte nichts, konnte nichts erwidern.

»Und was der Hammer ist, dass du dich als Kriminalbeamter ausgegeben hast. Die Kollegen sind nämlich gleich gewetzt und waren auch in der Bäckerei. Und die absolute Krönung ist, dass du noch mal bei deinem sauberen Kumpel warst, ohne mich zu informieren. Ihr heckt doch irgendetwas aus, das liegt doch auf der Hand. Du kannst dich da nicht mehr blicken lassen, die würden dich eher einbuchten, als dich noch mal zu ihm zu lassen.« Steiner regte sich noch eine Weile lang auf, dann hängte er nach einem kurz angebundenen Tschüss auf, ohne eine Erwiderung abzuwarten.

Röder fühlte sich beschissen, der Tag war eine einzige Katastrophe gewesen. Außerdem war er ein Verräter an seiner Familie, doch ein unwiderstehlicher Drang zog ihn nach Hause. Müde öffnete er die wuchtige, geschnitzte Haustür und stapfte den ersten Treppenabsatz hoch. Seine schlimmsten Befürchtungen wurden wahr, als sich die Tür der Erdgeschosswohnung öffnete und seine Mutter mit wirren Haaren vor ihm stand.

»Ich habe es dir immer gesagt, der Hellinger ist ein schlechter Umgang für dich. Immer diese Weibergeschichten, und jetzt hat er den Steinbrenner abgeknallt und sitzt im Gefängnis. Feine Freunde hast du.«

Seine Mutter hatte Hellinger seit der Geschichte mit Monique, seiner kleinen Schwester, voll auf dem Kieker. »Mama, du weißt genauso gut wie ich, dass noch nichts bewiesen ist und Achim so lange unschuldig ist. Du machst hier eine Vorverurteilung, obwohl du es besser wissen müsstest.«

»Eben weil ich immer in die menschlichen Abgründe schaue, habe ich ein großes Maß an Erfahrung und Menschenkenntnis gesammelt. Dieser Typ war mir schon immer suspekt, aber manchmal dauert es eben Jahrzehnte, bis die Wahrheit ans Licht kommt, so wie jetzt mit deinem sauberen Schulfreund. Ich werde mal seine Frau anrufen, ob ich sie bei der Scheidung nicht vertreten soll. Das wird eine einfache Sache, wenn er als verurteilter Mörder im Bau sitzt.«

Er wollte sie stehen lassen und weitergehen, aber sie kam ihm zuvor und knallte ihre Wohnungstür so herzhaft zu, dass die geätzten Scheiben klirrten. Das Motiv zeigte Leda und den Schwan, im Hintergrund eine geflügelte Göttin. Er wusste, dass es die Nemesis war, und er wunderte sich, dass die Scheibe nicht sprang. Der unbekannte Künstler hatte die verschiedenen Versionen der Sage in einem Bild munter gemixt.

Sein Herz wurde mit jeder Stufe schwerer. Kaum hatte er den Schlüssel in die Tür gesteckt, da empfingen ihn schon die vier Mädels freudig, aber er brummte nur.

Manu stellte ihn später zur Rede. »Sag mal, was ist denn mit dir los?«

»Was soll denn los sein?«

»Du bist mürrisch, hast die Kinder ohne Grund angefahren, und mit mir sprichst du überhaupt nicht. Ich habe sogar das Gefühl, dass du mir aus dem Weg gehst. Also was ist los? Geht dir die Sache mit Achim so nahe?«

»Auch«, er hatte schon zu viel gesagt.

»Was noch? Ist was mit mir?«

Röder schaute sie nur an, sagte kein Wort.

»Es liegt also an mir. Was habe ich denn getan, Euer Ehren?« Sie versuchte zu scherzen.

»Ach, lass mich in Ruhe«, entgegnete er unwirsch, stand auf und wollte in sein Arbeitszimmer flüchten.

»Geh jetzt nicht weg!« Manu fasste ihn an der Schulter.

»Laß mich in Ruhe«, zischte er noch mal, unfähig, einfach nur auszusprechen, was ihn so umtrieb. Sie sagte nichts, Tränen schossen ihr in die Augen. Tränen, die ihn nur aggressiver machten.

»Steinbrenner.« Er warf ihr das Wort vor die Füße.

»Steinbrenner?«

»Ja, du kennst ihn doch.«

»Er ist tot.« Tränen, schwarz von Wimperntusche, liefen ihr die Backen runter.

»Das geht dir wohl sehr nahe, wie?«, hakte er erbarmungslos nach.

»Ben, was soll das?« Sie schluckte tränenerstickt, aber ihr Tonfall war jetzt kampfesbereit.

»Mit wem bumst du jetzt, nachdem er so gut wie unter der Erde ist?«, platzte er hervor und staunte über seine Aggressivität.

»Ben!« Sie starrte ihn fassungslos an, ihr Tränenfluss stoppte abrupt.

»Du kannst es mir ruhig sagen, halb Bad Dürkheim spricht darüber.«

»Du hast sie ja nicht mehr alle!« Ihre Stimme war schneidend, sie ging zum Gegenangriff über. »Wer erzählt dir denn so einen Quatsch?«

»Jeder, und außerdem kann ich eins und eins zusammenzählen.«

»Du Vollidiot, was weißt du schon über mein Leben? Bist den ganzen Tag und die ganze Nacht unterwegs, ich weiß nicht wo. Im Büro suchen sie dich. Deine Freunde Kommissare beschweren sich, weil Sherlock Röder ihnen ständig in die Arbeit pfuscht, und dann kommt der große verhinderte Detektiv aus dem Nichts nach Hause, macht seine Kinder rund und unterstellt seiner Frau ein Verhältnis mit allen zeugungsfähigen Männern einer bestimmten Einkommensklasse! Du bist ein riesiges Arschloch!« Sie drehte sich um und verschwand mit einem lauten Knall im Schlafzimmer.

Röder stand ratlos im Flur, er hörte sie schluchzen. Trotz seiner Wut fühlte er sich total beschissen. Was sollte er tun? Das Schlafzimmer war versperrt, Manu hatte den Schlüssel rumgedreht, der sonst nur bei romantischen Anlässen zum Einsatz kam. Verdammt, in dieser Nacht musste er tatsächlich auf der Couch schlafen.

DREIZEHN

Der Morgen war so verheerend wie der Abend. So früh wie möglich schlich er aus dem Haus. Das Schlafzimmer war immer noch versperrt, die Kinder waren auch noch nicht aufgestanden. An seinem Monitor im Büro prangte schon ein gelbes Post-it. »Bei Miltenberger melden. Persönlich!« Da hatte es jemand eilig, das sollte nicht im täglichen E-Mail-Wust untergehen. Der Aufforderung konnte er allerdings um diese Uhrzeit noch nicht Folge leisten, es war noch nicht mal sieben. Also schmiss er schon mal den Computer an, ordnete seine Aufzeichnungen und kopierte seine aktuellen Daten verbotenerweise auf einen USB-Stick. Gegen acht ging er zum Büro seines Chefs.

»Gut, dass du kommst, ich muss mit dir sprechen«, begrüßte ihn Miltenberger. »Willst du einen Kaffee?«

Röder verneinte. Ihm war nicht nach Smalltalk, und Nettigkeiten erwartete er auch nicht.

»Ich habe hier eine Beschwerde über dich.«

Röder starrte geradeaus.

»Du mischst dich zu viel in die Ermittlungsarbeit ein.«

Keine Reaktion.

»Kann es sein, dass du die nötige Distanz zu dem Fall verloren hast?«

Röder entschied sich für die Flucht nach vorn. Wozu sollte die ganze Diskussion gut sein? »Jemand anders soll den Fall machen. Ich gebe ihn ab.«

Miltenberger schien verblüfft zu sein. Offensichtlich hatte er sich auf einen langen Kampf eingerichtet. »Ich wusste, dass du vernünftig bist. Ich möchte auch, dass du ein paar Tage Urlaub nimmst. Ich gebe dir Sonderurlaub für den Rest von dieser und für die nächste Woche. Ich glaube, du kannst es gebrauchen.«

Den Nachsatz hätte er sich sparen können, aber Röder sagte nichts, er stand auf. An der Tür rief ihm Miltenberger noch hinterher: »Misch dich nicht mehr in die Ermittlungen ein. Du kriegst sonst richtig Ärger, das ist dir doch klar, oder?«

Röder verschwand wortlos mit einem Winken, ohne sich umzudrehen. Er war schwer versucht gewesen, den Mittelfinger demonstrativ zum Einsatz zu bringen. Er ging in sein Büro zurück und wollte seine Sachen packen, aber zuerst musste er noch etwas Wichtiges erledigen.

»Hallo, Greek Adonis, ich bin wieder in Hamburg und sehne mich nach deinem knackigen Arsch. Ich bin so allein und habe eine Menge zu erzählen. Wollen wir uns wieder treffen?«

Röder bezeichnete sich als tolerant, und den Paragraphen 175 im Strafgesetzbuch hatte man schon lange abgeschafft. Flüssig ging ihm das schwule Gesülze trotzdem nicht von der Hand. Jedenfalls staunte er, dass die Antwort postwendend kam. Er kannte die Typen, die Tag und Nacht online waren, bisher nur vom Hörensagen.

»Hallo, verführerischer Bacchus! Habe schon lange auf dich gewartet. Kenne ein romantisches Restaurant, wo man für fünfzig Euro ein tolles Menü mit mindestens sieben Gängen bekommt. Wir können ja auch wieder acht Viertel Wein trinken. Einundvierzig Zigaretten rauche ich aber nicht wie das letzte Mal, ich habe nämlich das Rauchen aufgegeben. Seitdem ist meine Haut noch viel schöner geworden! Ich freue mich auf ein süßes Wiedersehen, am besten gleich heute Abend? Mein Herz verzehrt sich vor Sehnsucht. Ich fliege immer noch auf dich und hole dich ab.«

Rhea Thierbach, seine junge Kollegin, kam reingeplatzt. »Stimmt es, was ich gehört habe? Du bist beurlaubt?« Das RGI-Ende-Logo brauchte eine Weile, bis es verschwand. Rhea starrte auf den Monitor, auf die Insel mit der einzelnen Palme, wo es im Vordergrund zwei männliche Comicfiguren eindeutig von hinten miteinander trieben. »Oh, du hast schon Urlaubspläne«, entfuhr es ihr unwillkürlich, und sie bereute ihren Witz offenbar sofort. Sie lief knallrot an und verschwand ohne jedes weitere Wort im Flur. Ihm war es eigentlich egal, nach dem gestrigen Ehefiasko konnte er genauso gut schwul sein.

Die Nachricht hatte er verstanden, und fast gewann seine kriminalistische Zwangsneurose wieder die Oberhand. Bevor er endgültig aus dem Büro und aus dem Netz verschwand, prüfte er mit Google-Earth die Koordinaten. Eine Kreuzung in der Innenstadt von Frankfurt. Ja, kein Zweifel, fünfzig Grad, sieben Minuten nördlicher Breite, acht Grad, einundvierzig Minuten östlicher Länge. Auf die Zeitangabe mussten achtzehn Stunden addiert werden, hatte Achim gesagt. Also am nächsten Tag, zwölf Uhr, wenn der Begriff Abend mit achtzehn Uhr übersetzt wurde. Er hatte die Nachricht erhalten, den Code verstanden, und nun stellte er sich die Frage, wie er den Rest des Tages verbringen sollte, und vor allen Dingen wo.

Als er wieder zu Hause ankam, waren die Mädels in der Schule und Manu fort. Er wusste, eigentlich sollte er warten, bis Manu kam, mit ihr reden. Trotzdem hinderte ihn ein innerer Druck, rational zu handeln. Musste er wirklich aus irgendwelchen Rachegefühlen heraus fremdgehen? Hatte er Manu vernachlässigt? Zum ersten Mal in seinem Leben konnte er sich vorstellen, bestimmte Probleme nicht in den Griff zu kriegen und daran seelisch kaputtzugehen. Noch bis vor kurzem hätte er solche Verhaltensweisen bei anderen verächtlich abgetan, es für Schwäche gehalten. Die Erkenntnis, dass er im Begriff war abzudrehen, traf ihn wie ein Schlag. Dennoch, er konnte nicht anders, er schnappte seine Sporttasche, stopfte wahllos ein paar Klamotten rein.

Das Auto parkte er in Mannheim in der Bahnhofstiefgarage. In einem kleinen Supermarkt in der neu gestalteten Halle besorgte er sich eine Flasche Wodka. Er wunderte sich, dass der Verkäufer sie ihm in eine braune Papiertüte packte, so wie er es bisher nur von den Amis kannte. Noch schämte er sich, in aller Öffentlichkeit einen Schluck aus der Pulle zu nehmen. Für fünfzig Cent konnte er es aber im Hightech-Automatenklo laufen lassen. Im Zug nach Frankfurt setzte er sich so, dass er von den anderen Mitreisenden nicht richtig gesehen werden konnte. Der Zugbegleiter wunderte sich nicht, der war Härteres gewohnt.

In Frankfurt nistete er sich im erstbesten Hotel im Bahnhofsviertel ein. Wenn Cash auf dem Tresen lag, stellte hier keiner Fragen, schon gar nicht, wenn der Gast eine hochrote Birne hatte und leicht torkelte. Röder meinte den skeptischen Blick des Portiers zu bemerken. Trotzdem wollte der keinen Ausweis sehen.

*

Aus unerfindlichen Gründen wurde Röder um neun Uhr wach. Er lag noch immer in allen Klamotten rücklings auf dem Bett, im Fernseher liefen noch die Nonstop-Pornofilme, die er in einem Anfall geistiger Umnachtung am Vorabend eingeschaltet hatte. Trotz der hellhörigen Wände hatte er vom nächtlichen Treiben aus den Nachbarzimmern nichts mitbekommen. Sein Kopf sagte ihm, dass die Flasche Wodka leer war und das Dreckszeug aus der versifften Minibar auch. Widerwillig kroch er in die garantiert verseuchte, muffige Dusche. Fußpilz war offensichtlich das Harmloseste, was man sich dort zuziehen konnte.

Er schluckte ein halbes Dutzend Aspirin-Tabletten und fiel noch mal ins quietschende Bett, nicht ohne vorher den Weckruf am Telefon auf halb zwölf eingestellt zu haben. Blieb nur zu hoffen, dass das Ding auch funktionierte. Im Dämmerzustand fiel ihm noch ein, dass er auch das Handy programmieren könnte, aber es blieb beim flüchtigen Gedanken.

Das Telefon weckte wider Erwarten pünktlich, und Röder schaffte es einigermaßen, auf seinen Füßen zum Stehen zu kommen. Er kramte ein paar Sachen aus der Sporttasche und machte sich sofort auf den Weg zum Treffpunkt. Ein ungepflegtes, müdes Zimmermädchen schob lustlos die Karre durch den Gang. Die Rezeption war nicht besetzt. Wozu auch, bezahlt wurde hier per Vorkasse. Fragen waren um diese Uhrzeit genauso unerwünscht wie Zeugen.

Der Fußmarsch und die frische Luft taten ihm gut. Er verspürte sogar Hunger auf etwas Salziges. Verloren, mit tiefen Ringen unter den Augen, nahm er seinen Platz am Treffpunkt ein. Bio-Piercing, ging ihm durch den Kopf. Er bewunderte wieder den unverwüstlichen Humor seines Freundes. Ihm war nicht zum Lachen zumute.

»Warum kommt Bacchus nicht selbst?« Fast drohend stand plötzlich ein extrem dicker Mann neben ihm und grunzte ihn an.

»Er kann nicht. Er braucht Hilfe und schickt mich.«

Der Dicke musterte ihn kritisch von oben bis unten.

»Wer bist du?«

»Ben Röder, Achim ist mein Freund.«

»Keine echten Namen. Ich bin Schwarte, jeder nennt mich so.«

»Ich dachte, du bist Greek Adonis?«, fragte Röder konsterniert.

»Nur im Chat, Mann. Hast du die Kohle dabei?«

»Wir haben doch noch gar nicht über den Preis gesprochen.«

»Ich rede von einer Anzahlung.«

Röder wusste nicht, warum, aber er nickte.

Schwarte wechselte sofort das Thema. »Hast du schon was gegessen? Du siehst aus, als könntest du was gebrauchen.« Er wartete die Antwort nicht ab, machte einen Schwenk und schlug schnurstracks die Richtung zum gegenüberliegenden Schnellrestaurant ein. Die Straße überquerte er bei Rot, ein paar Autofahrer hupten. Röder folgte, sobald der Verkehr es zuließ.

Schwarte stand schon am Tresen. »Einen Big Mäc, zwei Cheeseburger, einmal Chicken McNuggets, zweimal Pommes groß, rotweiß und eine Cola light bitte.« Er drehte sich zu Röder um. »Willst du auch was?«

Röder bestellte einen Hamburger und eine kleine Portion Pommes frites. Schwarte zog mit seinem Tablett ab, ohne bezahlt zu haben. Irgendwie war dem jungen Mann hinter dem Tresen klar, dass Röder zahlen würde.

»Wollen Sie etwas dazu trinken?«

»Eine kleine Cola, bitte.«

»Dann sollten Sie sich das Kindermenü nehmen, da sparen Sie noch mal siebzig Cent«, empfahl der Crew-Chief, der seinen Titel auf dem Messingschild offenbar zu Recht erworben hatte. Röder nickte perplex ob der beflissenen Beratung. Er hatte bezahlt, wollte dem Dicken folgen, als der Junkfood-Experte ihm hinterherrief: »He, warten Sie. Zum Kindermenü gehört noch ein Stofftier.« Er deutete auf die Vitrine rechts von ihm. Röder entschied sich für die Giraffe.

Eine Gruppe von Schülern räumte gerade lärmend einen Fensterplatz und hinterließ den üblichen Müllberg. Schwarte schob die unappetitlichen Reste mit seinem Tablett gekonnt zur Seite, sodass ein großer Teil des Abfalls unterm Tisch landete. Ein Becher mit einem Rest Milchshake platzte. Die Pampe hinterließ ein gesprenkeltes Muster auf Röders Hosen und Schuhwerk. Schwarte kaute schon längst, als Röder den letzten Packen Papierservietten auf den Nachbartisch warf und sich endlich setzte.

»Mann ey, die brauchst du doch nicht, oder?«

Schwarte grabschte nach der Giraffe. Röder hatte sich schon an das Vieh gewöhnt, aber er würde sowieso mindestens drei von der Sorte brauchen, um daheim keinen Streit zu provozieren. Also blieb er cool.

»Achim meint, Sie können sich in ein Firmennetz reinhacken und Informationen sammeln.«

»So 'n Quatsch.« Ein Sortiment Krümel fiel ihm aus den Mundwinkeln.

»Das heißt, Sie können das nicht?«

»Klar kann ich das, aber es ist viel zu aufwendig.« Schwarte geriet richtig in Wallung. »Außerdem ist die Gefahr der Entdeckung viel zu groß. Das einfache Ins-Netz-Hacken ist nicht mehr. Heute haben alle Firmen, die etwas auf sich halten, zugenagelte Proxys, getunnelte VPN-Verbindungen, mehrstufige Firewalls und die neuesten Intrusion-Detection-Systeme«, nuschelte Deutschlands gefürchtetster Hacker, feuerte eine Salve feuchter Partikel in Röders Richtung und schob den zweiten Cheeseburger nach.

»Intruschon-was?« Röder schwirrte der Kopf.

»Intrusion-Detection-Systeme, Mann! Das ist doch schon deutsch.«

»Computerdeutsch vielleicht.« Röder wurde es jetzt wirklich zu blöd. »Also, was ist jetzt? Können Sie's oder können Sie's nicht?« Schwarte ging ihm allmählich auf die Nerven.

»Klar, aber ich mach's auf meine Art. Dreitausend Piepen jetzt, dreitausend, wenn's geklappt hat. Das is 'n Freundschaftspreis für Achim«, fügte er gönnerhaft hinzu.

»Freundschaftspreis?«

»Mann ey, willst du jetzt handeln, oder was? Ich war im

Knast, als sie das Rabattgesetz geändert haben, also gilt's für mich nicht. Von irgendetwas muss ich ja schließlich leben. Ich bin auch nicht in der Gewerkschaft oder so. Außerdem müsste ich eigentlich Erschwerniszulage oder Schadenersatz verlangen, da ich mit einem Bullen arbeiten muss. Aber wenn Achim sagt, du bist in Ordnung, dann glaube ich das.«

»Ich bin kein Bulle. Wie kommen Sie darauf?« Schwarte wusste offensichtlich zu viel, das gefiel Röder überhaupt nicht.

»Das sieht man dir an, brauchst nicht leugnen. Also, ja oder nein?«

Da Röder keine Ahnung hatte, wie die Gebührenordnung der Hacker gestaffelt war, nickte er unbestimmt.

»Na also. Wir machen's mit Social Engineering.«

Soschel-was, lag Röder auf der Zunge, aber er verkniff sich jede Bemerkung, die ja doch nur eine ewige Litanei von Fachbegriffen heraufbeschworen hätte. Außerdem war Röders Ärmel schon voller feuchter Krümel.

»Ach so«, ein extra großer feuchter Brocken landete vor Röder auf dem Tablett, dicht neben den Pommes. »Spesen gehen natürlich extra.«

Röder zuckte, was sein Gegenüber offenbar als Zustimmung interpretierte. Er schob sein Tablett auf den freien Nachbartisch, er hatte für heute genug von McDonald's und seinen Stammkunden.

»Isst du die Pommes nicht mehr?« Schwarte wartete die Antwort erst gar nicht ab, denn sie war ja von vorneherein klar, und griff zu.

Schließlich wischte sich Schwarte die letzten roten und gelben Spuren von der Backe. »Ich brauche noch was Süßes, und dann gehe ich heim. Ich habe ein paar Vorbereitungen zu treffen und muss packen. Schlage vor, wir treffen uns um drei, am Pendlerparkplatz vom Südbahnhof.«

»Hey, warten Sie mal. Ich muss zurück und arbeiten. Außerdem habe ich von Ihrem Job null Ahnung.«

»Mann ey, willst du Achim helfen, oder was? Ich helfe dir bei der Ermittlung und brauche jemanden, der mich fährt. Ich habe nämlich keinen Führerschein, habe bisher keinen gebraucht.«

»Scheiße!«, entfuhr es Röder, und die Passanten vor dem Schnellrestaurant schüttelten den Kopf. »Auf was habe ich mich denn da eingelassen?« Er ließ Schwarte bei seinem zweiten Donut sitzen und klopfte sich die Ärmel aus.

Er versuchte die Zeit totzuschlagen, aber ein heftiger Regenguss vertrieb ihn vom Eisernen Steg, auf dem er bestimmt eine halbe Stunde grübelnd verbracht und geistesabwesend den Mainschiffen nachgeblickt hatte. In der Katharinenkirche fand er Asyl vor den Naturgewalten, Blitz und Donner hatten sich zu dieser herbstlichen Wetterlage vereint. Er überlegte, wann er das letzte Mal eine Kirche betreten hatte. Es musste wohl bei der Taufe seiner Kinder gewesen sein. Ungeduldig blickte er auf die Uhr, noch mehr als eine Stunde. Er begann die Tafeln zu lesen, die die Kapellen in den Nischen beschrieben. Röder, der bekennende Atheist, merkte nicht, wie die Zeit verging, er vergaß sie einfach. Die beruhigende Wirkung des alten Sakralbaus hatte ihn erfasst. Eine Gruppe Japaner, die sich wie aus dem Nichts neben ihm aufbaute, riss ihn mit ihren sirrenden und blitzenden Digitalkameras aus seiner entspannten Versunkenheit. Es war Zeit, sich auf den Weg zu machen. Sie hatten immer über Steiner gelästert, wenn er als *lonesome cowboy* seinen Ermittlungen nachging und kaum jemanden über seine nächsten Schritte informierte.

Am Römer stieg er in die U-Bahn und kroch schließlich am Südbahnhof wieder aus der Unterwelt hervor. Er war pünktlich, was er von dem Fleischberg nicht gerade behaupten konnte. Fast vierzig Minuten dauerte es, bis er das schwammige Gesicht hinter der verdreckten Frontscheibe auf dem Beifahrersitz eines klapprigen roten Golfs erkannte. An der Schrottkarre baumelte hinten und vorn ein rotes Nummernschild. Auf dem Fahrersitz saß in puncto Körperfülle das genaue Gegenteil von Schwarte, genauso ungepflegt, aber rappeldürr. Schwindsüchtig oder drogensüchtig, speckige, stinkende Lederjacke, schwarze Bartstoppeln und tiefe Ringe unter den Augen. Das Gerippe verabschiedete sich mit einem als cool zu bezeichnenden Handzeichen. Schwarte winkte Röder auf den Fahrersitz.

»Ist das Ding geklaut?«

»Red keinen Mist, die Karre ist sauber. Vielleicht nicht ganz das neueste Modell, das der Herr sonst so zu fahren gewöhnt ist, aber frisch auf dem Schrottplatz zusammengestellt und garantiert nicht heiß.«

Begleitet von diesen beruhigenden Worten, trat das Schicksalspaar des Jahres die Fahrt zurück nach Mannheim an.

»Hast du 'n Handy dabei?«

»Wollen Sie nach China telefonieren?«

»Quatsch, da sind doch Spiele drauf, mir is' langweilig.« Röder fingerte das Handy aus seiner Jacke hervor und reichte es rüber. Das Mobiltelefon war gerade sechs Wochen alt. Röder hatte den fünf Jahre alten klobigen Knochen nicht ungern gegen das neue filigrane Hightech-Wunder mit Farbdisplay eingetauscht. Schwarte fing sofort an, das Teil mit seinen Wurstfingern zu bearbeiten. Röder staunte nur so über die Geschwindigkeit.

Nach etwas mehr als einer Stunde Fahrt in der Rostlaube bogen sie in die Straße ein, die zur Tiefgarage der Hauptverwaltung der Badischen Metallgesellschaft führte. Schwarte blickte vom Handy auf, er wurde munter, fast energisch.

»Fahr da ran, los mach schon.« Röder hielt die Rostbeule an und fürchtete, dass sich die Karosserie wegen der Massenträgheit vom Chassis lösen könnte, so wie es bei den abgedrehten Actionfilmen üblich war. Die Mühle blieb unbeschadet stehen, fiel nicht auseinander, aber es knackte und krachte bedenklich.

»Hat die Scheißkarre überhaupt noch TÜV?« Röder hatte beim Bremsen erheblich pumpen müssen. Schweiß stand ihm auf der Stirn.

Schwarte schaute ihn nur verständnislos von der Seite an, dann befahl er: »Steig aus, mit so 'nem Nervenwrack kann ich nicht arbeiten. Du bleibst hier stehen und wartest. Ich bin gleich zurück.« Schwarte schwang sich erstaunlich behände hinter das Steuer.

»Ich dachte, Sie können nicht Auto fahren?«

»Das habe ich nie gesagt. Ich habe gesagt, ich habe keinen Führerschein, weil ich keinen brauche, und das stimmt.« Schwarte gab Gas, die profillosen Reifen quietschten.

Röder sah verärgert, wie der Golf hundert Meter weiter ruckelnd zum Stehen kam, genau vor dem Pförtnerhaus an der Einfahrt zur Tiefgarage. Dann erstarb das Motorengeräusch. Schwarte versuchte, die Karre leiernd wieder zum Leben zu erwecken, ohne Erfolg. Er orgelte noch ein paarmal rum, dann gab er es offenbar auf. Röder konnte sehen, wie er ausstieg, sich in Manier der Dicken die Hosen hochzog und auf das Pförtnerhaus zuwatschelte. Dabei wedelte er mit dem Handy, so als ob irgendetwas mit dem Gerät nicht stimmte, und ging auf den Pförtner zu, dessen Titel Security Officer lautete, auch wenn sich der Mann offensichtlich schon im Rentenalter befand. Schwarte sagte was und verschwand schließlich im Pförtnerhaus. Kaum eine Minute später ertönte der Trauermarsch. Das verstand das Sackgesicht also unter Handyspielen. Ein verärgerter Blick auf die enorme Oberweite seines neuen Hintergrundbildes bestätigte seine schlimmsten Befürchtungen. Sein neues Handy war nicht nur komplett verstellt, sondern wahrscheinlich auch virenverseucht. Schwarte, kaum hundert Meter entfernt, beim Opa in der Loge, war am anderen Ende der Verbindung und laberte los.

»Mann ey, Heinz, hör mal. Die Karre ist mir auf der Probefahrt verreckt.« Pause, Röder wusste sowieso nicht, was er antworten sollte. »Was meinst du?« Pause. »Kann ich mir selbst denken, dass es der Anlasser ist, du Scherzkeks.« Pause. »Ja, okay, probier ich. Aber das bringst du mir in Ordnung, sonst kaufe ich das Ding nicht.« Aufgelegt.

Röder sah, wie der Hacker die Pförtnerloge verließ, den Kofferraum öffnete, etwas, das wie ein Wagenkreuz aussah, herausnahm, die Motorhaube öffnete. Dann schallte ein lautes, metallisches Geräusch zu ihm herüber. Schließlich klemmte sich Schwarte wieder hinter das Steuer, und, o Wunder, der Motor sprang wieder an. Schwarte, alias Greek Adonis, schloss die Schotten, winkte dem Opa noch mal zu und verschwand rußend.

Wo wollte der Depp denn jetzt hin? Hinter Röder ertönte das schon vertraute Knacken und Krachen. Schwarte war um den Block gefahren, fuchtelte, er solle einsteigen. Es sah grotesk aus, als sich der Fleischberg auf die Beifahrerseite wuchtete. Das ganze Gefährt schwankte, aber der Schalthebel blieb glücklicherweise unversehrt und nirgendwo stecken.

»Was war denn das jetzt?«

»Was soll gewesen sein? Ich habe alles!«

»Was haben Sie?«

»Alles.«

»Entschuldigen Sie, ich hab's halt nicht kapiert. Was haben Sie?«

»Name, Telefonnummer.«

»Von wem?«

»Vom Pförtner, du Depp!« Schwarte wurde ganz schön pampig. Es war an der Zeit, ihm eine reinzuhauen, aber Röder verkniff es sich.

»Und dazu der ganze Aufwand?«

»Klar, wie willst du sonst unauffällig an solche Infos kommen?«

Wenn das unauffällig war, dann trug Röder eine Tarnkappe.

»Und jetzt?«

»Wir fahren zu Achim. Ich muss ja irgendwo mein Equipment aufstellen. Zu Hause ist's mir zu gefährlich.«

Na prima. »Das Haus ist aber versiegelt.«

»Mann, eh, du bist doch so was wie ein Bulle. Wozu habe ich dich denn dabei?«

Röder umkrampfte das Lenkrad und fühlte ein Magengeschwür wachsen. Was hinderte ihn eigentlich daran, dem Typ eine zu verpassen?

»Wir kommen heute Abend wieder her. Wir brauchen ja noch ein ehrgeiziges Arschloch, frisch von der Uni.«

Schwarte ließ sich nicht dazu überreden, irgendwo anders sein Domizil aufzuschlagen. Im Grunde war es kein Problem, denn Hellingers Frau war nicht da, und Röder verspürte ebenfalls keine große Lust, den Schmarotzer zu beherbergen. Also, was bedeutete schon der kleine Siegelbruch, angesichts des gesamten Chaos?

»Fahr mal da vorne rechts rein.« Schwarte hatte das McDonald's-Schild nicht übersehen, möglicherweise hatte er es auch gerochen, und die Nächste rechts führte tatsächlich schnurstracks zu dem gelb-roten Drive-In.

»Willst du auch was?«, wandte er sich fürsorglich an Röder, nachdem er seine Proviantierung schon in das Mikrofon der Bestellannahme genuschelt hatte. Während er das tat, lag er halb auf Röders Schoß, um einigermaßen in die akustische Reichweite der Gegensprechanlage zu kommen. Röder schüttelte nur angewidert den Kopf, und Schwarte nahm die riesige Tüte entgegen.

»Scheiße, das ist doch keine Cola light, das ist 'ne normale Coke«, begann er nach fünfhundert Metern zu motzen, das Kinn schon wieder voller Krümel. Ketchupgeruch und der fettige Mief der Pommes breiteten sich im Wagen aus, gemischt mit sauren Ausdünstungen. Röder stellte sich vor, wie er das Auto an den Straßenrand steuerte, es fluchtartig verließ, wild einen Kanister Benzin über dem Fahrzeug verspritzte und mit einem zünftigen Zippo eine ebenso zünftige Feuersbrunst entfachte. Er hatte das Gefühl, dass seine Augen bei dieser Vorstellung zu leuchten begannen.

Bei Hellinger angekommen ging Schwarte zielstrebig auf den Eingang der Wohnung zu. Er fragte nicht einmal, ob ein Schlüssel verfügbar war, und öffnete mit einem typischen Besteck und mit geübten, flinken Händen die Tür. Das Siegel riss.

»Steh nicht so rum und hilf mir.« Schwarte schwitzte erbärmlich, als er den Kofferraum mit seinen Gerätschaften leer räumte. Röder murmelte und hatte schon das Handy bereit, dass ihn jemand abholen sollte. »Hey, verdrück dich nicht. Wir müssen heute noch mal nach Mannheim zurück.

Röder unterdrückte einen Fluch.

»Du machst doch noch mit, oder? Morgen kannst du wieder arbeiten gehen, dann kann ich hier allein bleiben. Aber heute musst du mit mir die Stellung halten.« Schwarte sagte das richtig versöhnlich, er hatte Röders Stimmung längst mitbekommen und wollte das Verhältnis wohl nicht weiter strapazieren. Röder ahnte zum ersten Mal, dass hinter der unmöglichen Fassade ein hochleistungsfähiges Hirn steckte. Schwarte verschwand, um das Auto zu holen.

Aus irgendeinem Grund dachte Röder kurz daran, deVries in Mannheim anzurufen – der konnte von seiner Suspendierung noch nichts wissen – und die vage Spur ins Schwulenmilieu noch einmal abzuklopfen. Er verwarf den Gedanken. Wie schon einmal an diesem verkorksten Tag befand er sich in der Warteschleife und begann ziellos rumzuschlendern. Er kam einfach nicht zur Ruhe, sein Schädel brummte. Wie sollte es weitergehen? Mit seiner Ehe, in seinem Beruf? Er wusste, dass er nur Ruhe finden würde, wenn er sich Gewissheit über Manu und ihr Verhältnis zu Steinbrenner verschaffte.

Klarheit konnte nur ein Gespräch mit ihr persönlich bringen. Dazu musste er seine Feigheit überwinden, sonst war seine Ehe beim Teufel, und er würde diesen verfluchten Fall nie lösen, vielmehr als Seelen-Zombie bis zum Ende seiner Tage rumgeistern. Wie hatte er sich nur auf die Steinbrenner-Tochter einlassen können? War das nicht mindestens ein so schlimmer Vertrauensbruch wie der von Manu? War es vielleicht sogar schlimmer? Er hatte doch keine Sicherheit, was das Verhältnis seiner Frau zu Steinbrenner betraf. Es galt die Unschuldsvermutung, solange das Gegenteil nicht bewiesen war, das sollte er als Jurist wissen. Sein Seitensprung aber war echt, das war nicht geträumt. Er begann sich langsam wie ein Schwein zu fühlen, deutlich kroch dieses Gefühl in ihm hoch. Seine Eifersucht, seine Wut, seine Rachsucht konnte er nicht unterdrücken. Der Bauch regierte, oder war es nur sein Schwanz? Zugegeben, das Mädchen ging locker als Topmodel durch, aber gleichzeitig erschien sie so unreif, innerlich total widersprüchlich. War es das und die beginnende Midlife-Crisis, die sich mit dem Hammer der Geilheit ankündigte? Die Jungmänner stehen auf reifere Frauen, aber je älter sie werden, desto jünger müssen die Mädchen sein, so lautete ein alter Stammtischspruch. Nicht auszudenken, was passierte, wenn er mal die sechzig überschreiten würde.

Die rote Schrottschüssel hielt knarrend und krachend neben ihm und riss ihn aus seinen Gedanken. Es folgte das gewohnte Schauspiel: Winken, Wal rutscht auf den Beifahrersitz, Rostbeule schaukelt gefährlich, Röder übernimmt das pappige Lenkrad.

»Wohin?«, fragte er, nachdem sie den Ortsausgang erreicht hatten.

»Mannheim, Metallgesellschaft. Kann es vielleicht sein, dass du überhaupt nichts kapierst?«, schnauzte ihn Schwarte an.

Röder stieg in die Eisen, der nicht angeschnallte Wal kippte nach vorn. Dank Schwartes körpereigenen Airbags schlug er sich seinen Kopf weder an der Frontscheibe noch am Seitenholm noch an der Windschutzscheibe blutig. Höchstens ein paar Hamburger, tief im Inneren, waren jetzt ein bisschen verrutscht.

»Hör mal, du Fettsack.« Röder ging jetzt auch zum intimen Du über, das schafft Gemeinsamkeiten, wie er aus den Teamfindungsseminaren wusste. Du Arschloch statt Sie Arschloch. Das hatte was. »Ich riskiere hier meinen Job, weil ich so einen dämlichen Kriminellen für seine Scheißverbrechen in der Gegend rumkutschiere.«

»Du bist doch ein Spießer, denkst gleich an diese bürgerliche Scheiße«, fuhr ihm der Fettklops dazwischen.

Röder griff nach seinem Revolver. Peng! Ein Loch klaffte zwischen den speckigen Hörnern. Mitten auf der feisten, verschwitzten Stirn. Wie Lucky Luke blies Röder in den noch rauchenden Lauf. Träume sollten doch öfter in Erfüllung gehen. Eigentlich wollte er noch etwas erwidern, aber er stieg einfach aus.

Die Beifahrertür flog auf, Schwarte wuchtete sich aus dem Sitz und rannte ihm watschelnd hinterher.

»Ey, Röder, warten Sie!« Schwarte verfiel in das Sie. Sie Arschloch also. »Ich habe es nicht so gemeint.«

Schwarte nuschelte jetzt nicht mal. Seine plötzlich veränderte Art erinnerte Röder auf einmal stark an den ersten Toten, Bankdirektor Weidmann. Die beiden hätten Brüder sein können.

»Hören Sie, ich habe mich Ihnen gegenüber wie ein Arsch verhalten, aber wenn Sie sich in solchen Kreisen wie ich bewegen, dann kommen Sie mit einer hochgestochenen Ausdrucksweise nicht weit. Ich will Ihnen nur sagen, dass ich einen Auftrag habe, und den will ich durchziehen. Ich will dem Hellinger helfen, weil ich meine, er ist unschuldig.«

»Woher wollen Sie das wissen? Sie sagen doch selbst, Sie haben einen Auftrag. Ihnen geht's nur um die Kohle. Ich kann mir nicht vorstellen, dass Sie von großen Skrupeln oder ethischen Beweggründen geleitet werden. Die Nummer können Sie sich sparen. Ich meine, die können Sie sich in den Arsch schieben, so spricht man in den Kreisen, in denen ich mich bewege.«

»Denken Sie, was Sie wollen, ich habe Ihnen gesagt, dass ich helfe, und das tue ich auch. Ich werde mich Ihnen gegenüber normal in Ihrem Sinne benehmen. Ich brauche Sie auch nur noch dieses eine Mal. Wir fahren jetzt nach Mannheim, danach brauche ich Sie nicht mehr. Höchstens noch dazu, mich loszuwerden. Okay?« Röder zögerte. »Außerdem wäre es blöd, wenn man mich ohne Führerschein erwischt, dann muss ich auf die Frage Ihrer Bullenfreunde wahrheitsgemäß antworten. Was ich hier mache, wo ich gerade wohne und so weiter. Ich bin noch auf Bewährung.«

»Wollen Sie mich erpressen? Das passt zu Ihnen.«

»Nichts liegt mir ferner als das, aber Sie sind meine Versicherung. Ich will nicht mehr in den Bau. Zusammen könnten wir es schaffen«, fügte er hinzu, und es klang so, als hätte der große Motivator gesprochen.

Röder hatte verstanden, er war in diesen Mist sowieso schon tief verstrickt. Gleichzeitig war er sich im Klaren, dass, selbst wenn sich die elektronisch gesammelten Hinweise auf Rosche verdichteten, sein Anwalt sie vor Gericht in die Tonne treten würde. Wegen des Datenschutzes und der Wahrung des Fernmeldegeheimnisses. Wahrscheinlich würde er eine Gegenklage wegen Verletzung der Privatsphäre bekommen. Die ganze Idee war einfach nur bescheuert. Achim war bescheuert, Schwarte war bescheuert, und er selbst war total bescheuert.

Schweigend fuhr er den Hacker nach Mannheim. Sie parkten das Auto in einer Seitenstraße, einem Wohngebiet ganz in der Nähe der Tiefgarage, und stiegen aus. Es war noch nicht ganz sechs Uhr.

»Haben Sie keine Bedenken, dass der Pförtner Sie wiedererkennt?«

»Dem seine Schicht ist doch längst zu Ende. Du scheinst echt blind zu sein, da hockt doch ein ganz anderer drin.« Schwartes Umgangsformen waren wieder auf das gewohnte Niveau gesunken.

Gegen halb acht kam ein schwarzer, tiefergelegter und verspoilerter Golf aus der Tiefgarage gebrettert. Röder wunderte sich, dass solche Schüsseln noch rumfuhren, denn Autotuning war eigentlich nicht mehr *in*. Offensichtlich war das Auto aber in einem wesentlich besseren Zustand als die Kiste von Schwarte.

Dieser sprang auf. »Das is' er! Ossi-Kennzeichen, verspoilert, Mitte zwanzig.«

Röder verstand gar nichts mehr. Schwarte drängte auf Heimfahrt in sein neues Domizil. Röder wunderte sich nicht mehr, er nahm es wortlos hin. Auf der Rückfahrt bunkerten sie die übliche Menge Junkfood. Röder würgte einen Burger runter, die Pommes teilte er mehr oder weniger freiwillig mit seinem Beifahrer. Seine Hauptmahlzeit besorgte er sich später an der Tanke: eine Flasche mit billigem Wodka. Die Frage, wo er in dieser Nacht schlafen sollte, erübrigte sich. Wortlos folgte er dem Hacker, der auch keine Fragen stellte. Der Dreitagebart, die geröteten Augen und die schon im Auto geöffnete Flasche waren Antwort genug.

Als der Wodka Wirkung zeigte und der Hacker irgendwelche Vorbereitungen am Computer traf, bot Röder ihm freundschaftlich die Flasche an.

»Nee, lass mal gut sein, ich trinke keinen Alkohol. Mit einer Matschbirne kann ich nicht denken.«

Röder ärgerte sich über die Antwort, ging ins Nebenzimmer, breitete sich auf der Couch aus und flößte sich den Inhalt der Flasche ein, bis das Vergessen endlich einsetzte.

VIERZEHN

Röder wurde von einem Telefongespräch im Nebenzimmer wach. Nur mühsam erkannte er, wo er war, und mit der Erkenntnis kehrten seine Probleme zurück. Ein Würgen richtete ihn ruckartig auf, sein Kopf meldete sich mit Hammerschlägen.

»Wer hat denn den schwarzen Golf mit der Nummer ›GTH JS 224‹? Den habe ich nicht in meiner Liste, und er hat das Licht am Auto brennen lassen.« Schwarte sprach mit verstellter Stimme in ein Headset, das mit dem Computer verbunden war.

»Wie? Das kann doch nicht sein. Ich habe Ihnen die aktuelle Liste doch erst geschickt«, dröhnte die befehlsgewohnte Stimme einer jahrelang in der Personalabteilung gedienten Sekretärin aus den Computerlautsprechern zurück.

»Tut mir leid, aber die hier hat das Datum vom Juni.«

»Da gibt's doch längst 'ne neue. Wie war noch mal das Kennzeichen?«

Schwarte wiederholte.

»Fabian Schorke, 8672. Kein Wunder, dass Sie ihn nicht auf der alten Liste haben, er ist erst letzten Monat gekommen.«

»Danke, kein Problem. Ich trage es handschriftlich nach, bis ich die neue habe.«

»Ich schicke Sie Ihnen gleich.«

»Danke, das ist sehr nett von Ihnen, tschüss.«

»Was war denn das jetzt?« Röder wunderte sich, dass er nicht Herr seiner Stimme war.

»Es geht los!« Schwartes Verhalten entsprach wieder nicht der Dumpfbacke, als die er sich üblicherweise ausgab. Er grinste. »Gut geschlafen? Du weißt, dass du dich nicht auf Dauer so wegbeamen kannst. Du hast doch Kinder, oder?« Röder wollte sofort aggressiv reagieren, aber die nüchterne, sanfte Art, der freundliche Blick ließen ihn im Ansatz verstummen. »Setz dich daher und hör zu, ich erkläre es dir gleich.«

Schwarte ließ seine Finger virtuos über die Tastatur gleiten. Er deutete auf ein offenes Fenster mit schwarzem Hintergrund, in dem kryptische Zeilen wie auf einer Filmrolle nach oben liefen. »Das ist ein Skript, das eine Verbindung über verschiedene Vermittlungsstellen im Osten aufbaut. Ungarn, Ukraine, Weißrussland. Der Anruf lässt sich so nicht zurückverfolgen, weil jede Verbindung mit einer zufälligen Kennung zustande kommt. Außerdem kann ich so dem angerufenen Telefon jede beliebige Nummer vorgaukeln, die ich einprogrammiert habe. In Deutschland und anderen europäischen Ländern ist das nicht möglich, weil man die Nummer nicht vortäuschen kann. Die Nummer ist von der Vermittlungsstelle festgelegt. Die Länder im Osten haben zum Teil noch uralte Systeme, die davor nicht geschützt sind.«

»Badische Metallgesellschaft, Sekretariat Dr. Rosche, mein Name ist Tanja Unstett. Was kann ich für Sie tun?«

»Walter Kaiser, von der Kreditanstalt für Wiederaufbau aus Frankfurt, ich möchte gerne Dr. Rosche sprechen.«

»In welcher Angelegenheit bitte?«

»Nun, die Metallgesellschaft unterstützt, soweit ich weiß, einige Infrastrukturprojekte in Afrika. Einer unserer Partner in Ruanda für das dortige Mobilfunknetz ist abgesprungen, und wir brauchen schnellstens kompetente Unterstützung.«

»Dr. Rosche ist nicht da, ich kann Sie mit der zuständigen Fachabteilung verbinden.«

»Die Sache ist politisch nicht ganz einfach, ich muss darauf bestehen, erst mit Dr. Rosche zu sprechen.«

»Tut mir leid, Dr. Rosche kommt erst morgen wieder. Ich kann aber versuchen, ihn zu erreichen, damit er Sie zurückruft.«

»Das ist nett, aber ich gehe noch heute auf eine Dienstreise und bin erst am Montag wieder im Büro. Ich möchte es lieber noch mal am Montag probieren. Ist das in Ordnung?«

»Selbstverständlich.«

Schwarte beendete das Gespräch mit ein paar Tastaturbefehlen.

Röder blickte verständnislos.

»Gehen wir was essen? Jetzt heißt es abwarten.«

Röder blickte auf die Uhr: kurz vor zwei. Er hatte den ganzen

Vormittag verschlafen. Der Brechreiz stellte sich wieder ein, besonders bei der Aussicht auf einen Brunch nach der Art von Schwarte.

»Wir gehen zu Fuß, die frische Luft wird dir guttun. Außerdem haben wir bis heute Abend Zeit. Zu McDonald's sind es so etwa sechs Kilometer. Das wird ein schöner Spaziergang bei dem Wetter durch die Weinberge.«

Röder würgte, aber das mit der frischen Luft war ein guter Vorschlag.

Den ganzen Weg über trottete Röder neben einem erstaunlich gut gelaunten Schwarte her. Das Handy hatte er ausgeschaltet, nachdem es laufend geklingelt hatte.

»Du solltest abnehmen«, meinte Schwarte gefühlvoll, er schien zu ahnen, dass es Manu war, die verzweifelt versuchte ihn zu erreichen.

»Du auch«, grantelte Röder mit Blick auf den mächtigen Wanst seines Partners. »Außerdem kannst du mir das Scheiß-Hintergrundbild wieder rausmachen.«

»Wieso, gefällt's dir nicht? Ich dachte, du bist hetero?«

*

Röder war nach dem Spaziergang entspannt, aber müde. Schwarte hatte aus seinem Leben berichtet. Einserschüler, Abitur, abgebrochenes Informatikstudium. Er hatte im Knast angefangen, Geschichte zu studieren, meinte, dass er in ein bis zwei Jahren einen Abschluss haben könnte. Röder staunte über das differenzierte Wissen von Schwarte und die verschiedenen Welten, in denen er lebte.

Wieder zurück in Hellingers Haus setzte sich Schwarte sofort vor seine Geräte und ließ sie in einer bestimmten Reihenfolge hochfahren. Schließlich setzte er sich das Headset auf und gab eine Nummer in den Computer ein.

»Schorke«, schallte es aus den Computerlautsprechern.

»Ah, Gott sei Dank, dass ich jemanden erreiche. Bin ich mit der IT verbunden?«

»Ja, hier ist die IT«, hallte es leicht arrogant und genervt zurück.

»Mit wem spreche ich?«

»Fabian Schorke vom Helpdesk. Was gibt's?«, röhrte es wenig freundlicher aus den Lautsprechern.

»Hier ist Dr. Rosche, Sie sind meine letzte Rettung.« Schwarte grinste, man konnte durch die Lautsprecher wahrnehmen, wie die Perle der Datenverarbeitung eine Habtachtstellung einnahm. Zumindest blieb Schorke hörbar die Luft weg. Die Prinzipien der Schulung für Service-Mitarbeiter kamen aus den Tiefen des Unterbewusstseins an die Oberfläche.

»Oh, Herr Dr. Rosche, was kann ich für Sie tun?«, stammelte Schwartes Opfer.

»Herr Schorke, ich habe ein echtes Problem. Ich sitze hier am Starnberger See und komme an meine Daten nicht ran. Mein Notebook startet nicht mehr, und ich habe morgen früh eine wichtige Präsentation, in die ich jetzt noch Änderungen einarbeiten muss. Es geht um ein dickes Ding, so viel kann ich Ihnen sagen. Die Sache ist ungeheuer wichtig für unser Unternehmen. Frau Unstett hat mir die Präsentation schon auf mein Freemail-Account geschickt. Aber ich sitze hier im Hotel vor dem Internet-Terminal und kann diese verdammte Datei nicht öffnen, es kommt immer wieder eine Fehlermeldung. Kann ich Ihnen die Datei schicken, und Sie versuchen mal, ob Sie sie öffnen können?«

»Aber klar doch, sehr gerne! Schicken Sie es mir gleich an meine Firmenadressse: Fabian.Schorke@Badische-Metallgesellschaft.de. Ich müsste es gleich bekommen.«

Schwartes Augen wurden zu Schlitzen, er tippte Kommandos. Ein dämonisches Lächeln umspielte seine Lippen.

»Ich habe es gerade losgeschickt. Haben Sie's schon erhalten?«

»Nein, das kann einen Moment dauern«, brillierte der Computerknecht mit seinem Wissen.

Schwarte schwafelte weiter. »Ach so. Wissen Sie, wenn ich die Datei habe, dann kann ich sie mir auf meinen USB-Stick laden. Ein Notebook kann ich mir hier im Hotel leihen.«

»Jetzt ist sie da. Aha, das ist eine selbst entpackende Zip-Datei. Mal sehen.«

Ein Augenblick verging mit Schweigen, während Schwarte seine diabolische Maske wahrte. Triumph spiegelte sich in seinem Gesicht, als der arme Wicht antwortete und gleichzeitig auf Schwartes Bildschirm ein Rechnersymbol grün aufleuchtete. In einem anderen Fenster lief ein Protokoll.

»Oh, ich bekomme auch eine Fehlermeldung, die Datei ist wohl korrupt. Das kommt beim Packen oder beim Mailen schon hin und wieder vor. Ich kann aber mal probieren, ob ich sie reparieren kann.«

»Dauert das lange?«, fragte Rosche, alias Schwarte, alias Kimi Müller. Erst jetzt fiel Röder auf, dass Schwarte tatsächlich die Stimme von Rosche recht gut imitierte. Woher kannte der Hacker Rosche?

»Ja, das kann ein bisschen dauern.«

»Bemühen Sie sich nicht, ich habe die Datei auch noch auf meinem PC im Büro. Können Sie nicht schnell mal hochgehen und die Datei suchen und mir schicken?«

»Das wird nicht notwendig sein, Herr Dr. Rosche.«

»Wieso nicht, das ist doch nicht zu viel verlangt?«, motzte es vom anderen Ende.

»Nein, nein«, antwortete das armselige Computerwürstchen schnell, »so habe ich das nicht gemeint. Ich kann auf Ihren Rechner von hier aus zugreifen. Ich muss nur ein sogenanntes Wake-up-Signal schicken und mich mit Ihrer Erlaubnis aufschalten, dann kann ich Ihren Rechner von hier aus bedienen.«

Schwarte simulierte Erleichterung. »Ach so. Ja, natürlich, das ist die Lösung. Also los.«

»Moment, ich muss erst mal die IP-Adresse Ihres Rechners aus der Inventarliste suchen.« Schwarte war im siebten Himmel, das sagte jedenfalls sein Gesichtsausdruck.

»So, jetzt schalte ich mich bei Ihnen im Büro auf.«

Schwarte sagte nichts, starrte angestrengt auf seinen Schirm, ein weiteres Rechnersymbol blinkte grün auf. Schwarte ballte ruckartig die Faust und machte eine Siegergeste, Schweiß lief ihm von der Stirn. Sein Frohlocken war stumm.

»Wie soll denn die Datei heißen?«, dröhnte es aus den Lautsprechern.

»Angebot-Starnberg.ppt«, Schwartes Finger flitzten lautlos über die Tastatur, weitere Fenster öffneten sich, Protokolle rasten. Auf einer Verbindung zwischen den beiden grünen Rechnern bahnte sich ein Pfropfen seinen Weg. Hacker schienen viel Zeit und besonderen Humor zu haben, um solche grafischen Gimmicks einprogrammieren zu können. Als der Pfropfen beim zuletzt grün markierten Rechner angekommen war, sprang ein Wurm aus der Leitung und kicherte hämisch, aber lautlos. Ein rotes Fenster ging auf, in das Schwarte sofort wie wild irgendwelche unverständlichen Befehle reinhaute. Sein Schweiß tropfte mittlerweile auf die Tastatur. Röder konnte nur noch sehen, wie der Oberhacker eine Datei namens Angebot-irgendwas kopierte.

Kurz darauf meldete sich der selbsternannte IT-Profi: »Ah, hier ist sie. Ich schicke Sie Ihnen auf Ihre Freemail-Adresse.«

»Mensch, Herr Schorke, das werde ich Ihnen nie vergessen. Sie haben soeben der Firma und mir einen unschätzbaren Dienst erwiesen. Passen Sie auf, wenn ich wieder im Büro bin, wird Sie meine Sekretärin anrufen und einen Termin mit Ihnen ausmachen, damit ich Sie kennenlernen kann. Das kann aber ein bisschen dauern, weil ich die nächsten Tage ständig unterwegs bin. Nochmals meinen ganz herzlichen Dank.«

»Aber das habe ich doch gerne gemacht. Kann ich sonst noch etwas für Sie tun?«

»Nein, nein«, Schwarte lachte entspannt, »für heute nicht. Mann, fällt mir ein Stein vom Herzen. Auf Wiederhören, Herr Schorke, bis bald.«

»Auf Wiederhören, Herr Dr. Rosche, stets zu Ihren Diensten.«

Schwarte hieb mit einem finalen Schlag auf die Tastatur ein, gab einen jubelnden Laut von sich, sprang behände vom Stuhl, wobei sein dicker Hintern zwischen den Armlehnen klemmen blieb, bis er sich löste und zu Boden krachte.

Röder verstand nicht viel, und er machte ein entsprechendes Gesicht.

»Hey, das war so easy wie schon lang nicht mehr.« Schwarte lachte, jubelte, jauchzte.

»Wäre nicht schlecht, wenn du mir kurz erklären könntest, was hier abgeht.«

Schwarte konnte vor lauter Lachen kaum sprechen. »Klar doch, das war so supereinfach. Ich habe soeben auf den Rechner von Rosche einen Trojaner installiert, der einen Keylogger eingebaut hat und mir ab sofort alle Aktivitäten von dem Rechner schickt.«

»Ki-was?«

»Ein Keylogger. Das ist ein verstecktes Programm, das alle Benutzeraktivitäten mitschneidet. Ich habe das mittels eines Wurms bei ihm eingeschleust. Wir wissen jetzt immer, was der Herr Doktor so an seinem Computer macht.« Er beruhigte sich ein bisschen.

»Kann man das so einfach?«, fragte Röder skeptisch.

»Siehst du doch! Weißt du, ein Angriff von innen ist viel einfacher als einer von außen. Von außen musst du hunderte von Sicherheitsmaßnahmen überwinden. Das geht schon, aber braucht seine Zeit, und man kann schnell auffliegen. Deshalb habe ich es mit Social Engineering gemacht. Ich habe den Depp übertölpelt. Habe ihn dazu gebracht, eine Datei auf seinem Rechner auszuführen und somit für mich den Angriff von innen heraus zu starten, das fällt nicht auf.«

»Findet der Virenscanner solche Sachen nicht?« Röder kannte die Funktion einer Anti-Virensoftware von seinem PC zu Hause und erinnerte sich an die geduldigen Erläuterungen seiner Töchter.

Schwarte schnaubte verächtlich. »Ein Virenscanner findet nur das, was er kennt. Also solche Viren, Würmer und was weiß ich was, die zu Tausenden in den Anti-Viren-Labors stranden. Wenn ich aber ein Unikat baue, das ich nur zu einem bestimmten Zweck brauche, nämlich um dich auszuspionieren, der sich auch nicht verbreitet, wer soll den dann finden?« Schwarte grinste zufrieden. »Es gibt schon Möglichkeiten, so was zu finden, aber dazu müssen die Administratoren auf Zack sein. Erfahrungsgemäß dauert das auch bei guten Firmen Wochen, bis die was merken. Andere finden nie was. Man sollte aber schon ein paar Vorkehrungen treffen, dass der Verkehr von dem Zielrechner nicht zu auffällig wird. Das habe ich gemacht, und ich kann per Fernsteuerung den Trojaner, so nennt man so ein Teil, jederzeit wieder vom Rechner löschen.«

»Das heißt also wieder warten. Warten, bis Rosche was Verdächtiges am Computer macht«, bremste Röder die Stimmung. Schwarte nickte nur.

»Wie hast du gewusst, dass der Golffahrer in der EDV arbeitet und neu ist?«

Schwarte lachte. »Der hockt bis abends halb acht im Büro, hat fettige Haare, brennt vor Ehrgeiz, fährt so eine bestimmte Art Auto, das er noch nicht umgemeldet hat, kommt frisch vom Studium. Ich erkenne solche Typen auf Meilen.«

Röder musste lachen, als sein Handy klingelte. Der Vibrationsalarm ließ das Ding zur Tischkante laufen, die Brüste des Hintergrundbildes wackelten. Diesmal ging er ran, es war Steiner.

»Ben? Deine Frau sucht dich verzweifelt. Sie sagt, ihr hattet Krach und du wärst verschwunden. Sie wusste von deinen Problemen bei der Arbeit nicht viel und dass du beurlaubt bist.«

»An den Problemen bist du nicht ganz unschuldig.«

»Ach Ben, hör auf. Du bist befangen und nicht nur ein bisschen. Du bist der beste Freund eines Mordverdächtigen, bumst mit der Tochter vom Mordopfer, mischst uns Bullen auf, gibst dich selbst als einer aus. Was soll ich denn davon halten? Wenn das nicht Befangenheit ist, was dann? Was sollte ich denn deiner Meinung nach tun? Ich habe einen Fall zu lösen, und im Gegensatz zu dir habe ich Abstand zu den Beteiligten. Es war das Beste so. Niemand kann dir einen Vorwurf daraus machen, dass dein Jugendfreund jemanden abgemurkst hat, und das mit der Tussi weiß nur ich. Aber du scheinst sowieso im Moment durchgeknallt zu sein, wenn ich deine Frau so höre.«

»Lass Manu aus dem Spiel.«

»Tu ich ja, ruf sie einfach an.«

Röder erwiderte nichts.

»Und noch was, deVries aus Mannheim hat mich schon wieder angerufen, du sollst dich bei ihm melden. Ich habe ihm erzählt, was los ist, dass du beurlaubt bist. Dann sagte er mir, was du von ihm wissen wolltest.«

»Und?« Röder war nicht mehr ernsthaft interessiert.

»Weidmann hat sich in Mannheim im Blue Club immer wieder mit einer Schwuchtel getroffen. Genauso ein Fettsack wie er, die beiden galten als Paar. Sie trieben es am liebsten im Pool, Walpaarung und so wird gelästert. Der Freund soll irgendwelche krummen Dinger gedreht haben, war im Knast, munkelt man. Soll irgendein Computerexperte aus Frankfurt sein …«

Röder unterbrach das Gespräch abrupt und feuerte das Handy ins Eck. Splitter spritzten über den Boden. Das Problem mit der Beseitigung des Hintergrundbildes war jetzt ohne Bedienungsanleitung gelöst. Wütend wandte er sich Schwarte zu, griff ihm mit der rechten Hand an die Kehle und drückte ihn an die Wand, was nicht einfach war. Aber die Wut verlieh ihm ungewöhnliche Kräfte. Schwarte unterließ jede Gegenwehr, blieb erstaunlich ruhig, seine Hose rutschte die dicke Wampe runter. »Was ist denn in dich gefahren?«

»Weidmann war dein Freund, du schwule Sau«, zischte Röder leise und gefährlich.

»Ja, ja, natürlich, das stimmt. Wo ist das Problem?«

»Das Problem ist, dass du mich verarscht hast, ihr alle habt mich verarscht. Achim sagte, du handelst für ihn und ihr würdet euch kennen, das ist doch alles Quatsch.«

»Lass mich los, und ich erkläre dir alles.«

Röder war stattdessen drauf und dran, fester zuzudrücken oder Schwarte wenigstens das Knie in den Unterleib zu rammen, aber sein Verstand setzte langsam wieder ein. Er ließ los und fing an zu zittern. Schwarte nahm mit Bedacht seinen Platz vor dem Computer wieder ein und seufzte wie ein Walross.

»Jürgen war mein Freund, wir kannten uns seit Jahren.« Tränen rannen über seine Backen. Diese unvermutete Äußerung von Gefühlen beschämte Röder wegen seines gewalttätigen Ausfalls. Er hatte kein Recht, dem anderen so zuzusetzen. Schwarte war während Röders Angriff cool geblieben, aber nun weinte er.

Röder besorgte ein Glas Wasser, das Schwarte dankbar entgegennahm. »Du trinkst ja keinen Alkohol, sonst hätte ich dir was Stärkeres besorgt.« Der Scherz gelang ihm nicht besonders gut. »Wie lange warst du mit Weidmann zusammen?«

»Vier Jahre. Du musst mir glauben, ich habe mit den Morden

nichts zu tun. Ich habe nur erfahren, dass Jürgen umgebracht wurde und dass es der Winzer war.«

»Und das hast du nicht geglaubt.«

»Nein, das habe ich nicht geglaubt. Das heißt, anfangs schon. Ich habe gedacht, den lege ich um. Ich kenne den Knast und weiß, welche Fäden man ziehen muß.«

»Red keinen Quatsch.«

»Ich merke schon, du hast keine Ahnung. Der Knast ist nicht das Ende aller Kommunikation. Im Internet gibt es Chats nur für Knackis.«

»Was erzählst du denn für einen Mist?«

Schwarte lächelte nachsichtig. »Das ist die Wahrheit. Es gibt so viele Lücken, Anwälte, korrupte Aufseher, Internet, Handys, Blackberry, Minifunkgeräte. Das ist nur der Standard. Ich habe gute Beziehungen zu einem Netzwerk von Knackis in nahezu jedem Knast in Deutschland. Kassiber gibt's praktisch nicht mehr. Vergiss nicht, ich habe selbst gesessen, und ich habe geholfen, das System zu verbessern und auszubauen. Viele Leute schulden mir einen Gefallen.«

Röder spürte, dass an der Geschichte was dran war, Schwarte war zweifellos ein Experte. »Warum glaubst du nicht, dass es Achim war?«

»Ich kenne Jürgen seit vier Jahren, und er steckte in Problemen. Außerdem habe ich Achim besucht.«

»Besucht? Wo? Im Knast?«

»Klar, wo denn sonst?«

»Da kommst du nicht so leicht rein, wenn du kein Angehöriger bist.«

Schwarte blickte mitleidig. »Aber als bestellter Anwalt.«

»Achim will keinen Anwalt, man wird ihm einen Pflichtverteidiger stellen.«

»Ich habe mit ihm Kontakt aufgenommen, über das Netzwerk. Er musste akzeptieren, und ich bin als sein Anwalt reinmarschiert.«

»Du hast doch gar keine Zulassung oder sonst was.«

»Ein Anzug, eine Aktentasche und ein paar täuschend echt aussehende Papiere reichen«, antwortete Schwarte grinsend.

Röder schnaubte, aber er hatte Schwartes Verwandlungskünste bei der Hackerei kurz vorher erlebt. Er hatte das Zeug zum Star in einer Travestieshow.

»Mir war schnell klar, dass es Achim nicht gewesen sein konnte, und wir beschlossen, nach Beweisen gegen Rosche zu suchen.«

Röder wurde wieder wütend. »Was habe ich denn damit zu tun? Du hättest doch den Job bequem von Frankfurt aus deiner Sozialwohnung erledigen können. Warum habt ihr mich da reingeritten?«

Schwarte blickte ihn lange an, bevor er antwortete. »Nein, das ging nicht. Du warst selbst dabei, als ich den Pförtner ausgequetscht hatte. Ich brauchte einen Fahrer, eine Unterkunft in der Nähe und einen Partner, der die Umgebung kennt.« Er hielt kurz inne. »Aber viel wichtiger ist, dass Achim einen Freund brauchte, einen echten. Und er braucht ihn immer noch.«

Röder wusste nicht, was er sagen sollte. »Die Idee war, wenn du von Achims Unschuld überzeugt bist, dann wirst du es schon irgendwie deichseln, dass die Bullen den richtigen Täter finden: Rosche. Du weißt selbst, dass das, was wir hier machen, ungesetzlich ist und vor Gericht nicht verwendet werden kann. Wenn sich aber Anhaltspunkte ergeben, die du in die richtigen Bahnen lenken kannst, dann klappt's.«

»Ich bin aber jetzt komplett raus aus dem Geschäft, man hat mich beurlaubt«, entgegnete Röder heftig.

»Ich weiß, das war nicht geplant.«

»Nicht geplant, nicht geplant. Du bist vielleicht ein Herzchen.« Die Wut stieg weiter in Röder hoch.

»Außerdem hast du dich mit deiner Frau verkracht und die Kleine gefickt.«

»Woher weißt du das?«

Schwarte deutete auf ein Gerät auf dem Tisch. »Das ist ein Nachbau eines IMSI-Catchers, wie ihn die Verfassungsbehörden benutzen. Du hast vorhin mit dem Bullen gesprochen, und außerdem sprichst du im Schlaf.«

Röder sank in den Sessel zurück. »Und jetzt?«

»Wir gehen was essen und warten.«

»Wie lange wird es dauern?«

Schwarte zuckte mit den Schultern.

Während der Fahrt erzählte Schwarte, wie er Weidmann kennengelernt hatte. Vor ungefähr vier Jahren hatte Weidmann sein Coming-out gehabt, und kurz darauf lernte er Schwarte kennen. Weidmann erklärte Schwarte, dass er bisher nur an seine Karriere gedacht hatte, bis seine Welt um ihn herum zusammenbrach. Der Druck, die Scheinwelt, Probleme in der Bank und dann die Erpressung. Schwarte konnte nicht sagen, worum es genau ging, das hatte Weidmann nie erwähnt. Ein Druckmittel gegen Weidmann waren seine homosexuellen Neigungen, aber durch sein Bekenntnis nahm er seinen Feinden den Wind aus den Segeln. Er entschied sich dafür, endlich so zu leben, wie er es schon immer wollte. Daraufhin gingen aber seine Karriere und sein gesellschaftliches Ansehen den Bach runter. Schwarte wusste nur noch, dass Weidmann wohl tief in korrupten Machenschaften steckte und sich nicht zur Polizei traute. Wegen der Homosexualität war er aber nicht mehr zu erpressen.

»So, jetzt hast du mich genug ausgequetscht. Wahrscheinlich meinst du auch noch, dass ich für Jürgen einen Umschlag im Wald vergraben habe. Das sieht man doch immer in den Krimis, stimmt's?«

Röder entging der gewisse Anflug von Ernst in den letzten Worten seines neuen Freundes nicht.

»Kimi, wenn du noch was weißt, dann musst du es mir sagen. Hier geht es um Mord. Um Mord an deinem Freund.« Röder biss sich auf die Lippen. Daran hätte er den Hacker nicht erinnern dürfen. Psychologisch gesehen kein Wunder, wenn er jetzt abschaltete.

»Du glaubst wirklich, dass ich mehr weiß?«

»Vielleicht.«

»Wenn ich was wüsste, dann müsste man mich umbringen, denn alles was ich weiß, ist zu viel.« Wieder dieser Ernst im Unterton, trotz der unbeschwerten Fassade. »Maulhalten wäre meine Lebensversicherung.«

Röder schwieg.

Der Rest des Abends verging auf die übliche Weise. Fahrt mit dem klapprigen Auto zum Schnellrestaurant, tütenweise fettiges

Junkfood, kurzer Stopp an der Tanke. Die einzige Besonderheit war, dass Schwarte ihm die Flasche nach der Hälfte entriss und ihn auf die Couch bugsierte.

»Morgen rufst du deine Frau an, oder noch besser, du fährst zu ihr.«

FÜNFZEHN

Freitagmorgen, es war noch nicht sieben Uhr. Röder lag immer noch auf der Couch in Hellingers Arbeitszimmer. Der Tag kündigte sich im Osten, über dem Odenwald, an. Der Blick aus dem Panoramafenster war wunderschön. Die Weinberge unterhalb der Terrasse gehörten Hellinger. Die Rebstöcke bogen sich unter der Last der Trauben. Es war höchste Zeit, die Ernte einiger Sorten einzufahren.

»Ben, wach auf, er ist im Büro.«

Röder war sofort hellwach. »Was macht er?«

»Kann ich noch nicht sagen, das muss ich noch analysieren. Es sieht so aus, als hätte er sich angemeldet und würde seine E-Mails abrufen. So wie man es eben morgens macht, wenn man ins Büro kommt.«

»Wahrscheinlich schlürft er einen Kaffee und fummelt der Sekretärin unterm Rock rum.«

Schwarte lächelte. »Weiß nicht, ob ich das aus den Protokollen statistisch analysieren kann.« Seine Finger flitzten über die Tastatur. »Ja, er macht E-Mail.« Auf dem Schirm öffneten sich Fenster, die die typischen Kennzeichen und Inhalte von E-Mails aufwiesen. »Hmh. Hundertdreiundzwanzig ungelesene Mails, sieht aber alles uninteressant aus.« Schwarte zeigte Röder die Liste. Informationen zu laufenden Projekten, Probleme, Termine, Einladungen, Telefonnotizen, unter anderem eine mit dem Vermerk »Anruf von KfW«. Eine Rückrufnummer war angegeben.

»Wie konnten die die Nummer kriegen, die hast du der Sekretärin doch gar nicht genannt?«

»Die hat sie als gewissenhafte Sekretärin vom Telefondisplay abgeschrieben. Aber keine Angst. Vorwahl und Anschluss sind echt. Nur die Nebenstelle gibt's nicht. Die Tussi könnte die Nummer ja falsch abgeschrieben haben, und außerdem ruft Herr Kaiser doch am Montag noch mal an.«

»Die Nummer ist im Telefon gespeichert, er könnte das prüfen und auch die KfW anrufen und nach Herrn Kaiser fragen.« Röder hatte ein mulmiges Gefühl. Er hatte wieder eine blitzartige Eingebung, er war für einen Augenblick Rosche, konnte das Büro sehen, den Computer, selbst den Stoff des Anzugs, den Rosche trug, sah er, wenn er auf seinen eigenen schmutzigen Ärmel blickte. Trotz aller Sicherheitsvorkehrungen spürte er, wie Rosches Instinkt die Spionage witterte. Er bekam eine Gänsehaut.

»Was ist mit dir, bist du okay?«

»Alles klar, ich sollte mit dem Saufen aufhören.«

Schwarte nickte. »Warum sollte er misstrauisch werden? Erfahrungsgemäß lassen es die Leute dabei bewenden, ich habe die üblichen Vorkehrungen getroffen. Der vergisst die Sache, wenn sich niemand mehr meldet.«

»Rosche ist nicht irgendjemand«, keuchte Röder.

Schwarte wühlte weiter in den Daten. »Ah, das ist interessant!«

»Was denn?«

»Er ist ins Internet gegangen und checkt dort eine Mailbox, und zwar den Ordner mit den Drafts, also den angefangenen, aber nicht abgeschickten E-Mails.«

»Na und, an wen will er es schicken?«

»An niemanden. Solche Mailboxen teilen sich normalerweise Kriminelle und Terroristen. Jedenfalls Leute, die nicht wollen, dass ihre Mails durch die Welt gehen.« Er blickte zu Röder hinüber. »Du verstehst nur Bahnhof, was? Wenn ich eine E-Mail verschicke, dann muss ich damit rechnen, dass irgendjemand die E-Mail mitliest, während sie über irgendwelche Netzwerkknoten saust. Das passiert ständig. Die Geheimdienste sind mittlerweile darauf spezialisiert, und bei Hackern gehört's zur Grundausbildung. Die Kriminellen wissen das natürlich und richten einfach eine Mailbox bei einem x-beliebigen E-Mail-Anbieter ein und geben die Zugangsdaten an ihre Komplizen weiter. So kann man miteinander kommunizieren, ohne E-Mails zu verschicken. Ist quasi eine Art Chat. Will man das abhören, dann muss man schon wissen, bei welchem Anbieter die Mailbox ist. Das kommt nicht so schnell raus.«

Röder hatte wieder eine Lektion erhalten.

»Unser Herr Doktor hat jedenfalls was zu verbergen. Der ist nicht unclever, das muss ich sagen, der kennt sich aus.« Schwarte stieß einen Pfiff aus. »Hey, der nutzt das wohl für seine Stelldicheins. Das klingt nach einer sitzen gelassenen Lady!«

»Was schreibt er?«

»Er schreibt gar nichts, aber er hat eine Nachricht gelesen: ›Muss dich dringend sprechen. Ich bin total verzweifelt. Äußeres Tor, 20 Uhr. Bitte komm!‹ Wow, der Herzensbrecher!« Schwarte kringelte sich vor Lachen. »Das sind wohl nicht die dunklen Waffenschieber, die wir suchen.«

Röder war nicht zum Lachen zumute. Die Mail passte zu einer ganz bestimmten Frau. Konnte das sein? Er starrte noch auf den Bildschirm. Schwarte klopfte ihm auf die Schultern. »Komm, wir gehen was essen.« Er stemmte sich dabei mit beiden Händen an den Armlehnen ab, auch er hatte dazugelernt.

»Solltest du nicht hierbleiben und deine Kisten im Auge behalten?«

»Ey, ich habe die Nacht durchgemacht und brauche jetzt eine Pause und was zu essen. Außerdem musst du fahren.«

»Ich kann allein was holen, sag mir, was du willst.«

Schwarte seufzte. »Du meinst wohl, wir Hacker sitzen den ganzen Tag nur vor unseren Bildschirmen. Es gibt Studien, die aussagen, dass Hacker äußerst gesellige Menschen sind. Ich sitze nur ausnahmsweise ohne Unterbrechung vor der Röhre. Pass auf, ich hole das Auto, und du wäschst dich mal und putzt dir die Zähne. So nehme ich dich nicht mit zu einem gepflegten Frühstück.«

Röder fügte sich und überlegte im Bad, welche Zahnbürste wohl die von Achim war. Die von Katrin wollte er keinesfalls verseuchen, wenn sie ihre überhaupt dagelassen hatte. Ob sie mittlerweile wusste, was mit ihrem Mann passiert war? Röder traf seine Wahl, als er den lauten, dumpfen Knall eines Flugzeuges hörte, das die Schallmauer durchbrach. Das dachte er jedenfalls, bis er wenige Minuten später den Aufruhr auf der Straße wahrnahm.

*

An den letzten Tagen hatten sie das Auto auf einem Wirtschaftsweg in den Weinbergen geparkt. Das war um diese Jahreszeit nichts Besonderes. Dort standen viele Fahrzeuge der polnischen und russischen Erntehelfer, die zum Teil sogar in ihren Karren übernachteten, um Geld zu sparen. Röder sah den Rauch, konnte ihn schon riechen. Er rannte los.

Der rote Golf brannte, die Scheiben und unzählige Plastikteile lagen in kleinen Splittern rund um den Ort der Explosion. Auf der Fahrerseite klaffte ein Loch, es stank nach verbranntem Fleisch. Windstöße ließen die Flammen immer wieder brüllen und gaben unbarmherzige Blicke in das Fahrzeuginnere frei. Schwarte, oder vielmehr seine Reste, lagen grotesk verbogen quer über dem Beifahrersitz und der Rückbank, der Fahrersitz war weg. Sein Körper war schwarz und schon deutlich geschrumpft. Röder kotzte und stolperte in den Graben neben den Rebenreihen. Von der nahen Straße kam ein Autofahrer mit einem Minifeuerlöscher gerannt. Der Inhalt verpuffte wie der berühmte Tropfen auf dem heißen Stein, von irgendwoher gellten Martinshörner.

Röder sah in Trance, wie die Männer in den feuerfesten Anzügen und den gelben Helmen mit Schaumlöschern das Auto füllten. Zwei Polizisten liefen in der immer größer werdenden Menge umher, stellten Fragen und hielten die Meute auf Distanz. Die Verstärkung ließ nicht lang auf sich warten und begann mit Markierungsbändern den Tatort großräumig einzugrenzen, während die Sankt-Florians-Jünger schon wieder ihr Gerät einpackten.

Plötzlich stand Steiner neben ihm. Es war zwar schon fast eine Stunde nach der Explosion vergangen, aber Röder erlebte das alles wie in einem Film, der im Schnelldurchgang vorbeisauste.

»Dein Freund?«

Röder schüttelte zuerst zaghaft den Kopf, dann nickte er heftig: »Ja, mein Freund.«

Steiner zog ihn in seinen Dienstwagen, platzierte ihn auf dem Beifahrersitz, reichte ihm eine Zigarette. Röder griff sie mit zitternden Händen. Sie fiel ihm in den Schoß. Steiner fuchtelte mit dem Feuerzeug rum, um Röders Zittern auszugleichen, schließlich brannte sie. Röder hustete, er hatte seit Jahren nicht mehr geraucht.

»Du hast einen Schock, du brauchst jetzt nicht zu reden. Soll ich einen Arzt holen?«

Röder schüttelte erneut den Kopf, kaum verständlich krächzte er: »Kurt Müller, genannt Kimi. Er war Weidmanns Freund. Außerdem hochintelligent und ein begnadeter Hacker.«

Steiner pfiff durch die Zähne, und Röder begann zu erzählen, wie sie das Vorstandsmitglied der Badischen Metallgesellschaft ausspioniert hatten.

»Rosche?«, fragte Steiner ungläubig. »Du hast keine Beweise und wirst sie jetzt auch nicht mehr kriegen. Ben, ich weiß, dass du Probleme hast und beurlaubt bist. Was ihr da gemacht habt, ist vollkommen ungesetzlich. Ich weiß nicht, ob ich dich da raushalten kann. Nicht nur ich werde bald wissen, dass du in den letzten zwei Tagen mit Kurt Müller zusammen im Haus des Hauptverdächtigen warst. Außerdem bist du ein wichtiger Zeuge. Du bist zwar im Urlaub, aber du wirst ziemlich sicher noch mehr Ärger mit deinem Job bekommen. Das ist dir doch klar?«

Röder nickte, es war ihm eigentlich egal.

»Ich bring dich jetzt nach Hause. Manu wartet.«

Röder rührte sich nicht, wehrte sich aber auch nicht. Steiner fuhr los.

»Was für ein Motiv sollte denn Rosche haben?«

Röder zuckte wieder mit den Schultern, das war ihm jetzt ebenfalls scheißegal.

»Du bist ein brillanter Kopf, aber dieses Mal hast du dich verrannt. Wundert mich nicht, bei dem, was du an der Backe hast.«

Röder sagte kein Wort, auch nicht als er vor seinem Haus langsam ausstieg. Er verabschiedete sich nicht einmal von seinem Freund, der ihm noch hinterherrief: »Schlaf drüber, irgendwie wird's schon wieder. Ich helfe dir, wo ich kann. Ruf an.«

Manu kam das Treppenhaus runtergestürmt. Die Tür zur Wohnung seiner Mutter blieb zum Glück geschlossen. Manu umarmte ihn, küsste ihn, seine Arme waren schlaff.

»Ben, Ben, wo warst du? Ich habe mir solche Sorgen gemacht.«

»Manu, ich muss dir was sagen.«

»Ist schon gut, komm erst mal rauf. Ich bin ja so froh, dass du wieder da bist. Ich liebe dich!«

Tränen schossen ihm aus den Augen, und alle Dämme brachen. Er umarmte sie heftig, und erst viel später nahm er die drei schmalen Gesichter seiner Töchter wahr, die im Treppenhaus erleichtert um die Ecke lugten. Als Röder und Manu sich in Bewegung setzten, huschten sie in die Wohnung zurück, um ihn in einem weiteren Umarmungs- und Tränenritual zu empfangen.

Lange sprach er an diesem Freitagnachmittag mit Manu, nachdem er dem Rat seiner jüngsten Tochter gefolgt war, die ihm dringend eine Dusche und gründliches Zähneputzen empfohlen hatte.

»Manu, ich muss dir was sagen«, setzte er zum wiederholten Male an, nachdem er ihr alle Ereignisse der letzten Tage geschildert hatte, alle, bis auf eines.

»Sag nichts. Ich weiß, du hast gedacht, dass ich etwas mit dem Steinbrenner hatte. Aber du bist ein Esel, und irgendwie freue ich mich über deine Eifersucht. Das zeigt mir, dass dir nach so vielen Jahren immer noch etwas an mir liegt. Ich liebe dich, Ben, und ich habe nie einen anderen geliebt. Ja, ich habe ihn gemocht und bewundert, aber eher wie einen Vater, den ich nie richtig hatte. Du weißt doch, ich war dreizehn, als Papa starb, und irgendwie erinnerte mich Steinbrenner an ihn. Ihr Männer müsst immer gleich an Sex denken. Dass eine Frau auch noch andere Gefühle außerhalb des Kleinhirns entwickeln kann, das blickt ihr einfach nicht. Ihr seid schwanzgesteuert, das unterscheidet uns eben von euch.«

Röder setzte noch einmal an, aber er verstummte, als er in die verliebten Augen seiner Frau blickte. Er liebte Manu, daran hatte er nie auch nur eine Minute gezweifelt, und er wusste auch, dass er einen riesigen Mist gebaut hatte. Mit schlechtem Gewissen, aber doch erleichtert, schlief er erschöpft auf der Wohnzimmercouch ein.

*

Es war kurz nach acht Uhr abends, als Manu ihn energisch schüttelte. Röder meinte im Halbschlaf, eine solche Situation erst vor kurzem erlebt zu haben.

»Ich wecke dich nur ungern, aber ich habe gerade ein paar Überweisungen am Computer gemacht und war auch noch in unserer Mailbox. Gerade kam diese Mail an, abgesendet um zwanzig Uhr fünf, von einem Kimi«, setzte sie schluckend hinzu. Sie reichte ihm wortlos den Ausdruck.

»Lieber Ben, wenn du diese E-Mail liest, bin ich vermutlich über den Jordan gegangen – Scheiße, aber so ist es. Als Jürgen mich bat, irgendwelche Dokumente aufzubewahren, da habe ich sie vergraben, wie ich es dir andeutete. Aber nicht irgendwo im Wald, sondern im Internet, wo ich mich besser auskenne als in der freien Natur. Da er dem Notar nicht mehr traute, weil er meinte, er könnte geschmiert sein, habe ich ihm geholfen, das Zeug im Internet zu verstecken, und dafür gesorgt, dass es zur richtigen Zeit veröffentlicht wird, wenn es von ihm oder von mir kein Lebenszeichen mehr gibt. Ich habe ihn also gebeten, das Zeug einzuscannen und ihm meine Art des Vergrabens erklärt. Er war sofort Feuer und Flamme, bat mich aber sicherzustellen, dass das Material nur dann veröffentlicht wird, wenn's der Notar nicht getan hat. Der Zeitpunkt wäre also nach dem Abschluss der Untersuchungen zu seinem Tod gewesen. Ich habe ihm gezeigt, wie man den Kram auf drei schwer zugänglichen Servern verschlüsselt ablegt. (Einer davon ist in Sibirien, die haben erstaunlich stabile Systeme!) Dann habe ich ein Programm geschrieben, das die Dokumente zu einem definierten Zeitpunkt entschlüsselt und an eine bestimmte Gruppe von Empfängern automatisch verschickt, wenn das Programm nicht von Jürgen oder mir ein Lebenszeichen erhält. Ist vom programmtechnischen Aufwand eine einfache Sache. Das Progamm läuft auf den drei Servern und beginnt um zwanzig, einundzwanzig und zweiundzwanzig Uhr zu senden, wenn sie nicht die Anweisung zum Versand an einem anderen Tag erhalten. Wenn alle Systeme wie erwartet laufen, dann sollten die Empfänger die E-Mail dreimal erhalten. Redundanzen sind in der IT einfach alles. Der Code zur Entschlüsselung ist bei einem Trust-Center hinterlegt und kann nur ein einziges Mal verwendet werden, nämlich dann, wenn eine bestimmte Prozedur abläuft, die mein Programm automatisch abspult. Vor Jürgens Tod haben wir einmal die Woche den Proof of Live gegeben, danach habe ich das Programm geändert, ich habe es dann täglich getan, immer so gegen Mittag. Ich kenne den Inhalt der Dokumente nicht, wollte ihn nicht kennen, und Jürgen wollte mich nicht reinreiten. Doch ich kann eins und eins zusammenzählen. Jürgen bat mich, unbedingt die Voraussetzungen zu wahren. Ich schwöre dir aber, wenn wir den Rosche nicht anders kriegen, dann hätte ich schon vorher irgendwann das Lebenszeichen nicht mehr gegeben und die Prozedur in Gang gesetzt. Jürgen mag's mir verzeihen, aber diese Entwicklung konnte er nicht ahnen. Diese E-Mail ist persönlich für dich, und sie kann dich erst erreichen, wenn die anderen E-Mails entschlüsselt und unterwegs sind, weil Jürgen den Empfängerkreis definiert hat und er nicht geändert werden kann, ohne den Prozess zu stören, was zu einer Vernichtung der Dateien führen würde. (Das nennt man einen digitalen Fingerabdruck.) Ich habe ein bisschen getrickst, dass du auch eine Mail erhältst, aber das geht wie gesagt nur, wenn die anderen schon auf dem Weg sind. Das hat sogar den Vorteil, dass ich dir ein paar persönliche Worte schreiben kann. Ich kenne die Adressliste nicht genau, aber ich weiß von Jürgen, dass sie an die Staatsanwaltschaft, an die Presse, an die Kripo, an das BKA, an ein paar LKAs geht, weil er mich um Rat gefragt hat. Ich bin sicher, das gibt ein schönes Feuerchen ...

Ich wünsche dir alles Gute, und ich danke dir für die kurze, aber angenehme Freundschaft. Du hast mich nicht lange wie eine blöde, fette Schwuchtel behandelt.

Zum Abschied sag ich leise Scheiße!

Dein Kimi«

Röder las die E-Mail mehrmals, bis er sie verstand. Tränen, nicht zum ersten Mal an diesem Tag, standen in seinen Augen. Wortlos ließ er Manu stehen und stürmte an den Computer, druckte die Anhänge aus, die er verschlang, so wie sie aus dem Drucker kamen.

Ein Puzzle-Stückchen fehlte allerdings noch. Bilder rasten durch seinen Kopf. Da draußen rannte ein Verrückter rum. Äußeres Tor? Er kannte nur ein äußeres Tor in der Gegend.

»Ben, antworte! Was ist mit dir los?« Manu zog ihn am Ärmel, damit er reagierte.

»Ich muss noch mal weg.«

»Ben, nicht ...«

»Ich muss noch mal weg, verzeih mir, ich komme wieder ...« Er stürmte zur Tür raus, eine entsetzte Manu hinter sich lassend, und rannte die Treppen runter zu seinem alten Mercedes.

Ihm stand alles klar vor Augen. Das Eiserne Tor in Freinsheim war in Wahrheit das Äußere Tor. Im pfälzischen Dialekt wurde aus dem Äußeren Tor schnell das »Eißre Dor«, ein Name, der die Unüberwindbarkeit der Befestigung und seiner Bewohner impliziert und dem angesichts der bekannten Pfälzer Sturheit eine besondere Bedeutung zukam. Konnte die konspirative Quasi-E-Mail vom Morgen diesen Ort meinen? Alle Beteiligten waren Pfälzer und würden die wahre Bedeutung kennen. Er benötigte unter Missachtung aller Tempobeschränkungen keine zehn Minuten nach »Freensem«.

Es war kurz vor neun. Nur wenige Spaziergänger flanierten hier, kein bekanntes Gesicht dabei. Er stoppte hinter dem imposanten Stadttor, vor dem Restaurant mit gleichem Namen und scherte sich nicht darum, dass er den Zufahrtsweg für die Feuerwehr versperrte. Er stürmte ins Restaurant und ignorierte den Gruß des Wirtes, dann sah er sie. Ganz allein saß sie an einem Tisch im Nebenraum und hatte Tür und Theke im Blick. Sie erkannte ihn und wirkte verstört. Röder setzte sich wortlos ihr gegenüber. Sie blickte ihn mit angstgefüllten Augen an.

»Du hast mich ganz schön verarscht«, fuhr er sie rüde an.

»Das stimmt nicht«, stammelte sie.

»Du hast mich benutzt, mit mir geschlafen, im Auftrag deines Liebhabers. Hat er dich dafür bezahlt?«

»Es ist nicht so, wie du glaubst.« Röder fragte sich, wie viel Tränen er heute schon gesehen hatte. Sie liefen ihr hemmungslos übers ungeschminkte Gesicht. »Aber du liebst doch deine Frau, das weißt du, und das weiß ich. Mit Robert habe ich eine Zukunft, er will sich scheiden lassen.«

»Und wenn er der Mörder deines Vaters ist?«, fragte er kalt.

»Du spinnst! Niemals! Er war immer für mich da. Er ist mein väterlicher Freund, schon immer gewesen.«

Sie stand abrupt auf und ging über den Tisch hinweg mit den Fäusten auf ihn los. Er packte sie, versuchte sie zu beruhigen, drückte sie so sanft wie möglich zurück. Die wenigen Gäste und der Wirt blickten argwöhnisch herüber.

»Ich habe Beweise.« Er schob ihr die Papiere zu.

»Behalt den Dreck!«, brüllte sie. Der Wirt setzte sich in Bewegung.

»Ist bei Ihnen alles in Ordnung, junge Frau?« Sie nickte. »Ich muss Sie im Namen der anderen Gäste bitten, Ihre persönlichen Auseinandersetzungen woanders fortzusetzen, oder Sie sprechen ab sofort leiser.« Diese Worte waren auch an Röder gerichtet, dem ein scharfer Blick des Wirtes galt.

»Wir gehen gleich«, sagte Röder.

»Ich bleibe, ich warte auf jemanden«, fügte sie sofort hinzu. Der Wirt nickte und verschwand wieder hinter der Theke.

»Du wartest auf ihn?« Sie nickte. »Ist er nicht schon lange überfällig? Wollte er nicht schon um acht hier sein?«

»Woher weißt du das?« In diesem Moment krachte die Tür in den Angeln, und Rosche kam zielstrebig zu ihrem Tisch herüber. Die Gäste des Restaurants waren gefangen von dem Schauspiel, zwei Männer buhlten um eine Frau, das konnte nicht spannender sein.

»Robert! Da bist du ja endlich.«

Rosche setzte sich, ohne Ellen zu beachten, und fixierte Röder. »Was für ein schönes Paar.«

»Sie sind ein Mörder!«

Rosche grinste diabolisch und zog die Hand unter dem Tisch aus der Hosentasche. »Werden Sie jetzt bloß nicht laut, sonst blase ich unserer kleinen Freundin ein paar zusätzliche Löcher in den Unterleib.«

»Robert!«

»Halt die Klappe, ich meine es ernst.« Er lächelte, als wäre nichts geschehen. Sie erstarrte, konnte sich nicht rühren.

In einem gefährlich sanften Ton sagte Rosche: »Das ist eine Makarov. Von der Präzision her ein echtes Scheißding, aber robust. Nach der Wende habe ich das Teil für zweihundert Mark einem Russen abgekauft, in Ostberlin. Damals konnten Sie an jeder Straßenecke so 'nen Mist kaufen. Mir hat sie einfach gefallen.« Er öffnete kurz die andere Hand, sie enthielt etwas, das aussah wie ein grünes Ei. »Die ist jugoslawisch, zwanzig Euro, von einer Art Flohmarkt aus Mostar. Ihr macht jetzt beide, was ich sage, oder es gibt in dieser Kneipe ein Blutbad.«

»Sie sind verrückt.«

»Meinen Sie? Aber jetzt ist keine Zeit für blöde Diskussionen, gehen wir. Sie zuerst ...«

Röder versuchte die Initiative zu übernehmen. »Wir wissen, warum Sie Weidmann und Steinbrenner umgebracht haben.«

»So, meinen Sie?« Er deutete auf die Papiere. »Meinen Sie, deswegen? Ich weiß nicht, woher Sie den Kram haben, ich dachte, der Scheißnotar wäre der Einzige, der sie hat. Hat mich eine Stange Geld gekostet, und jetzt taucht der Dreck wieder auf. Der Fettsack, nicht wahr?«

Röder nickte. »Warum haben Sie ihn umgebracht?«

»Sie kapieren nichts. Nur der Fettsack konnte es sonst noch wissen. Da ich schon ahnte, dass er Ihnen alles ausgeplaudert hatte, bedauere ich nicht zum ersten Mal, dass Sie nicht wie geplant mit in der Schrottschüssel saßen.« Sein Lächeln wurde zu einem diabolischen Grinsen. »War übrigens kein Problem, festzustellen, wo Sie beide steckten. Der versoffene Staatsanwalt übernachtet mit einer Oberschwuchtel im Haus eines Mordverdächtigen. Das hätte auch der letzte Privatdetektiv aus der Provinz herausgefunden, und ich hätte viel Geld gespart. Stattdessen beauftragte ich unötigerweise einen meiner Profis. Der hätte mir sogar noch die verwichste Bettwäsche besorgt.« Rosche blickte Röder lächelnd in die Augen, wartete ab, ob die Provokation wirkte.

Die anderen Gäste verloren langsam das Interesse an der Darbietung. Es war also doch möglich, eine Dreiecksbeziehung vernünftig zu besprechen. Ellen war nur blass, wahrscheinlich verstand sie gar nicht, was hier vor sich ging. Ihre ganze Welt musste zusammengebrochen sein.

»Zweihundertfünfzig Gramm Semtex verbunden mit einem Erschütterungssensor und einem kleinen Chip, der das Ding erst zünden sollte, wenn die Karre acht Minuten in Bewegung war, heißt, dass der Motor lief. Das Teil hat starke Magnete. Also einfach vorbeigehen, bücken, als ob man sich die Schuhe bindet, dranpappen, fertig. Ich hätte in Russland vielleicht doch mehr als die vierhundert Euro dafür ausgeben sollen. Dann hätte ich Sie beide erwischt.«

»Sie sammeln Spielzeug?«

»In rauen Mengen. Ich spiele gern.« Rosches Augen funkelten.

»Sie sind Jäger, nicht wahr?« Reden, reden, sagte sich Röder, bloß nicht auf die Straße gehen, es musste eine Möglichkeit geben, den Spinner einzulullen, abzulenken.

»Ja, aber nicht hier. Hirsche, Hasen, Wachteln, das ist doch stinklangweilig. Ich habe Großwild gejagt, früher, in Afrika. Sie wissen vielleicht, dass ich als junger Spund oft in Namibia war.« Röder schüttelte den Kopf. »Dort habe ich richtiges Wild gejagt, auch das gefährlichste von allen, Menschen. Ich hatte dort einen Studienfreund. Da unten ist es für eine bestimmte Gruppe der Upperclass ein Sport, Menschenjagden zu organisieren. Meistens sind wir mit einem offiziellen Jagdschein ausgezogen, um ein paar mickrige Viecher abzuknallen, die uns für horrendes Geld zugestanden wurden. Tatsächlich sind wir auf der Pirsch nach Wilderern gewesen, ein ungleich gefährlicherer Gegner, aber umso spannender. Entweder die Bimbos oder wir. Wir haben immer gewonnen, höchstens ein paar Schrammen abbekommen.«

»Die Narbe vom Motorradunfall«, sagte sie tonlos und starrte weiter in die gleiche Richtung, dorthin, wo es nichts zu sehen gab. Rosche beachtete sie nicht, Röder war entsetzt, suchte fieberhaft einen Ausweg.

»Warum, Rosche? Sie braucht eine Antwort.« Er machte eine Kopfbewegung in Richtung Ellen.

»Weidmann wollte aussteigen. Wir haben vor etwa fünfzehn Jahren damit angefangen, gemeinsam Dinger zu drehen. Ich war nach meinem Studium im internationalen Vertrieb, und dank meiner guten Kontakte nach Afrika konnte ich das ein oder andere Geschäft für den Konzern einfädeln. Wir haben damals noch richtig Waffen produziert und nicht schlecht davon gelebt. Meine Kunden wollten manchmal ein bisschen mehr, als das

Ausfuhramt erlaubte, und sie zahlten beste Preise. Solche Geschäfte finanzieren Sie nicht über Hermes. Also nahm ich Weidmann ins Boot, der Kredite fingierte, die zur Finanzierung unserer Unternehmungen dienten. Sehr lukrative Unternehmungen, übrigens. Sie wissen doch, wie's bei den Banken läuft. Wenn's Profite bringt, wird nicht groß gefragt. Die Profite gingen weit über das Niveau hinaus, das man mit dem legalen Geschäft machen konnte. So blieb für jeden was übrig, und jeder war zufrieden. Die Metallgesellschaft, die Bank, Weidmann, ich und nicht zu vergessen der Kunde, der seine Mitmenschen nun ihm Stil einer Großmacht entsorgen konnte.«

Röder schauderte, dieser Mensch war total pervers, aber er kam ins Erzählen, und er erzählte Dinge, die man nur Todgeweihten erzählt. Aufstehen, sich auf ihn stürzen, rufen, schreien? Rosche schien seinen Impuls zu spüren, Großwildjägerinstinkt. Er fummelte unter dem Tisch rum.

»Ich habe den Sicherungsring gezogen, Sie können mir also in Ruhe zuhören.« Lächeln. »Nach einiger Zeit wollte Weidmann aussteigen. Ich sagte, ich würde ihn ruinieren, an die Öffentlichkeit bringen, dass er eine Obertunte ist, seine Karriere beenden. Dann ging es wieder eine Zeit lang gut, bis er vor ungefähr vier Jahren sein Coming-out hatte. Die ursprüngliche Basis für die kleine Erpressung war dahin, aber er war mittlerweile so tief mit in der Scheiße, dass er mit mir zusammen in den Knast gewandert wäre. Das schreckte ihn noch eine Weile ab. Vor einem halben Jahr kam er dann und meinte, er habe Dokumente bei einem Notar hinterlegt, und er würde sie veröffentlichen, wenn er nicht sofort aussteigen könnte oder plötzlich abkratzen sollte.«

»Sie haben also den Notar geschmiert, dass er die Dokumente nicht veröffentlicht. Warum haben Sie Weidmann trotzdem umgelegt? Sie mussten doch damit rechnen, dass der Mord an ihm Kreise zieht?«

»Am Tag des Weinfestes rief mich Steinbrenner zu sich. Er hatte Gerüchte gehört, dass in der Firma illegale Waffengeschäfte laufen. Eine Bank wäre beteiligt. Bei der Vorbereitung für den Verkauf Wehrtechniksparte haben ein paar Anwälte Unregelmäßigkeiten gefunden, nichts Konkretes, aber genug, um eine Untersuchung anzustrengen. Er ahnte nichts, vermutete mich in keiner Weise dahinter. Seit er bei der Metallgesellschaft war, vertraute er mir. Ein Fehler in dem Geschäft. Er als Profi hätte das eigentlich wissen müssen. Er vermutete die Machenschaften weiter unten. Ja, so ändern sich die Zeiten«, seufzte Rosche. »Früher hat keiner dumme Fragen gestellt.«

Rosche fuhr mit seiner unglaublichen Geschichte fort. »Ich habe Weidmann kontaktiert, damit er sicherstellt, dass eine Prüfung bei ihm keine Anhaltspunkte findet. Er sagte, er habe schon mit Anwälten gesprochen, er wolle aussagen, und die Anwälte würden die Kronzeugenregelung für ihn verlangen und vermutlich Erfolg haben. Er wolle endlich so leben, wie es ihm passte. Ich musste handeln, also gab ich mich gesprächsbereit und bat ihn um ein Treffen, damit er mir wenigstens eine Chance zum Abhauen ließ, bevor er seinen Anwälten irgendwelche Beweise übergab. Das Weichei hat zugestimmt. Ich konnte es nicht fassen. Der meinte wirklich, ich wollte mit ihm sprechen. Nachts beim Fest habe ich ihn auf seinem Handy angerufen und ihn zum Kelterhaus bestellt. Mit einem Pilum hatte ich bis dahin noch keine Erfahrungen gemacht, das war mal was Neues.«

»Und dann haben Sie Steinbrenner erschossen.«

»Klar, er hätte es früher oder später rausgefunden. Die Wehrtechniksparte wurde ja verkaufsfertig gemacht.«

»Sie glaubten wirklich, Sie hätten die Wahrheit aufhalten können?«

Rosche zuckte mit den Schultern, ohne das Lächeln zu vergessen. »Einen Versuch war's wert. Möglicherweise kann ich es immer noch.«

»Wohl kaum, Müller hat die Dokumente im Internet versteckt. Er musste jeden Tag einen Proof of Live geben, damit die Daten nicht per E-Mail automatisch an eine ganze Reihe von Empfängern verschickte wurden. Presse, Staatsanwaltschaft, Polizei und so weiter. Um acht Uhr ging der erste Schwung raus, die Dokumente sind schon in Dutzenden Mailboxen. Es ist vorbei, Sie können es nicht aufhalten.

»So?« Der Manager wirkte unbeteiligt. »Dann habe ich das Spiel doch verloren.«

Röder nickte. »Hören Sie auf, lassen Sie Ellen gehen. Es ist aus, Rosche.«

»Ich will nicht gehen. Robert, sag, dass das alles nicht wahr ist.« Ellen blickte immer noch versteinert, diesmal in seine Richtung. Ihr Tonfall war monoton.

»Du bist so eine blöde Kuh. Du hast doch zugehört. Und was ich dir noch sagen wollte, Schätzchen, du wärst die Nächste gewesen. Ich habe nur noch gewartet, bis du hier aus der Kneipe herauskommst, hier gab's schon lange keinen Sexualmord mehr, aber dann kommt der Trottel reingestürmt. Du weißt gar nicht, wie einfach du dich manipulieren lässt. Da muss nur einer kommen, der deinen Vaterkomplex weckt, und schon springst du mit ihm in die Kiste.«

»Sie haben sie zu mir geschickt, damit sie mich auf eine falsche Fährte führt. Sie hat wirklich geglaubt, dass ihr Vater Dreck am Stecken hat.«

»Ich habe ihn gehasst, er war nie da, wenn ich ihn brauchte. Er hat mir immer nur Geschenke gebracht, er war ständig auf Achse. In der Schule, wenn meine Freundinnen von ihren Vätern schwärmten, dann habe ich ihn verflucht, weil er wieder irgendwo in der Weltgeschichte rumgondelte.« Ellen sprach in einem monotonen Flüsterton. Röder fühlte sich von lauter Wahnsinnigen umgeben.

»Lassen Sie uns jetzt gehen, lassen Sie vor allen Dingen Ellen gehen. Sie sehen doch, wie durcheinander sie ist.«

Rosche schien unentschlossen, zögerte tatsächlich. »Das Spiel ist aus, es hat keinen Sinn mehr.«

In diesem Moment ging die Tür auf, ein Polizist betrat den Gastraum, ging zum Tresen und wandte sich an den Wirt. Der Wirt nickte in ihre Richtung, der Polizist kam herüber.

»Gehört Ihnen der Mercedes, der den Rettungsweg blockiert?« In diesem Moment sah der Polizist den metallischen Gegenstand in Rosches Hand und zog augenblicklich die Pistole. Röder sprang auf und schleuderte den Tisch in Richtung Rosche, der sofort reagierte, sich nach hinten abstieß und, ohne zu zögern, mehrmals auf den Polizisten feuerte. Der Beamte brach zusammen. Die Gäste schrien, einige warfen sich auf den Boden, andere blieben versteinert sitzen. Rosche drehte sich zu Röder um, wollte die Waffe auf ihn richten, doch Röder rammte ihn mit voller Wucht gegen die Wand, die Makarov schlitterte durch den Gastraum.

Die Handgranate! Rosche umklammerte sie noch immer, er blickte Röder an, der halb auf ihm lag. »Steh auf, oder ich lass den Sicherungsbügel sausen.«

Ein weiterer Polizist stürmte zur Tür herein.

»Vorsicht, er hat eine Handgranate«, schrie Röder. Der Polizist stoppte in der Bewegung.

»Jeder bleibt, wo er ist, oder ich veranstalte ein Feuerwerk.« Rosche hielt die Granate hoch. »Legen Sie die Waffe auf den Boden und heben Sie die Hände.«

Der Polizist folgte dem Befehl.

Rosche machte einen Schritt auf Ellen zu, packte sie brutal an den Haaren, dass sie vor Schmerz aufschrie, zog sie an sich und hielt die Handgranate in ihrer Kopfhöhe.

»Wir verschwinden jetzt. Wehe, es folgt uns jemand, dann ist es aus mit der Kleinen.« Er bewegte sich rückwärts zu Tür hinaus, keiner stellte sich ihm in den Weg, der Polizist trat zur Seite.

Rosche war längst weg, als Röder den Polizisten anfuhr, der immer noch die Hände zur Decke streckte.

»Los, hinterher«, rief er und zum Wirt gewandt: »Rufen Sie einen Rettungswagen.«

Er zeigte auf den verwundeten Polizisten und zog den anderen Polizisten am Arm zur Tür hinaus. In der Nähe hörten sie den Motor eines schweren Wagens aufheulen – auf der anderen Seite des Eisernen Tores. Ein rot-weiß lackierter Metallpfosten versperrte die Durchfahrt.

»Worauf warten Sie, fahren Sie das Ding um.«

Es gab einen Schlag, und der verbogene Pfosten schrappte kreischend über den Unterboden. Sie sahen gerade noch die Rücklichter der dunklen Limousine in Richtung Erpolzheim verschwinden. Der Polizist trat das Pedal durch und brüllte über Funk nach Verstärkung.

Sie rasten bergauf über den Bahnübergang, mit deutlich mehr als den erlaubten siebzig Stundenkilometern. Wegen der Schwelle hob der Wagen kurz vom Boden ab und krachte mit der Windschürze auf den Asphalt zurück. Die Splitter spritzten nach allen Seiten.

»Wo ist er?«, fragte der Beamte. Von hier oben hatten sie die gesamte Straße im Blick. Es war weit und breit kein Auto zu sehen.

»Verdammt, wir haben ihn verloren.« Der Polizist verlangsamte das Tempo, hielt einen Moment inne, als direkt vor ihnen zwei voll aufgeblendete Autoscheinwerfer aus dem Nichts angeflogen kamen. Geistesgegenwärtig riss der Polizist das Steuer nach links. Ein gewaltiger Aufprall traf sie im Heck, das Fahrzeug wurde herumgerissen, rutschte quer über die Fahrbahn die Böschung hinunter, rasierte etliche Reben und Weinbergpfosten, die mit voller Wucht rhythmisch auf das Fahrzeug krachten und es wie ein Fangzaun bremsten.

Röder und der Polizist waren mit Splittern übersät, als sie etwa hundert Meter vor sich den Blitz sahen. Bruchteile einer Sekunde später drang der Knall einer gedämpften Explosion zu ihnen herüber. Röder stemmte sich gegen die Tür und rannte hinüber. Zum zweiten Mal an diesem Tag stand er vor einem brennenden Wrack, und es roch nach Benzin und verbranntem Fleisch. Er wollte näher ran, doch der Polizist, selbst aus einer Platzwunde am Kopf stark blutend, zog ihn weg. Erst als der Rettungswagen kam, bemerkte er das Blut an seinem Schienbein und das spitze Stück Knochen, das sich zackig durch die haarige Haut bohrte.

Einer der Polizisten fand Ellen Steinbrenner später zusammengekauert etwa dreihundert Meter vom Ort der Explosion entfernt in den Weinbergen. Sie wehrte sich gegen jede Berührung, der Notarzt und die Sanitäter hatten große Mühe, ihr eine Beruhigungsspritze zu geben. Äußerlich hatte sie nur ein paar Prellungen und Abschürfungen. Rosche hatte doch noch einen Funken Menschlichkeit bewiesen, als er sie aus dem Auto stieß, bevor er den finalen Anlauf auf das Polizeiauto unternahm.

EPILOG

An der Weinstraße entfaltete der goldene Oktober seine ganze Schönheit. Das Weinlaub begann sich rot und gelb zu färben. Urlauber bevölkerten die Hotels und Pensionen und ließen sich einen Schoppen neuen Wein in urigen Straußwirtschaften schmecken. In den Weinbergen war emsige Aktivität zu beobachten. Es galt, die Ernte einzufahren. Die sonnigen Tage der vergangenen Wochen versprachen einen guten Jahrgang.

Hellinger und Katrin waren bei den Röders zu Gast, ihren kleinen Sohn schleppten sie in einer Kindertrage mit. Sie leerten gerade die zweite Flasche handgerüttelten Winzersekt.

»Das brauche ich jetzt zum Entgiften«, sagte Hellinger. Man hatte Spuren von GHB, Liquid Ecstasy, bei einer weiteren Untersuchung seines Blutes entdeckt. Röder hatte mit seinem Drogenverdacht nicht falsch gelegen. Rosche hatte es Hellinger an dem Abend in einer der Weinschorlen verabreicht und war dem Taxifahrer gefolgt. Während der Winzer weggetreten war, hatte Rosche ihm ungestört Schlüssel und Waffe entwendet. Hellinger konnte froh sein, dass er nicht an seiner eigenen Kotze erstickt war. »Nicht auszudenken, was passiert wäre, wenn ich nicht schon in meinem vierzehnten Lebensjahr geeicht worden wäre.« Er wechselte das Thema. »Was ist eigentlich aus den beiden Steinbrenner-Frauen geworden?«

Röder legte sein Gipsbein hoch, räusperte sich. Er wollte gar nicht darüber sprechen.

»Die Tochter ist in Klingenmünster in der Psychiatrie, stark suizidgefährdet, ihre Mutter kümmert sich um sie. Es scheint, dass sie diese Aufgabe von dem Verlust ablenkt«, antwortete Manu.

»Kommt, lasst uns auf Kimi trinken.« Hellinger schluckte, Röder blickte zu Boden, die beiden Frauen waren still. Betreten erhoben sie das Glas und gedachten eines Freundes, der mit einer ganz besonderen Art von Mut einen Psychopathen zur Strecke gebracht hatte.

Die Beerdigung von Kimi war eine Mischung aus San Francisco

und New Orleans gewesen. Kimis Freunde hatten eine Riesenparty veranstaltet. Anfangs noch von tiefer Trauer geprägt, hatten sie die zweite Hälfte des letzten Weges mit Jazzrhythmen fortgesetzt, dass der Sarg nur so schwankte. Der Trauerredner war eine grell geschminkte Tunte, die betonte, was für eine große Lücke, auch in Bezug auf die Körperfülle, Kimi hinterlassen würde. Ein erheblicher Anteil der riesigen Trauergesellschaft waren typische Computerfreaks, sofern man aus der Haartracht und den bleichen Gesichtern auf den Berufsstand schließen konnte. Die andere Hälfte waren irgendwelche Paradiesvögel. Röder, der sich nur mit Mühe aus dem Krankenhaus absetzen konnte, hatte noch niemals eine so rührende und lebensbejahende Trauerfeier erlebt.

»Was macht denn der Landstreicher?« Röder wollte, nach allem was der Alte ausgesagt hatte, nicht Penner sagen.

»Anton? Dem habe ich ein paar Bretter gebracht, dass er die alte Wochenendhütte herrichten kann. Da wohnt er jetzt und hat vor allem eine Aufgabe. Ich habe ihn zum Hausmeister von unserem Grundstück ernannt. Katrin oder ich bringen ihm einmal die Woche die Tüte und ein bisschen Geld vorbei. Den Stoff muss er sich selbst kaufen. Ich würde ihn ja auch für andere Arbeiten einspannen, aber ihr wisst ja, den kannst du zu nichts gebrauchen, das Saufen gewöhnst du dem nicht mehr ab.«

Aus irgendeinem Grund gingen sie trotz aller guten Vorsätze doch noch an die dritte Flasche und plauderten unbefangen von alten Zeiten und der Zukunft.

Hellinger war gerade aus der Untersuchungshaft entlassen worden, als es richtig mit der Weinlese losging. Er hatte mit der Bank verhandelt, seine nagelneue Weinlesemaschine an einen Lohnunternehmer verkauft, der ihm wegen des guten Preises die Ernte kostenlos einfuhr. So schaffte er sich kurzfristig wieder Liquidität. Die Jagdpacht hatte er abgegeben. Da die Jagden in der Vorderpfalz sehr rar waren, hatte ihm ein Millionär aus Ludwigshafen eine erkleckliche Ablöse bezahlt. Die Tatsache, dass auf dem Grundstück ein Mord geschehen war, hatte den Preis sogar noch gesteigert.

»Habe ich euch schon erzählt, dass etwa ein Hektar meiner Weinberge nächstes Jahr Bauland wird?« Hellinger grinste, das würden satte zwei Millionen Euro mehr auf dem Konto sein. Kein Wunder, dass die Banken wieder mitspielten.

Röder konnte es nicht fassen. »Wie hast du denn das geschafft?«

»Ich habe dir doch gesagt: Ich will in die Politik.«

»Ja, deine Erfahrungen aus dem Gemeinderat kannst du dort bestimmt gut gebrauchen.« Röder stöhnte. »Und ich habe immer geglaubt, Politiker tun etwas für die Allgemeinheit.«

»Tue ich doch. Junge Familien aus Kallstadt werden bevorzugt, die bekommen einen Zuschuss. Wir wollen kinderreiche Familien fördern.«

»Und den Zuschuss zahlt die Gemeinde, stimmt's?«

»Du kannst dort gerne bauen. Für dich mache ich noch mal einen Spezialpreis.« Röder schaute unwillkürlich zu Manu rüber, die aber nicht reagierte.

»Wenn dein Bein wieder in Ordnung ist, dann gehen wir gemeinsam laufen. Wie wär's?«, wechselte Hellinger das Thema.

Röder nickte. »Der Arzt sagt auch, dass ich etwas tun muss, um das Bein wieder zu stärken. In der nächsten Zeit sind erst mal Reha-Maßnahmen angesagt, aber in ein paar Monaten sollten wir es angehen.«

Erst nach einem Glas prämiertem Rotwein, um das sie nicht herumkamen, bliesen die Freunde zum Aufbruch.

»Den Rest der Flasche wollen wir euch für heute Abend lassen.« Hellinger zwinkerte.

Röder brachte seinen Freund, dessen hübsche Frau und den niedlichen Zwerg die Treppe hinunter, um sie an der Haustür zu verabschieden, als sich die Tür mit der Nemesis öffnete.

»Ah, der feine Herr Winzer! Wieder auf freiem Fuß?«, fragte Röders Mutter schnippisch.

»Hallo, Frau Röder, lange nicht mehr gesehen. Ich fürchtete schon, dass Sie als meine Pflichtverteidigerin bestellt werden.«

»Das wäre die reine Freude gewesen, aber ich bin auf ein anderes Fachgebiet spezialisiert. Vielleicht will Ihre nette Frau mich mal in Anspruch nehmen?« Sie wandte sich lächelnd an Katrin, die nur verständnislos guckte. »Wissen Sie, ich kenne die Männer genau, deren Frauen bei mir Klientinnen sind.«

»Mutter, hör auf«, fuhr Röder dazwischen.

»So? Einen feinen Freund hast du, diesen Umgang hatte ich dir schon immer verboten.«

Röder verdrehte die Augen und träumte von einer einsamen Villa, weit weg von allen Bekannten und Verwandten.

Hellinger unterbrach den Redeschwall der Alten. »Frau Röder, kennen Sie schon den?« Frau Röder senior war aus dem Konzept gebracht und blickte leicht ärgerlich. »Ich habe neulich einen Barbieprospekt in die Hand bekommen. Sie kennen doch diese Puppen, die so realistisch nachgebildet sind. Ich wollte eine für mein Patenkind besorgen. Da gab es 'ne Girlie-Barbie für 19,90, eine Sport-Barbie für 24,90, eine Urlaubs-Barbie für 29,90, eine Hochzeits-Barbie für 49,90 und eine Scheidungs-Barbie für 299,90.«

»Scheidungs-Barbie? Was soll denn das? Warum ist die denn so teuer?«

Hellinger fing an zu lachen. Er konnte es wohl nicht fassen, dass ihm die Mutter seines Kumpels tatsächlich auf den Leim gegangen war. »Na, ist doch klar. Die Scheidungs-Barbie hat noch Kens Hund, Kens Auto, Kens Haus, Kens Jacht ...«

Frau Röder senior zog verärgert ab, knallte die Tür hinter sich zu, dass die Nemesis nur so wackelte. Die beiden Freunde lachten aus vollem Herzen.

Röder schloss die Tür, wurde ernst und drehte sich um. »Manu, ich muss dir was sagen.«

»Ist schon gut. Ich weiß, ich weiß. Deine Mutter nervt mich auch manchmal, und Achim ist ein großes Kind, aber er hat Recht gehabt, ihr eine zu verpassen.«

»Manu«, setzte er noch mal an.

»Komm, ich helfe dir die Treppe hoch.« Sie nahm ihm die eine Krücke ab, gab ihm einen Kuss. Röder griff nach ihr, konnte seine Tränen nur schwer unterdrücken.

»Ich liebe dich«, hauchte er. Ihm war klar, dass er ein Riesenrindvieh gewesen war, und er konnte sein Glück mit dieser Frau nicht fassen.

Dank

Ich danke allen, die mich tatkräftig unterstützt und ermuntert haben, als Autor einmal ein anderes Parkett zu betreten.

Ganz herzlich danke ich einer lieben Freundin, Dr. Nadja El-Masri, die mir mit ihrer journalistischen Erfahrung zeigte, wo man das schriftstellerische Messer ansetzen musste. Yvonne de Laporte-Lüttringhaus und Horst Lüttringhaus für Einblicke in das Verlagswesen und ihre konstruktive Kritik. Dr. Andreas Kirsch für seinen juristischen Rat.

Meiner großen Liebe Michaela danke ich für ihre tollen Ideen, aber auch noch für viel, viel mehr.

Besonders zu erwähnen sind meine beiden familiären Testleser, Alexander und Felix, die mir außerdem immer wieder Inspirationen aus dem echten Leben gaben.

Frau Dr. Christel Steinmetz, Frau Stefanie Rahnfeld und Frau Dr. Marion Heister möchte ich für die äußerst angenehme Zusammenarbeit mit dem Verlag und ihren unermüdlichen Einsatz für die gemeinsame Sache danken.

Ich habe sehr viel bei diesem schönen Projekt gelernt.

Olaf Paust
PFÄLZISCHES ROULETTE
192 Seiten
ISBN 3-89705-257-4

»Richtig spannend liest sich Pausts Roman-Erstling. Und vor allem für den ortskundigen Leser ist es schon ein ganz besonderer Reiz, wenn er die einzelnen Orte des Dramas ständig vor seinem geistigen Auge Revue passieren lassen kann. Die Gegend rund um den Horeb ist ganz offenbar krimi-reif.« Pirmasenser Zeitung

»Alles, was ein spannender Krimi braucht.« SWR

www.emons-verlag.de

Olaf Paust
DAS VIERTE ERBE
272 Seiten
ISBN 3-89705-374-8

»Diesmal entwickelt sich zwischen einem Ritterturnier, einem Wirbelsturm, Grundstücksspekulationen und Pfälzer Wein die launige Krimi-Handlung.« Deutsche Presse Agentur

»Empfehlenswert!« Deutsche-Krimi-Autoren